OS INCRÍVEIS INFORTÚNIOS
DE UM ESCRITOR APRENDIZ

Florian Zeller

OS INCRÍVEIS INFORTÚNIOS DE UM ESCRITOR APRENDIZ

Tradução
Lucas Murtinho

Rocco

Título original
JULIEN PARME

Direitos para a língua portuguesa reservados
com exclusividade para o Brasil à
EDITORA ROCCO LTDA.
Av. Presidente Wilson, 231 – 8º andar
20030-021 – Rio de Janeiro – RJ
Tel.: (21) 3525-2000 – Fax: (21) 3525-2001
rocco@rocco.com.br
www.rocco.com.br

Printed in Brazil/Impresso no Brasil

preparação de originais
LIGIA DINIZ

CIP-Brasil. Catalogação na fonte.
Sindicato Nacional dos Editores de Livros, RJ.

Z52i Zeller, Florian, 1979-
Os incríveis infortúnios de um escritor aprendiz / Florian Zeller; tradução de Lucas Murtinho. – Rio de Janeiro: Rocco, 2010.

Tradução de: Julien Parme
ISBN 978-85-325-2554-3

1. Romance francês. I. Murtinho, Lucas, 1983-. II. Título.

10-1289 CDD-843
CDU-821.133.1-3

Para Gabriel

"Pareceu-lhe conveniente e necessário, tanto para fazer brilhar sua glória quanto para servir ao seu país, fazer-se cavaleiro errante, partir pelo mundo, com seu cavalo e suas armas, em busca de aventuras, e praticar tudo o que havia lido que praticavam os cavaleiros errantes, corrigindo toda sorte de erros e se oferecendo a tantos encontros e a tantos perigos que obteria, ao superá-los, uma reputação eterna."

Dom Quixote de la Mancha,
Cervantes

Primeira parte

OS PREPARATIVOS

1.

Correndo o risco de surpreender vocês, eu gostaria de contar uma coisa incrível que aconteceu comigo no ano passado. Não é pra me gabar, mas uma coisa como essa, juro, uma coisa tão incrível como a que vou contar pra vocês não acontece todo dia. Eu diria até que não acontece nunca. Por isso vou contar. Porque eu não sou do tipo de ficar enrolando os outros com a minha própria vida. Questão de estilo. Que nem um cara que estudou comigo e que se chamava Antoine Cheval. Um nome do cacete, pensando bem. Pois então, você fazia uma pergunta pra ele, qualquer uma, tipo por educação, pra ele não passar em branco e tal, e pronto, ele ficava horas te pentelhando com a vida pessoal dele. Esse tipo de gente sempre me deu nojo. É por isso que quando vem um sujeito e diz que tem uma coisa incrível pra contar, eu sou do tipo que já fica meio desconfiado, porque quando o sujeito diz isso é bom não deixar ele ir muito longe. Nunca. Senão você tem que ouvir até o fim, e aí, bom, você tá ferrado.

Mas no meu caso não é a mesma coisa, já que sou eu que tô falando e eu não sou o Antoine Cheval. No começo, ele conseguiu me enganar. Eu tinha mandado um "de onde você vem" e um "o que você acha" pra ser simpático. Mas no fundo eu tava cagando. É que a gente sentava um do lado do outro na aula. Eu era novo na escola, já que tinha acabado de chegar de Paris. No meio do ano, ainda por cima. Eu tinha feito umas merdas lá e me mandaram para aquela porcaria de cidade no Leste. Tipo uma punição, né? Eu já disse que a minha mãe ficou um pouco zangada? Eu devia ter começado por aí. Porque ela tava *realmente* zangada. Era fogo. Vocês podem dizer que toda mãe é assim. Mas nesse caso ela tava mais zangada do que uma mãe zangada normal. Fogo mesmo. Megassevera, nenhum senso de humor nem nada. Não dava pra brincar com ela. Então, é claro que eu sempre levava bronca. Sinceramente, não era nada legal. Mas agora que tô pensando nisso acho que na verdade a situação estava fogo, mas a minha mãe tava era apagada. Que nem uma vela numa corrente de ar.

Eu vivia em Paris com ela e o François. Um imbecil de costeleta e calça de veludo. Meu pai morreu de câncer quando eu tinha uns nove anos. Foi por isso que depois ela se meteu com vários sujeitos. E o último do desfile de bestalhões foi justamente o François. Bom. Mas, depois das besteiras que eu fiz, quiseram me mandar pra Nice, pra casa do meu tio. Vocês vão dizer que é assim mesmo, que os parentes estão aí pra isso: eu é que não devia ter feito merda. Mas, se vocês querem mesmo saber, pra mim, as minhas besteiras eram só uma desculpa. Na verdade, eles estavam bem contentes de se livrar de mim. Era uma preocupação a menos. Eles iam ficar tranquilos. Vida boa, né? De certa forma, eles devem ter ficado bem contentes de ter que me punir. O argumento deles era que eu tava andando com maus elementos em Paris. E que, além disso, eu era influenciável. Brincadeira... Mas não tinha como negociar. Quando a minha mãe decide alguma coisa, é melhor não discutir.

O problema é que o meu tio não estava a fim. Por um lado, é uma pena, porque ele morava numa casa na beira do mar. Não ia ser a pior punição do mundo. Os quartos têm varanda. Dá pra ver a Itália ao longe. A Itália é irada. Mesmo de longe. Mas ele não queria. E eu entendi muito bem por quê. Ele falou que tinha que viajar um bocado durante o ano, ou alguma coisa do gênero. Enfim, minha mãe já não sabia mais como se livrar de mim, e foi aí que ela decidiu me mandar pra casa de uma amiga da família que morava em Vosges. Juro. Vosges. Onde chove no verão. E o inverno é pior que um pedaço de gelo no pescoço. Eu nem sabia que Vosges ainda existia. Pra vocês verem. Mas vocês sem dúvida estão pensando: se é assim, por que não a Sibéria? A resposta é simples: porque minha mãe não conhecia ninguém lá. Então, como vocês podem imaginar, tentei de tudo, mas ela não queria ouvir. Ela e o François me meteram num trem com uma maleta e, zum, lá fui eu pra Saint-Dié. Foi assim que tudo começou. Ou melhor: foi assim que tudo terminou.

Por que eu tô contando tudo isso pra vocês? Ah, sim, por causa do Antoine Cheval. Quando eu cheguei a Saint-Dié, ninguém sentava do lado dele. Ele era o único que ficava sentado sozinho. Dava pra sacar que ninguém queria ficar perto de um cara que nem ele. De qualquer jeito, não dá pra ficar com vontade de virar amigo de um cara que nem o Antoine Cheval. Foi por isso que eu acabei falando com ele. Porque eu tava chegando no meio do ano e não tinha mais nenhum lugar vago naquela porra daquela sala de aula. Deprimente. Ele não parava de falar da vida dele. Era insuportável. Principalmente porque ele sempre passava um tempão contando detalhes sem interesse, tipo data de nascimento, coisa e tal. Ele devia achar que eu tinha ido pra Vosges só pra escrever a biografia dele em dez volumes. O que ele me contava era tão chato que quase me dava vontade de prestar atenção na aula. Pra vocês verem... Ele era assim, o Cheval, se animava à toa. Sabe o que eu vi ontem na tevê? E, pá, ele partia alucinado. Sério. Um idiota de primeira.

Ele me fazia pensar no François, que também era um caso à parte. Eu queria saber de onde a minha mãe tirou aquele cara. De um antiquário, eu acho. A única coisa que eu sabia sobre ele era que ele era nobre. Com partícula e tudo. De Courtois. Aquilo parecia ser superimportante pra ele. François de Courtois. Eu achava uma babaquice. Se ele tivesse um castelo ou uma coisa assim, até vai. Mas só uma partícula, não tinha por que se ouriçar. Mas ele era justamente o tipo que se ouriçava por uma babaquice dessas. Todo dia de manhã ele devia se olhar no espelho e pensar que tinha uma partícula. O cara não parava de falar dele mesmo. Sempre mandava essa na frente dos convidados, por exemplo. Era só eles sentarem no sofá da sala que ele começava a falar dele, da partícula dele, das histórias da família dele. Era o assunto favorito. Parece que era parente de não sei mais quem que tinha sido decapitado. O que não justificava deixar todo mundo com a cabeça doendo.

Eu não entendo esse tipo de gente, eles me deixam bolado. Sem sacanagem, é mais forte que eu: não consigo entrar na brincadeira. Porque os convidados, em geral, eram meio que obrigados a entrar na brincadeira. Porque eles eram convidados. Eles escutavam e sacudiam a cabeça, mudavam de posição, olhavam discretamente o relógio ou diziam: "Hum, hum, entendo, que loucura..." Enfim, eles entravam na brincadeira. Mas eu não entrava nunca na brincadeira. Eu até chegava a tapar as orelhas. No duro. Ou então ia pra outro aposento pra fazer ele entender que eu tava cagando pras histórias de família dele. Então, é isso o que eu quero dizer quando digo que quero contar uma coisa incrível pra vocês: não sou do tipo que se ouriça por bobagem.

Na verdade, a tal amiga da família, a que ia me hospedar em Vosges, era mesmo da família do François. Eu não conseguia entender que porra eu tava fazendo em Saint-Dié. No começo, o que eu achei mais bizarro foi mesmo o nome. Saint-Dié. Que nome estúpido. Bom-dia, eu queria te apresentar o Dié! É uma loucura pensar que uma mãe pode ser tão sem noção a ponto de chamar um filho de Dié. Didier já é meio sinistro, Dié então... Mas as mães não se dão conta. Elas fazem qualquer coisa. E, às vezes, é até de propósito. Bom. Mas não quero dar uma daqueles caras que não param de reclamar, até porque nessa história, nesse papo de nome, tenho que reconhecer que eu tive sorte. Eu me chamo Hugues. Não, sacanagem. Me chamo Julien. Mais o sobrenome, fica Julien Parme. Classudo. Julien Parme, você nunca ouviu falar? O grande escritor? Não? Sério? Porque esqueci de dizer que eu queria virar um grande escritor. Bom. Por exemplo, se eu me chamasse Dié, acho que ia ter que mudar de nome. Pros livros. Eu ia trocar por Julien. Pra ficar Julien Parme. Então tá tudo certo. Já que é assim que eu me chamo.

Tudo começou justamente no dia em que me meteram num trem. Aquela história toda tinha me deixado deprimido. O que me deixou bolado foi principalmente a impressão de que queriam se livrar de mim. Minha mãe, depois meu tio. Enfim, ninguém queria me ter por perto. Segundo eles, eu era um caso perdido. E, mais que isso, eu sentia que a minha mãe, na plataforma da estação, tava pensando: "Vamos lá, um último esforço e o pesadelo vai acabar." Aquilo me deixava maluco, que ela nem parecesse triste. Tenho que dizer, em defesa da minha mãe, que ela não teve uma vida fácil. Educação protestante e tal. Não vou passar toda a vida dela a limpo aqui, mas basta dizer que ela passou por maus bocados. Umas paradas feias. A doença do meu pai, por exemplo. Era por isso que ela tava tão apagada. E não sabia mais sorrir.

Em todo caso, naquele dia, no dia do trem, posso dizer que eu também não tava conseguindo sorrir. Eu tava deprimido à vera. E pra fazer eles sentirem bem a minha depressão, eu não respondia às perguntas deles. Silêncio de pedra. Tipo heroico, vocês não podem me atingir. Mas no fundo eu quase tinha vontade de chorar. Atenção, não tô dizendo que eu tinha vontade, não, tô só dizendo que eu *quase* tinha vontade. Não é a mesma coisa. Afinal de contas, eu não era mais moleque. Eu ia fazer quinze anos em breve. Dali a um ano.

De qualquer jeito, eu nunca fui muito com aquele clima de estação de trem. Toda aquela gente se despedindo e chorando, um em cima do outro, sempre me deixou melancólico. Especialmente num dia como aquele, chovendo lá fora e fazendo frio pra cacete. Um domingo, ainda por cima. Eu tinha que voltar pra escola no dia seguinte. No único lugar que tinha me aceitado no meio do ano... Não, francamente, era pra pegar a cueca e se enforcar com ela. Pelo menos minha mãe tinha comprado uma mala nova pra mim. Imensa e tal. Com rodinhas. Pra enfiar todas as coisas que eu tinha. Aliás, eu tinha levado quase tudo. Meu quarto em Paris agora parecia um cemitério. Eu tinha aplicado a tática da terra arrasada. Porque, na minha cabeça, os meus pais não iam nunca mais me ver. Por isso que eu tinha colocado o máximo de coisas na minha mala. Eles não queriam mais saber de mim? Muito bem. Eu não ia mais atrapalhar eles. O que não queria dizer que eu fosse passar minha vida em Saint-Dié. Isso não, obrigado. Não sou maluco. Conheço bem o interior: já fui lá uma vez. Sei bem que não é a minha. Quando eu voltasse pra Paris, não havia chance nenhuma de eu bater na porta deles. Eu ia me virar. Ia viver a minha vida sem eles. Sem brincadeira. Eu não ia ser o primeiro.

Naquele dia, o dia do trem, eu ficava pensando que era a última vez que eu via a minha mãe. Ficava pensando nisso pra ficha cair. Pra me impregnar da ideia de que aquilo era o fim de alguma coisa. A primeira parte da minha vida. Final de verão. Enfim. Na hora me emocionei. Que nem no dia de um enterro, se vocês querem uma comparação. Eu já tava vendo que aquilo ia virar um capítulo num dos meus futuros romances. Um capítulo bem cruel, daqueles que arrancam lágrimas e tal. Ele ia se chamar "O adeus". Seria a história de um herói que decide nunca mais voltar pra casa e assim se vingar da crueldade da mãe. Uma coisa destruidora. Um dia, uma jornalista ia ver que aquela era a chave de toda a minha obra. Ela ia me visitar pra uma entrevista. Eu com o meu charuto e ela, claro, um pouco intimidada. "Mas, senhor Parme, o senhor concorda em dizer que toda a sua obra magistral é anunciada naquela separação, descrita num capítulo perturbador que o senhor sutilmente chamou, com muita pertinência, de 'O adeus'?" E aí eu ia responder uma coisa superinteligente que ia deixar ela de queixo caído. Ainda não sei o quê, mas uma coisa superinteligente. Pá. Mais uma. Ela ia ser meio parecida com a sra. Thomas, minha professora de francês. Depois da entrevista, a gente ia jantar junto e, como sempre, terminar na horizontal.

A sra. Thomas era talvez a única professora que me dava pena não ver mais. Porque ela pelo menos sabia tornar a aula interessante. Ela vira e mexe vestia umas blusas transparentes. Eu sempre me perguntei se não era pra fazer a gente fantasiar. Quando uma pessoa veste uma blusa transparente, mesmo se for só um pouquinho transparente, ela se dá conta, não? Mas, enfim, ela era realmente bonita. Pra uma professora, eu quero dizer. Jovem e tal. Ela tinha substituído o professor que ia dar aula pra gente, o sr. Vigouse, mas que tinha ficado muito doente duas semanas depois do começo das aulas. Um babacão que queria dar uma de jovem vestindo bota de caubói. Dois séculos de atraso pro cara. Era principalmente isso que me deixava triste de largar aquele colégio. Nunca mais ver a sra. Thomas. Um dia ela estaria lendo o jornal e veria por acaso a minha foto, e escrito embaixo "Julien Parme, prêmio Nobel aos vinte anos". Ela ia se lembrar de mim. Ia ficar emocionada. E orgulhosa à vera. Claro. Então ela ia na hora comprar meu livro numa livraria de verdade e ia passar a noite lendo para ver se eu falava dela. É assim que ela ia perceber que eu tinha amado ela.

No meu romance, também ia ter uma descrição bem dura do François. Por exemplo, sobre a forma como aquele molusco de partícula tentou me ajudar a botar a mala no trem. Eu disse na hora que ela era pesada demais pra ele. O François era o tipo de cara que não praticava nenhum esporte há pelo menos cinquenta anos. Talvez sessenta. O corpo dele era todo pastoso de não fazer nada o dia todo. Eu me pergunto sinceramente o que a minha mãe viu nele. Enfim, me virei sozinho pra manobrar minha mala. Enfiei ela bem no alto. Em cima do meu assento. Verifiquei que ela não estava se mexendo. Por segurança. Porque uma mala como aquela pode matar se cair em cima de você. Não dá pra brincar com essas coisas. Bom. Minha mãe e o François ainda estavam na plataforma. Eles estavam esperando que eu voltasse pra me despedir. Pensei em sentar logo no meu assento, assim, sem uma palavra. Eles iam ficar bolados, me esperando na plataforma e eu sentado... Mas, no fim das contas, preferi descer do trem. Minha mãe tinha me dito que ia me dar um pouco de dinheiro, e eu certamente ia precisar. E isso não se faz, não beijar a própria mãe quando a gente sabe que é a última vez que vai ver ela. Então voltei. De repente, tive uma visão: eles estavam lá, os dois na plataforma, tremendo de frio, esperando alguma coisa, e do nada tive a impressão de que eles estavam muito velhos, muito velhos mesmo, com aquele ar perdido que todo velho tem, aqueles de cadeira de rodas e tal. Também fiquei com a impressão de que eles iam morrer em breve. E pensei que ia ser melhor assim. Aquilo me deu um frio na espinha.

Minha mãe me beijou e me disse que esperava que aquilo me fizesse refletir. Brincadeira. François me deu um envelopinho. Eu sabia o que tinha dentro. Bom. Abri mesmo assim. Pra verificar. Tinha algumas notas. Quase nada. E uma carta. Puta merda. Eu já imaginava o que eles tinham escrito. Mais uma lição de moral. Meti tudo no bolso da jaqueta. Achei aquilo meio bizarro, pegar o dinheiro na frente deles daquele jeito. Depois de toda a grana que eu tinha roubado deles... Aí o François deu um tapinha no meu ombro. Típico de padrasto culpado. E logo depois subi no trem. Tive vontade de dizer uma coisa idiota, tipo "ir pra Saint-Dié é que nem dar uma cagada: quando tem que ser, tem que ser!". Mas me abstive. Eu preferia continuar em silêncio. Pra que eles sentissem até o último minuto que era mesmo muito escroto me mandar para aquele lugar, me afastar dos meus amigos, da minha vida e da Mathilde.

Depois tocou uma sirene aguda. Ela ainda ecoa na minha cabeça. E a porta do trem se fechou automaticamente.

2.

Acabei de me dar conta de que esqueci de dizer por que eles estavam me mandando pra lá. Faço isso sempre. Esquecer de contar as coisas importantes. Tenho que contar a história toda pra vocês entenderem. Senão vocês não vão entender nada. Bom. Acho que vocês já adivinharam que tudo isso foi principalmente por causa do Marc Russo. Marco para os íntimos. Ele morava no pequeno sótão de um prédio. Uma coisa realmente bacana, com vista para os telhados da cidade e tudo. Os pais dele pagavam pra ele porque não viviam em Paris. Aquilo era meio que o meu sonho. A ideia de viver sozinho, sem os pais nem ninguém na sua cola. Mas eu sabia muito bem que ia ter que aguentar uns três anos, por baixo, até chegar lá. Todo o ensino médio, né? Se eu não repetisse. O que não era garantido, já que eu não era muito de me estressar com a escola. Enfim. O que era maneiro no Marco é que dava pra falar de tudo. Por exemplo, quando o assunto eram garotas, ele era bem experiente. Já tinha transado... Eu também, óbvio, mas, bom, é uma outra história... Bom, enfim. Acontece que desde a volta às aulas a gente passava cada vez mais tempo junto. Ele era dois anos mais velho que eu. Repetir era a especialidade dele. Isso devia pesar um pouco. Mas não tenho certeza.

Até então, em todas as escolas a que eu tinha ido, eu era o pior aluno de todos. Não fazia picas. Bom. Eu podia tirar boas notas se quisesse. Mas não queria. Primeiro, porque eu sou teimoso e quando decido uma coisa é raro eu mudar de opinião. E também porque eu não via qual era o interesse. Teve uma época em que eu tirava notas sensacionais. Sem esforço e sem problemas. Eu era até um dos primeiros da turma. E depois, do nada, decidi parar com aquilo. Não só pra pentelhar a minha mãe. Também porque eu achava aquela história de boas notas inútil. Era o que eu me dizia cada vez que tentava meter a cara nos estudos. Matemática, por exemplo. Tirando para os nerds, que não demoram a se enfiar num escritório de gravata no pescoço, matemática serve pra quê? Pra nada. Imagina um sujeito que quer virar escritor: qual é o problema pra ele de tirar zero em matemática se ele sabe que vai escrever grandes livros e que um dia até aquele professor de matemática, aquele escroto do sr. Ladibe, por exemplo, vai se impressionar quando cruzar com ele na rua?

O problema é que, de tanto não trabalhar, minha mãe tinha ficado muito puta. Se vocês vissem, iam ter medo por mim. Eu já disse: educação protestante e tal. Não era brincadeira. Ela dizia que não sabia mais o que fazer de mim e tal e coisa. Foi por isso que ela me colocou numa escola particular. Eu devia ter começado por aí. Pra história ficar mais clara. No momento em que ela me colocou no *Instituto*. Um lugar onde deixavam tudo mastigadinho pra você até o vestibular. Foi lá que encontrei o Marco.

Aquela escola não fazia muito a minha cabeça. Na real, eu detestava ela. Parecia que a gente tava no serviço militar. Aliás, tenho quase certeza de que aqueles professores que enfiavam pra gente tinham sido recrutados nas casernas. Eles tinham todos cara de quem vai declarar a Terceira Guerra Mundial. Sem sacanagem. E além disso era tudo megassevero, nenhuma chance de se divertir nem nada. Enfim, era o que eles pensavam. Porque na verdade a gente fazia tanta merda quanto em qualquer outro lugar. E no entanto a gente só ouvia falar do regulamento, dia e noite. Se você não respeitasse o regulamento ao pé da letra, você levava umas punições sinistras. Teoricamente. Era melhor ficar bem certinho. A única exceção era a sra. Thomas. Ela era realmente gentil. Por isso eu comecei a adorar francês, a matéria dela. No começo, o meu vocabulário era uma merda. Eu dizia "né" no fim de toda frase. E as minhas frases tinham no máximo três palavras, quatro com meu "né". Enquanto no fim eu queria virar escritor, com charutos e entrevistas, e escrevia redações sinistras que destruíam tudo o que tinha pela frente.

Mas tirando o francês, dava pra morrer de overdose de tédio. Eu tinha a impressão de que tinham me metido na cadeia. Era o que eu pensava de vez em quando. De sacanagem. Eu elaborava planos de fuga. Porque eu era inocente. Não ia demorar. Tava na cara. O momento que eu ia sumir no mundo. Bastava ter paciência.

No dia em que tudo deu errado, eu me lembro, eu tava no sótão do Marco – como vira e mexe rolava depois das aulas. Mas daquela vez eu tava afundado na minha poltrona vendo ele se arrumar. Eu tava me sentindo mal. Porque eu tava realmente deprimido naquele dia. Pela razão de que naquela mesma noite, contrariamente ao que eu tinha pensado, eu não ia poder sair. Mas fazia o maior tempão que a gente falava daquela noite. A noite do ano, segundo o Marco. Puta merda. Na verdade, era o aniversário da Émilie Fermat, uma garota do último ano da escola. Um avião, se vocês querem saber. Supersônico. E com o qual todo mundo fantasiava, já que ela tinha atuado num filme. Uma atriz, né? Esqueci o título do tal do filme, mas no *Instituto* falavam dele sem parar desde o lançamento. Depois de um tempo, chegava a encher o saco. Por isso eu preferi não ver o filme. Pra não fazer que nem os outros. Mas depois mudei de ideia. Quando entendi que ela mostrava os peitos no tal do filme. Mas aí, como por acaso, o tal do filme já não tava em cartaz. Enfim. Todo mundo tinha tentado ganhar um convite para aquele aniversário.

Se você estivesse no penúltimo ano, como eu, era melhor esquecer. Num certo sentido, é normal. Mas o Marco tinha conseguido. Sério. A explicação é que ele já tinha repetido duzentas e doze vezes e que ele tinha mais ou menos a mesma idade da Émilie Fermat. A prova é que ele trocava beijinho com ela na saída do colégio. Pra maioria das pessoas, era o tipo de coisa que impressionava. Mas eu não dava a mínima. Porque eu tava cagando pra Émilie Fermat. Quem me interessava era a Mathilde, a irmã mais nova dela, que também tava no penúltimo ano, mas com quem eu não tinha coragem de falar. Mathilde Fermat, quando te olhava nos olhos, te dava arrepios.

O Marco tinha perguntado se eu podia ir com ele na festa. A Émilie tinha topado. "Consegui te colocar pra dentro", ele me falou com a expressão exausta do sujeito que acabou de te doar sangue de graça. Ele achava que eu tava superfeliz de ir ao aniversário da garota só porque ela era atriz e tal, quando na verdade eu tava feliz mesmo era porque ia ver a Mathilde. Porque pensei que ela, sem dúvida, também ia à festa. Já que a coisa era, afinal de contas, no apartamento delas. Ia ser a chance de falar com ela. De se ver um pouco. O endereço era perto da Champs-Elysées e, segundo o que o Marco tinha dito, ia ter um monte de atrizes e tal. "Em outras palavras, o paraíso sobre a Terra."

Eu tava arrasado de, no fim das contas, não poder ir.

Como regra geral, a minha mãe preferia me ver morto a me deixar sair durante a semana. Sem brincadeira. No fim de semana já era dureza. Eu tinha que enrolar legal. Mas podem acreditar que eu achava difícil dizer que era essencial que eu fosse àquela festa simplesmente porque era o aniversário da Émilie Fermat, a atriz que mostra os peitos, e que ia ter muitas outras atrizes, aposto que lindonas, e que talvez mostrassem os peitos também (já que de qualquer forma todo mundo sabe que todas as atrizes mais cedo ou mais tarde mostram os peitos).

Pedir isso pra minha mãe, como regra geral, era meio como fazer *bungee jumping* sem corda. Suicídio puro e simples. Mas eu tinha conseguido negociar uma possibilidade graças a um papo incrível que passei nela. Bom, eu tinha começado pensando em apresentar a coisa de forma dignificante, tipo uma festa organizada em honra da fome no mundo. Era o ponto fraco da minha mãe, a fome no mundo, ela adorava. Por causa do lado crente dela. Mas era inacreditável demais. Ela sabia muito bem que a fome no mundo nunca tinha realmente me seduzido. Eu prefiro o tênis ou a literatura. Um golpe de sorte, por outro lado, era que daquela vez a gente não ia ter aula no sábado de manhã, o dia seguinte. Era o que eles chamavam de jornada pedagógica. Demais. E aí a sexta à noite era parte integrante do fim de semana. Excepcionalmente. Mas, bom, isso podia não bastar pra uma mãe tipo a minha. Minha grande sacada foi dizer que eu tinha tirado notas sensacionais no último conselho de classe, que tinha sido alguns dias antes. *The perfect crime*. Já que era isso que interessava pra minha mãe. Bom. A verdade é que eu tinha tirado notas horríveis, menos em francês. O francês é o meu forte (como vocês, sem dúvida, já começaram a perceber). Enfim. Minha mãe ficou emocionada à vera. Porque ela teve de repente a impressão de que eu tinha progredido e tal. E aí ela topou a história da festa na sexta à noite. Foi do cacete.

Então eu disse pra todo mundo que ia. Tive até coragem de falar com a Mathilde. A gente não era da mesma turma, ela e eu, a não ser em alemão. *Ich Liebe dich*. A gente se via duas vezes por semana. Durante toda a aula de terça, naquela semana, fiquei repetindo a frase na minha cabeça. Com licença, você vai no aniversário da sua irmã? No fim da aula eu parti pra cima, apesar do pavor. "Vou", ela me disse com um sorrisinho. E eu quase morri de um ataque cardíaco do coração.

Mas a minha mãe tinha mudado de ideia. Após um episódio honestamente sem importância, mas que acabou mal. Marco e eu fomos pegos no banheiro fumando durante o recreio. Três dias antes, ainda por cima. Muito azar mesmo. Nada de muito grave, se vocês querem saber a minha opinião. Mas a minha mãe levou aquilo super a sério. Ela sempre levava super a sério as coisas sem importância. Ela dizia que eu ia virar um delinquente. Sem brincadeira. Ela dizia isso mesmo. Enquanto o sujeito com quem ela vivia, o François, fumava mais de um maço por dia sem fazer esforço. Eu sei disso porque os que eu fumava costumavam ser os que eu surrupiava do escritório dele. Enfim. Minha mãe não queria mais ouvir falar daquele assunto. Nada de nada. Pra ela, fumar era tipo um crime. Tô dizendo, ela era crente. Então a coisa tava feia. A coisa tava horrorosa. Principalmente, porque ela tinha sacado que era do François que eu roubava os meus cigarros. "É ele que paga a sua escola, e é assim que você agradece?" Já ele dizia *cigarra* em vez de *cigarro*. Ridículo, né? E usava uma cigarrilha pra fumar. Que nem na época das pirâmides. Na Idade Média. Era só pra você lembrar que ele era nobre, caso você não tivesse reparado. Patético, é o que eu acho.

Mas o pior mesmo foi que o diretor do *Instituto*, depois da história do cigarro, me passou uma advertência como o regulamento previa, e a minha mãe foi falar com ele no mesmo dia da festa da Émilie. Juro: no mesmo dia. E aí a coisa ficou horrorosíssima. Estávamos os três na sala do diretorzinho. Nem conto qual era o clima. Fui fuzilado à queima-roupa. E, depois, pau da vida, minha mãe me proibiu de sair. Se eu quisesse ir ao aniversário da Émilie Fermat, eu podia ainda perturbar. Eu tinha errado, admito. Mas, sinceramente, achei injusto. Não era correto voltar atrás daquele jeito.

Em represália, colei no meu quarto um pôster que eu tinha comprado de um sujeito no metrô: nele tinha um homem numa cruz com uma coroa de espinhos e escrito em cima: "Não fumava, não bebia, não trepava: morreu aos trinta e três anos."

3.

Pensando bem, o Marco tinha mesmo muita sorte de poder fazer o que quisesse. Os pais dele deviam ser realmente legais pra deixar ele sozinho em Paris. Eles deviam confiar nele e tal. As pessoas legais sempre confiam na gente. É assim que dá pra reconhecer elas. Mas mesmo assim eu achava bizarro esses pais que deixavam o filho sozinho em Paris, sem se preocupar com nada. "O que os teus pais fazem no exterior?", perguntei pra elucidar o mistério. Ele mal tava ouvindo o que eu dizia. Ocupado demais encerando as próprias botas em antecipação pra festa da Émilie Fermat. O Marco era o tipo de sujeito que não responde. Você fazia uma pergunta: metade das vezes ele respondia, metade não. Você não sabia nunca. Esse tipo de atitude sempre me deixou maluco. Eu, quando me fazem uma pergunta, eu respondo. Questão de lógica. Ele, não. Ele preferia encerar as próprias botas pra você ser obrigado a constatar que as botas dele eram do cacete. "Nada mal, né?", ele disse enquanto se olhava no espelho, como se estivesse falando sozinho. Não respondi nada. Afinal, ele tinha acabado de me ignorar, eu é que não ia responder. Então repeti: "Hein? Por que os teus pais não moram em Paris?" Ele foi pro banheiro, ainda me ignorando, porque eu não tinha respondido. E aquilo acabou me irritando. Por isso que eu mandei um "Para de se embonecar um minuto! Eu fiz uma pergunta".

– Eles trabalham. Meu pai. No setor de telecomunicações.

– Onde?

– Já te disse mil vezes...

– Esqueci.

– No Marrocos.

Aquele cara tinha mesmo muita sorte. Os pais dele tinham ido pra lá fazia seis meses. Como eles não queriam que o filho fosse pra um daqueles colégios franceses internacionais e pensavam que o *Instituto* era uma boa escola, dado o seu perfil, tinham deixado ele sozinho em Paris. Com um apartamentinho de brinde. Na primeira vez que ele me contou aquilo, fiquei no chão. Bom. Em seguida, descobri que as coisas não tinham acontecido exatamente daquele jeito. Aquela era a versão dele. Na verdade, os pais tinham deixado ele com a avó, que morava no térreo daquele prédio, mas também tinha aquele pequeno sótão no último andar. Ele tinha conseguido negociar com ela pra dormir ali. Por outro lado, era pra ele viver com a velha o resto do tempo. Mas isso, claro, o Marco esquecia de te contar. Ele preferia dizer que vivia sozinho. Tipo um estudante de faculdade, né?

– Eu ia gostar bastante se meus pais fossem pro Marrocos.

– Teus pais fazem o quê? – ele perguntou quando voltou pro quarto.

Ele tinha penteado os cabelos pra trás. Não sei o que ele passava no cabelo pra ficar daquele jeito. Tentei fazer aquilo uma vez. Não pra imitar ele, mas porque eu gosto. Mas não ficou. De noite, voltei pra casa com uma espécie de crista. Uma vergonha. Nele, ficava. Ele parecia um italiano, tipo máfia e tal, quando fazia aquilo. Dava pra ver os traços do pente.

– Meu pai, é complicado...

Eu não queria me estender naquele assunto. Eu nunca falava dele, de ele estar morto.

– E a tua mãe?

– Da minha mãe eu prefiro nem falar. Ela vive com um cara... Puta merda. Ele usa calça de veludo.

– Ah, sim. Pois é...

– E aquele negócio da advertência ficou entalado na garganta dela. Às vezes, penso que o melhor é eu me mandar.

– E ir pra onde?

– Sei lá. Pra longe, eu acho.

O Marco tava me olhando de um jeito esquisito. Eu ainda não tinha dito que, no fim das contas, eu não ia poder ir à festa, mas tinha a impressão de que ele já desconfiava. A verdade é que eu não tinha encontrado o jeito de falar daquilo sem parecer um sujeito que a mãe botou de castigo. Ele, claro, tinha sido pego enquanto fumava: devia ter levado uma advertência, que nem eu, mas ninguém ligava, já que ninguém tava lá pra dar esporro nele (a não ser a avó, que devia dormir de boca aberta noventa por cento do tempo). Mas eu tinha que encarar. E do nada contei que, no fim das contas, eu não ia poder ir. Tinha coisa melhor pra fazer. Um encontro. Com uma garota saidinha e tal. Então, claro, eu não ia à festa de uma atriz se eu tinha um encontro na mesma noite. A não ser que eu fosse imbecil. E, afinal de contas, o que eu tinha que ver com um bando de atrizes?

No começo ele não acreditou. Achou que eu tava inventando. Então tive que dar mais detalhes. Ela se chamava Charlotte. Uma morena de outra escola minha que fumava pelo menos um maço de cigarro por dia e que tinha pintado os cabelos de ruivo. O que convenceu ele foi a história dos cabelos ruivos. O tipo de coisa que não se inventa. Era essa a minha técnica: dar detalhes precisos bem no meio de uma mentira enorme. Pra fisgar o peixe.

De qualquer forma, eu não me importava de enrolar o Marco. Porque eu sabia muito bem que ele vira e mexe fazia a mesma coisa. Ele era do tipo que conta vantagem dia e noite. Quem ouvia achava que sempre aconteciam coisas incríveis com ele. Comparada com a vida dele, a sua era bem caída. Conheço caras que teriam levado tudo aquilo ao pé da letra. Mas com ele nada devia ser levado ao pé da letra, já que ele contava vantagem dia e noite. O problema é que a memória dele não era das melhores. A memória dele, na verdade, era horrorosa. A minha teoria é que ele bebia muito. E aí formulava umas versões contraditórias. Se você quer a minha opinião, o cara mentia o tempo todo. Às vezes sem nem saber. Uma espécie de doença. Especialmente quando falava de mulher. Ele tinha me contado umas coisas tão inacreditáveis que acabei não comprando mais nada do que ele dizia. Até aquela história do Marrocos era suspeita. Por isso é que eu vira e mexe voltava a falar daquilo. Ele era do tipo que um dia podia dizer que o pai trabalhava no setor de telecomunicações na Tunísia. Ou no Magreb. Eu queria muito pegar ele no flagra. Com a boca na botija. Enfim, eu não me sentia mal em enrolar ele de vez em quando. Troca de cortesias, num certo sentido. Porque é claro que eu não tinha encontro nenhum com a Charlotte. Era só que eu não podia ir. Por causa da minha mãe.

– E por que você não leva ela?

– Quem?

– A garota que você vai encontrar?

– Quem é essa?

– A garota que você vai encontrar?

– Hein?

– A garota...

– Que garota?

– Essa que você vai encontrar...

– Qual?

Eu ficava perguntando pra ganhar tempo. Porque eu sabia muito bem de que garota ele tava falando, afinal de contas eu não ia encontrar dez mil garotas, já que só tinha uma e que, além do mais, eu não ia sair com ela – mas eu queria confundir ele um pouco pra ter tempo de dar uma boa desculpa. O chato nas pessoas é que elas sempre fazem você inventar um monte de coisas. Você até tem vontade de dizer a verdade, mas elas sempre encontram uma forma de te contrariar. Sem brincadeira, elas sempre fazem você inventar um monte de coisas. Porque elas não param de pedir explicação pra tudo. O problema é que não dá pra explicar tudo o tempo todo. Você diz, por exemplo, que você não pode ir a uma festa, e elas saem pedindo explicações intermináveis, tipo atestado médico, em vez de simplesmente entender que você não vai poder ir. E aí você simplifica um pouco, você ajeita, você modifica de leve pra não entrar nos detalhes, quase nada, uma ajeitadinha, e depois acusam você de mentir. É isso que é chato nas pessoas. A falta de lógica.

Por que eu não levava a Charlotte pra festa? Pensei em dizer que era por causa de grana. Porque talvez a entrada fosse paga, tipo cara pra cacete. Só a entrada. E depois ainda tinha a consumação. No fim das contas, acabava custando os olhos da cara. Como eu já disse, no *Instituto* só tinha playboy que ganhava mais de um milhão de mesada por semana. Sem brincadeira. E ainda por cima em dólares... Não era o meu caso. Então eu não podia ir e pagar duas entradas, a minha e a da Charlotte. Tava acima das minhas posses. Porque eu tenho que confessar que eu tava duro. Tinha gastado tudo que eu tinha.

Até ali, era graças à sra. Morozvitch que eu sobrevivia. Denise Morozvitch. Ela, pelo menos, era generosa. Ela me fornecia uma pequena renda toda semana. Em segredo. Sobretudo pra ela mesma. Porque ela não sabia realmente. Eu não queria aborrecer ela com aquilo. Preferia pegar discretamente. Por delicadeza. Mas o plano já era. E isso também tinha sido dureza. A história toda é que a sra. Morozvitch morava no mesmo prédio que a gente. No andar debaixo. Era uma velhinha simpática, mas muito velha mesmo. Por exemplo, ela era toda arrebentada. A gente ficava sempre com a impressão de que ela ia morrer de uma hora pra outra. E, principalmente, ela era cega. Ou quase. Enfim. Minha mãe cuidava dela. Fazia as compras pra ela, esse tipo de coisa. As duas se davam bem. E, além disso, a minha mãe gostava dessa história de cuidar de velha. Devia fazer ela se sentir útil pra alguma coisa. Bom. E, como ela achava que faltava utilidade na minha vida também, ela tinha me carregado com ela nessa história. À força, claro. Ela tinha decidido que eu tinha que passar uma vez por semana pra ver e cuidar dela. Um horror. Enfim, no começo, foi um horror. Eu não sabia o que dizer. Eu nem sabia se ela sacava quem eu era, que porra eu tava fazendo na sala dela. Ela ficava na poltrona, inerte, com aqueles grandes óculos escuros, e eu que nem um idiota sem saber o que fazer. Uma angústia. Durava horas. Às vezes eu dizia alguma coisa, mas ela respondia uma coisa absolutamente nada a ver. Ou então nem reagia. Nunca dava pra saber se ela estava dormindo, por causa dos óculos, ou se estava à beira da morte. Então eu agia como se ela estivesse dormindo. No fundo, a gente se entendia melhor quando a gente não falava. A gente não tinha mais o que dizer.

Mas depois comecei a achar que o tempo custava a passar. Pois é. Duas horas por semana olhando direto naqueles óculos, era pra abalar o moral de qualquer um. Sem brincadeira. Então decidi ler umas coisas pra ela. Livros que estavam na biblioteca e cheiravam a poeira. Eu lia em voz alta. Na época, eu ainda não sabia que queria virar escritor, já que eu não sabia nada de livro. Foi a partir dali que a gente passou a se entender, ela e eu. Na verdade, ela tava bem menos morta do que parecia. Ela, às vezes, soltava umas coisas que te deixavam de queixo caído. Por exemplo, sobre a vida dela. Ela tinha um monte de histórias pra contar. Umas coisas incríveis. O resto do tempo eu ficava lendo. E aí um dia ela pediu pra eu pegar uma carta que ela tinha recebido. Uma carta que tava na escrivaninha. Porque o filho dela escrevia de vez em quando. Um belo dum sacana, pelo que eu entendi. Que só pensava numa coisa: botar ela num asilo pra ficar com o apartamento. Juro. Ainda existe esse tipo de gente. Tem até cada vez mais. Enfim. Fui pegar a carta pra ler em voz alta. E foi fuxicando que achei o esconderijo. Onde ela botava o dinheiro. Um maço, que nem nos filmes. Fiquei bolado. Na hora, não toquei em nada. Mas fiquei pensando naquilo a noite toda. Eu me dizia que era agora ou nunca. Afinal de contas, ela era cega. Não tinha risco nenhum. O melhor, na minha opinião, era bicar aos pouquinhos. Pra não perceberem. Um homem prevenido vale por dois. Talvez até três, diante de uma velha desligada como a sra. Morozvitch.

Na semana seguinte, não fiquei pensando muito. Fingi me ausentar um segundo e voltei pro quarto do lado, onde se encontrava o que ela chamava de "escrivaninha" e que na verdade era uma mesa com gavetas. Não perdi tempo. Pelo contrário, me apressei. Peguei duas notas de vinte. Rápido como um raio. E tava feito! O roubo a banco mais fácil de toda a história dos roubos a banco! Uma obra-prima. Assinada por Julien Parme. Quando, de repente, a mão se demorando prazerosamente na gaveta, vi que a sra. Morozvitch estava na porta, a alguns metros de mim, e que ela estava me olhando. Ah! Levei o maior susto da minha vida. Ela estava lá, paradona atrás daqueles óculos escuros, sem dizer nada. De repente, tive uma dúvida: e se ela enxergasse bem? Imagina uma velha que usa óculos, por exemplo: quem pode dizer que ela é mesmo cega? Ela pode muito bem usar óculos pra todo mundo *pensar* que ela é cega. Sutileza e tal. E agir em consequência disso. Dei um sorriso amarelo. Meti nervosamente as duas notas no meu bolso. Agora eu tinha a impressão de que ela tava me encarando. Fechei a gaveta com o máximo de silêncio possível. Mas ela fez um barulho bizarro. Com a boca. Como se soubesse. Aquilo me deu o maior cagaço. Puta merda. Se a minha mãe soubesse daquilo, eu tava simplesmente frito. Sugeri que a gente voltasse pra sala. Ela deu um sorrisinho de feiticeira, um sorriso esperto, e depois coloquei ela na poltrona. E fui me sentar, como se nada tivesse acontecido, limpei a garganta, porque a minha voz sempre fica meio alterada quando eu não tô à vontade, não sei por quê, e, além disso, também coço o nariz quando não tô à vontade, é o tipo de coisa que não consigo evitar. Então, limpei a garganta enquanto coçava o nariz e comecei a ler.

Ela me interrompeu imediatamente, no meio de uma frase: "Sabe, Julien, eu queria dizer que você é muito gentil de vir me visitar."

Eu não sabia se era uma insinuação ou sei lá. Mas preferi agir como se não fosse nada.

– Que isso, sra. Morozvitch. É... normal.

A minha voz estava desafinando loucamente, e daqui a pouco eu ia parecer o Michael Jackson de tanto coçar o nariz.

– Não, justamente, não é normal. E é por isso que eu fico emocionada.

Quando eu disse que ela às vezes saía com umas coisas que te deixavam de queixo caído...

– A gente tem que tentar ser generoso – me esquivei.

Então recomecei a ler no maior pique. Ela não disse mais nada naquele dia. Considerei aquilo um consentimento. Afinal de contas, era melhor pra ela que fosse eu que pegasse aquela grana. Porque, se eu não pegasse, ia pro filho dela. A longo prazo, quero dizer. Mas como era justamente isso que interessava pro filho, a grana, e por isso que eles não se entendiam, a mãe e o filho, era melhor pra todo mundo que eu cuidasse da grana. Simples questão de lógica. Se eu podia ajudar... Porque no fundo eu gostava da sra. Morozvitch. Aliás, um dia eu vou devolver o que peguei. Vou fazer as contas. E devolver tudo. Até um pouco mais, com juros. E depois comprar flores pra ela. De vez em quando. Com a grana dela, claro, mas não é isso que conta. O que conta é que ela pense que estão cuidando dela. Que gostam dela. Que o quarto dela tenha um cheiro bom. Porque deve ser muito deprimente, se vocês querem saber o que eu acho, ser velho que nem ela. Ainda por cima cega. Eu ia levar flores e doces pra ela. Assim, sem saber, íamos ser pelo menos dois achando bom que eu roubasse ela um pouco toda semana.

Depois da minha hora de leitura, naquele dia, me senti superrico. Eu tava com quarenta euros no bolso. Muito irado. E o principal era que eu ia poder repetir aquilo toda semana. Ainda estudante, eu sonhava em viver de renda. Eu lembro bem: eu parecia um doido, o tempo tava ótimo, eram os primeiros dias da primavera. E fiquei com vontade de me instalar num terraço de café e ficar lagarteando ao sol. Fui pros lados de Alésia. Um bairro onde eu não conhecia ninguém. Quando chegou o garçom, eu disse com a minha voz de escritor no alto da sua glória: "Um uísque, please!" Ele hesitou um pouco, por conta da hora e também por causa da minha idade, achei que ele ia dizer não; mas, não, ele não disse nada, o que quer dizer sim na língua dos garçons, não? Como recompensa, pensei, vou deixar uma baita gorjeta. Sempre sonhei em deixar baitas gorjetas. Pra ver. A cara do sujeito. Num instante, o garçom compreende que está servindo Julien Parme. Ele não acredita nos seus olhos. E assim que eu me levanto, no momento de ir embora, a poucos metros de distância, eis que ele corre atrás de mim, senhor, senhor, todo ofegante, suando, superemocionado, sobretudo superemocionado, impressionado até, a grande chance dele, ele me estende um exemplar do meu último romance e me pergunta se eu podia, cordial e atenciosamente, autografar aquela obra-prima... Pois é, eu lembro, eu me sentia rico à vera naquele dia, com quarenta euros no bolso. Tudo parecia possível, até virar um grande escritor. Também lembro que comprei um maço de cigarros e que passei a tarde pegando sol, fumando e sonhando com todos os romances que eu ia poder escrever. Eu tava bem. Sem preocupações. Com a impressão incrível de ser livre e de ter a vida toda diante de mim.

O principal é que quase nada mudou pra sra. Morozvitch. Ela não passava necessidade, quero dizer. Pra mim, por outro lado, aquilo permitia investir em cigarro, cinema, livros e um monte de outras coisas. E além disso, era uma motivação suplementar pra ver ela todo sábado. Enfim, embora eu não seja um ladrão, pelo menos não na alma, eu não sentia nenhuma vergonha, a não ser aquela, insistente, de não sentir nenhuma. Em geral, eu pegava vinte euros. Raramente mais. No começo, eu anotava tudo. Uma contabilidade de maluco. Depois parei, porque eu sempre trocava as bolas. Nunca fui bom de número. Mas, no dia em que eu puder pagar, vai ser fácil saber quanto eu devo. Pensando bem, vai dar uma boa grana. A deduzir dos meus direitos autorais. Aliás, vou ter que falar com meu editor. Quando eu tiver um. Quando eu tiver escrito um livro.

Mas, enfim. O problema é que um dia o filho simplesmente deportou ela prum sanatório. Embora ela estivesse em plena forma. Mas o que ele queria era o apartamento. Não é pra me gabar, mas o que prova que eu tenho razão nesse sentido é que ele se mudou um mês depois. Pro apartamento. Aquilo me deu nojo. Tenho certeza de que ele nem pediu a opinião da mãe, o filho. Esse tipo de coisa te deixa pra baixo por um mês. Principalmente porque eu tinha perdido um bocado de grana nessa história, já que a escrivaninha ainda tava bem cheia. Mas eu não ia ler em voz alta para aquele imbecil só pra continuar a me servir ali. Isso nem pensar. Não é costume meu ler em voz alta pra imbecis. Afinal, apesar de tudo, tenho os meus princípios.

4.

De repente era isso que eu tinha que dizer pro Marco: que eu não podia ir por causa da grana. Era uma forma de mentir dizendo a verdade. Mas acabei decidindo que era uma má ideia: era difícil acreditar que a garota ia fazer as pessoas pagarem pra entrar na festa (tô falando da Émilie Fermat). Se fosse numa boate, tudo bem, mas na casa dela, fala sério, e no aniversário, era difícil, tinha cara de desculpa esfarrapada, e aí eu ia ter que dizer a verdade – ou seja, por causa da minha mãe, a "festa do ano" ia escapar entre os meus dedos. Era mesmo pra se sentir deprimido.

Pra não ter que responder o Marco na hora, acendi um cigarro. É o que eu prefiro no fato de fumar: acender. Acho o máximo. Sempre franzo as sobrancelhas quando acendo um cigarro. Sem motivo particular. Tem coisas que não se explicam. Alguém tem que explicar isso pros que acham que tudo se explica. "Tem um pra mim?" Marco ainda tava se olhando no espelho. Torso nu e tal. Se aquele cara pudesse se beijar, se beijava. Juro. Bizarro como aquele maluco se amava. Melhor pra ele, aliás. Mas mesmo assim. Tenho que admitir que ele fazia um certo sucesso. Era só bater o olho pra ver que ele sabia qual era a história com as mulheres. Sem dúvida, muito por causa da idade dele. E além disso, ele era fortão. Ele botou uma camisa branca, toda simples, tipo saca só o meu estilo, depois se virou pra mim pra pegar o cigarro que eu tava estendendo, enquanto repetia pela quarta vez: "Hein, por que você não leva ela, a garota que você vai encontrar?"

– Ela não é muito desse tipo de festa – finalmente respondi.

– Ah é? E qual é o tipo de festa dela?

Ele sempre tinha que ter a última palavra. Me irrita essa gente que sempre quer ter a última palavra. Porque não existe última palavra. Nunca. Tem sempre outra que se mete logo atrás.

É básico isso. O Marco devia saber. Pra começar, como é que eu podia saber qual era o tipo de festa que ela gostava, a Charlotte, se eu nunca tinha encontrado ela, essa Charlotte? Ele tinha me deixado pra baixo com aqueles preparativos intermináveis e aqueles milhões de perguntas. Agora eu tava com vontade de ir pra casa. Puta merda. Que chegassem logo os meus dezoito anos. A liberdade. Porque naquele momento eu tinha a impressão de ser um cachorro preso num poste. Com uma corda queimando o meu pescoço. Quantas vezes eu não tinha ouvido aquela frase de carcereiro: "Quando você tiver dezoito anos, você vai poder fazer o que quiser..."?

Na parede da minha cela, eu desenhava pauzinhos.

Marco virou de frente pra mim. Finalmente ele estava pronto. "E então?", ele me perguntou. "Você só esqueceu de passar o batom", mandei. Tipo pra mostrar que eu não tava tão nervoso quanto parecia. "Esquenta não, daqui a pouco vou passar e não vai ser só na boca..." Aquilo me irritou, aquela insinuação. É exatamente o que eu dizia pra vocês agora há pouco: só garganta. Depois, ele começou a dizer que tinha que se apressar porque tava esperando uma amiga que ia passar pra pegar ele antes de ir pra festa. O que não me surpreendia, a história da amiga que tinha que passar pra pegar ele. Tenho até certeza de que ele sempre fazia aquilo. Um garganta dos brabos, aquele cara. Era pra mostrar que ele tinha um apartamentinho. Meio que dava o tom. Pra depois da festa.

– E quem é essa tua amiga?

– Você tá doido pra saber, né...

– Eu não... Tô cagando.

Fingi que tava procurando uma coisa no bolso.

– Ela também se chama Charlotte. Engraçado, né?

Pensei se ele tava me zoando. O Marco era exatamente o tipo de sujeito que podia dizer uma coisa daquelas só pra te zoar. O cara não tinha classe nenhuma. Estalei a língua. Não sei por que eu fiz aquilo. Às vezes, faço umas coisas sem saber por quê. Era sem dúvida pra mostrar que eu não tava ligando. Pior pra ele se ele não queria acreditar na história da Charlotte. Afinal de contas, eu não ia ficar suplicando e tal. Levantei da poltrona. Minhas pernas tavam esmagadas. "Bom. Vou me mandar." Eu já tava atrasado, mas, sinceramente, tava sem vontade de voltar pra casa: depois do que tinha rolado no escritório do diretorzinho... Ele virou pra mim e com um sorriso bizarro me disse:

– E aí, adivinha quem é a garota?

– Menor ideia.

– É a Mathilde.

Engoli em seco.

– Quem? Mathilde Fermat?

– É.

Puta merda... Levei pelo menos dez segundos pra sacar o que ele tinha dito. O quê? Mathilde Fermat... Praticamente minha noiva... Quase caí duro no chão... A pior notícia do dia. Do ano, até... O celular dele tocou no mesmo instante. Ele foi atender na cozinha. Acho que pra eu não ouvir. Mathilde Fermat? Dei um tapa na minha cara. Não tava acreditando. Que diabos ela tava fazendo com um sujeito feito o Marco? A vida é incompreensível. O que ela podia ver nele? Um sujeito meio grosseirão e tal que nem ele. Eu não tava entendendo nada. Ele voltou pra sala, que era também o quarto. "Bom, ainda não acabou, mas eu preciso me apressar. Ela tá chegando." Ela tinha ligado pra avisar que tava um pouco adiantada. Aí ele ficou acelerado. Começou a arrumar as roupas que estavam largadas na cama e na poltrona. Tudo estava definitivamente indo rápido demais pra mim.

– Não tô acreditando...

– Quê?

– Você disse que eu tava aqui?

– Pra quem?

– Pra Mathilde...

– Sei lá. Porra, você deixou ela toda amassada! É um vacilão mesmo!

Verdade que eu nem tinha visto aquela camisa. Mas, também, que ideia largar ela numa poltrona. Uma poltrona, afinal de contas, serve pra se sentar. Então não é pra ficar surpreso se uma camisa numa poltrona acaba toda amassada. Questão de lógica pura e simples. Mas o Marco nunca tinha ouvido falar de lógica.

– Ela chega em quanto tempo?

– Agora. Ela me disse que estava chegando. Queria o código do portão.

Ela estava chegando. Puta merda. Ela queria o código. Eu não tava entendendo. Não sabia que os dois se conheciam, já que o Marco não fazia alemão, e sim espanhol. "Você conhece ela de onde? Hein? Não sabia que vocês se conheciam..." Eu nunca tinha visto os dois juntos nem nada. E nunca tive coragem de dizer pro Marco o que eu achava dela. Nunca tive coragem de dizer pra ele que eu pensava nela toda noite antes de dormir, que ela era sem dúvida nenhuma a minha pessoa preferida no mundo inteiro, com aquela boca, e que eu quase tinha chapado no chão outro dia quando falei com ela. Sem sacanagem. Chapado. De emoção e tal. E agora ele me dizia que eu ia encontrar ela ali. Sem preparação. Ele tava dobrando a camisa com uma dedicação de mocinha casamenteira enquanto eu talvez fosse cruzar com Mathilde Fermat. Puta merda. Eu e ele, a gente realmente não tava na mesma sintonia.

– E depois vocês vão direto pra festa?

– É, ué.

– Mas por que ela vem aqui se a coisa é na casa dela?

Marco estava fazendo a cama. E de repente pensei que talvez aquele cachorro fosse trazer ela pra cá. Depois da festa. Não sei por quê, mas a ideia me pareceu horrível. De um horror absoluto, até. Também lembrei o que ele tinha dito sobre o batom. O filho da mãe. Era dela que ele tava falando quando disse que ia ficar todo sujo de batom. Imaginei se a Mathilde Fermat era o tipo de garota que passava batom. Sem dúvida que sim, pra uma festa. "Mas como é que pode ela passar na tua casa?" Ele abriu um pouco a janela pra deixar entrar ar fresco. Se examinou uma última vez no espelho. Depois me disse: "Você tá pronto?" Mexi nos meus bolsos. Levemente em pânico. Peguei um cigarro, que acendi franzindo as sobrancelhas. Mas, daquela vez, eu sabia por que eu tava franzindo as sobrancelhas. "Porra, que loucura. E ela vem pra cá? – Tô dizendo, ela tá chegando." Talvez eu cruzasse com ela na escada. Fiquei estressado. Pensei se eu ia ter coragem de falar com ela. Se eu soubesse, tinha botado minha jaqueta preta, aquela que eu adoro. Porque é verdade que eu não tinha previsto aquilo. Estavam me pegando de surpresa. Comecei a entrar em pânico. Mathilde Fermat. E se ela me perguntasse por que eu não ia na festa da irmã dela? Eu tinha que me garantir com o Marco. Ele era do tipo que podia entregar que a minha mãe tinha me botado de castigo. Um traidor, o Marco. Ele queria botar uma música. Tava procurando um CD em tudo quanto é canto. Fiquei ouvindo ele murmurando, porque não tava achando o tal CD que queria. Perguntei de novo como é que podia e, em primeiro lugar, por que ela tava vindo pra casa dele e pra fazer o quê. Ele foi vago. Porque ele tava com a cabeça em outra. Ele queria criar um clima. Puta merda. Por que eu não ia nessa festa? Eu tava arrasado. E, principalmente, eu queria ficar invisível.

– Bom. Vou indo então. Manda um beijo pra ela.

– Sem problema.

– E se ela perguntar por que eu não vou...

– Beleza. Esquenta não.

– Valeu. Bom, até mais.

– Até mais.

Saí do quarto. Quando a porta estava fechando, ouvi aquela voz de babaca me dizendo: "E boa sorte com a tua Charlotte!" Às vezes, o Marco era mesmo um escroto. Ele era exatamente o tipo de sujeito que dizia boa sorte com a tua Charlotte sabendo muito bem que você ia passar a noite sozinho. Apertei o botão do elevador. Eu tava com vontade de ir embora. Porque eu tinha medo de não ter nada pra dizer pra ela. E que ela me achasse ridículo. O botão ficou piscando no escuro um tempão. Eu tava mais nervoso do que nunca. Mathilde Fermat. Escutei uma música ao longe. Pensei que o Marco tinha encontrado o CD. Que babaca, o Marco. Então o elevador chegou. E eu desci até lá embaixo no escuro, arrepiado como aqueles que fogem.

5.

Quando digo que "desci até lá embaixo no escuro", sei muito bem que alguns vão se fazer de espertos e me explicar que isso não se diz. Então respondo logo que eu tô ciente. Mas, pra mim, uma coisa que me deixa louco são os sujeitos que te corrigem como quem tá te zoando quando você faz uma figura de estilo. Por exemplo, se você diz "desci pra baixo", o sujeito que te corrige na zoação perguntando "Ah, é, não foi pro alto que você desceu?", pois é, esse sujeito, noventa por cento das vezes, eu tenho vontade de matar ele. Acho que isso é simplesmente babaquice, esse tipo de respostinha. Porque, pra mim, quando a gente diz "descer pra baixo", é pra dizer uma coisa precisa. Em todo caso, eu, quando digo isso, se alguém me corrige tirando ondinha com a minha cara, respondo logo que a gente pode muito bem descer pro alto ou subir pra baixo, mas que é muito difícil porque é preciso saber sentir a poesia, e que sentir a poesia não é pra todo mundo, e sobretudo não é pros imbecis que pensam falar francês melhor que os outros.

Voltei pra casa a pé e, durante todo o caminho, não vi nada do que acontecia ao meu redor, de tanto que eu pensava nela. Cheguei ao hall do meu prédio. Em geral, eu nunca pego o elevador pra subir. Questão de princípio. Os elevadores são pros velhotes e pros esquimós. Por isso, em geral eu sempre pego a escada. E, além disso, em geral também subo elas correndo. Primeiro porque eu tô sempre atrasado. Que nem todos os grandes escritores. Mas é principalmente por reflexo. São as minhas pernas, elas ficam doidas desde o primeiro degrau. Não perguntem por quê, não tenho a menor ideia. É só que eu vejo uma escada e saio correndo. É mais forte que eu. Por isso, como sempre, eu tava sem fôlego quando cheguei à porta do apartamento. No último andar. E, principalmente, eu tava com vontade de vomitar.

Tudo tava me dando vontade de vomitar, se vocês querem saber os detalhes. Os andares que eu tinha acabado de subir. O falso mármore da escada. A porta diante de mim. O que se encontrava atrás dela. Quero dizer, minha mãe e tal. Nojo puro. Pensei em dar meia-volta e ir embora. Não sei pra onde. Só ir embora. Mandar todo mundo à merda. E depois ir à festa, encontrar a Mathilde. Dizer te amo pra ela. Viver, né? Se a vida fosse um romance, pensei, era isso que eu ia fazer. Era o que eu ia fazer se tivesse coragem. A vida é um romance quando se tem coragem. Puta merda. Um aforismo! Rapaz! Às vezes, eu era capaz de mandar uma frase dessas! Peguei rápido um lápis na mochila, sentei no último degrau e anotei ela em algum lugar pra não esquecer. Depois fiz dois círculos em torno dela. E escrevi do lado: "Para o romance." Frases como aquela, não é pra me gabar, mas tinha um monte delas anotadas nas minhas coisas. No dia em que eu reunisse todas, ia dar um belo romance. Juro. Na primeira página estaria: "Para Mathilde, que me inspirou."

Fiquei um bom tempo sentado no último degrau da escada. A luz tinha apagado sozinha. E fiquei sonhando acordado no escuro, imóvel. Também tava com vontade de fumar, mas era meio perigoso. Às portas do lar. Já que eu tinha fingido pra minha mãe que eu ia parar. Mas a vontade era muito grande, então fui abrir uma janelinha, alguns degraus mais embaixo, e acendi um cigarro franzindo as sobrancelhas. Que nem no cinema. É, ir embora. Ia ser demais. Ir pra Itália, por exemplo. Eu já tinha visto fotos da Itália, era o país mais bonito do mundo. O país dos tiramisus. Eu podia me virar por lá, claro que podia. Ia trabalhar pra ganhar uma graninha, tipo pra bancar um hotelzinho à beira do mar, e ia ficar só na boa vida. De noite eu ia pegar umas garotas num barzinho. Ia contar minhas aventuras. Bom, eu ia exagerar um pouco os motivos da minha partida. Quase nada. Só uma mortezinha aqui e ali. Tipo pra deixar tudo mais charmoso. E elas iam se apaixonar por mim. E depois eu ia escrever uma carta pro *Instituto*. Já imagino a cara deles. Todo mundo arrasado. E outra carta pra sra. Thomas, pra explicar por que, apesar do desejo literário e recíproco, eu não podia propor que ela se juntasse a mim: eu ia em breve me casar com a Mathilde.

Suspirei profundamente. Ouvi o toque do telefone do outro lado da porta. E a voz da minha mãe. Deviam ser no mínimo nove horas. Eu certamente ia levar uma bronca. Até porque eu não tinha nenhuma desculpa nem nada. Mas, curiosamente, eu não tava com pressa. Chupei um tic tac de menta pro meu hálito. Pensei que, naquele mesmo instante, a Mathilde devia estar no quarto daquele puto do Marco. Imaginei ele servindo uma coisa pra ela beber. Tipo vinho e todo o esquema. Ou pior: uma coca com uma aspirina dentro. Eu tinha ouvido dizer que isso deixava as garotas totalmente alucinadas em matéria de sexo. Uma coisa afodasíaca, né? Sinceramente, aquilo me dava ânsia de vômito.

Abri mais uma vez a janelinha pra jogar longe a guimba. É preciso sempre se livrar das provas do crime. Entrar no apartamento com uma guimba no bolso ia ser meio que nem matar um cara e tentar passar na alfândega com a arma. Não sou tão doido assim. Me inclinei pra ver a guimba caindo. Fiquei observando ela o máximo de tempo possível. Ela se volatilizou do nada, tipo por encanto. Um desaparecimento. Imaginei a queda de um corpo. Imaginei que era eu aquele corpo. Aquilo me deu um frio na espinha. Fechei a janela pra pensar em outra coisa.

Subi de novo até a entrada. Peguei minha chave e, na hora em que eu ia colocar ela na fechadura, a porta abriu. Era a Bénédicte, que sem dúvida tinha me ouvido. Na minha opinião, ela estava de olho pra ver quando eu voltava. Pelo menos era bem o estilo dela.

– Ah, é você... A gente tava te procurando por tudo quanto é canto. Você vai levar uma bronca, meu camarada. Eu é que não queria estar no teu lugar...

Ela disse aquilo com aquele jeito de santinha. Aquilo me deixou muito puto. Fiquei parado um instante, tipo congelado, porque eu tava ouvindo uma voz dentro de mim que dizia "Vai embora! O mais longe que puder! Se manda! Não tem ninguém que queira o teu bem nessa casa! Vai embora enquanto é tempo... Coragem!" Olhei pela janela. Lá fora estava de noite. Era tarde. Respirei fundo pra me acalmar, eu ainda ia poder me mandar mais tarde, e entrei no apartamento. Bem direitinho.

Me dei conta de que ainda não falei da Bénédicte pra vocês. É a filha do François, a partícula. Uma espécie de meia-irmã, se vocês quiserem. Mas o engraçado é que ela se parece mesmo com a minha mãe. A cara, eu quero dizer. Embora elas não tenham nada a ver uma com a outra, no que diz respeito à biologia. Todo mundo diz que elas se parecem como se a minha mãe fosse mesmo a mãe dela. O que não é o caso, já que ela é minha, a mãe. Cada vez que diziam isso elas ficavam as duas com uma cara contente, como se elas considerassem aquilo um cumprimento, quando na maior parte do tempo era só uma observação à toa. E o François também ficava todo contente com aquela ideia de que a mulher e a filha dele tinham mais ou menos a mesma cara. Só eu não ligava nem um pouco. Desde que ninguém dissesse que eu parecia com o François...

Ele e a minha mãe começaram a viver juntos faz quase dois anos. Eu ainda era adolescente na época. Eu devia ter uns doze anos, quase treze. Um dia a gente mudou de apartamento e veio morar aqui com eles. Minha mãe e eu, a gente antes vivia num lugar bem pequeno. Mas eu gostava. Enquanto que agora era um apartamento grande à beça com uma puta vista pra torre Eiffel. Sem sacanagem. Na área do Trocadéro. Foi nessa época que eu conheci a Bénédicte. No começo, eu achava ela bonitinha. Ela tinha cabelos longos e louros, bem lisos, que chegavam quase até a bunda. Mas a gente nunca se entendeu de verdade. Mais: a gente sempre só fez brigar. Ela tinha dois anos a mais que eu. A idade do Marco. Uma vez, os dois se encontraram. Ele tinha vindo à minha casa pegar uma coisa, a gente tava no meu quarto e como sempre ela entrou sem bater. Depois o Marco me falou dela, da Bénédicte. Ele achava ela gata e tal. Segundo ele, ela era bem peituda. É possível. Mas ela era muito babaca. Por exemplo, ela andava a cavalo todo fim de semana. As garotas que gostam de cavalo são sempre introvertidas e difíceis de conviver. É uma regra. Observem uma garota que anda a cavalo toda semana e vê se ela não vai ser superimatura sobre a vida. Do tipo que diz que não se interessa por garotos. Uma eterna menininha dando lição de moral nos outros. Uma sabichona. Sempre rezando, arrumando alguma coisa ou fazendo o dever. Não, francamente, garotas que nem essas são tudo de ruim. Principalmente porque em geral esse tipo de garota detesta os garotos que nem eu. Os poetas, quero dizer.

A verdade é que ela se entediava na vida. Mas ela era orgulhosa demais pra admitir. Ela nunca ia ter coragem de dizer uma coisa assim. Por exemplo, ela ficava sempre no quarto estudando. E, se você perguntasse por que ela ainda não tinha terminado, já que fazia horas que ela tava estudando, ela respondia que tava se adiantando. Se adiantando quer dizer fazer deveres que não são pro dia seguinte, mas pros outros dias. A Bénédicte era exatamente o tipo de garota que se adiantava. Então é claro que ela se entediava. O adiantamento é uma ideia de gente entediada. E, quando a gente tá entediado, a gente fica espionando a vida dos outros, dos vivos, perto da porta pra ser a primeira, na hora que eles chegam, a pular em cima deles e dizer num tom de santinha: "Você vai levar uma bronca, meu camarada. Eu é que não queria estar no teu lugar..."

Taí o que eu quero dizer.

Fui direto pro meu quarto pra deixar minhas coisas. Em geral, o jantar era na cozinha. Ou seja, do outro lado do apartamento. Fui ao banheiro pra passar água na cara. E pra escovar os dentes. Não dá pra confiar muito nos tic tac. E diante da minha mãe, o melhor é se garantir. Dada a situação, eu devia sair correndo pra me juntar a eles. Mas naquele dia, não sei por quê, eu não tava com medo da reação da minha mãe. Era diferente. Eu não tava com pressa. Eu tava arrasado demais com a história da Mathilde. Tava pouco ligando pro resto. Podiam gritar comigo o quanto quisessem. De repente tive uma ideia: telefonar pra avó do Marco e fingir que eu tava com ele, no quarto dele, e que ela precisava ir correndo pra lá porque ele tava se sentindo mal e tinha vomitado em tudo quanto é canto. Claro que ele devia ter dito pra Mathilde que morava sozinho, tipo estudante de faculdade, e que os pais dele estavam no estrangeiro – tudo garganta – e no meio daquele discurso aparece a avó dele com supositório pros intestinos. Gostei bastante daquela ideia. Ha, ha! Mas escutei saltos reprovadores se aproximando no corredor. E voltei correndo pro meu quarto sem ter tempo de executar meu plano.

Minha mãe entrou logo depois de mim. "Isso é hora de chegar em casa?" Ela tava me olhando muito duro. Era mais duro até que pedra. Que nem o coração dela. Sempre tive a impressão de que a minha mãe não me amava de verdade. Acho que ela tinha uma ideia bem precisa do que era um filho e que eu era o oposto dessa ideia. E eu via claramente o filho que ela gostaria de ter. Era só eu fechar os olhos e ele aparecia na minha frente. Ele me olhava de cima, com um sorrisinho irônico de desprezo que queria dizer "Você não vai conseguir nunca, meu amigo... Sou eu que ela ama". Ele era louro, que nem ela. Era bom aluno, culto, falava frases corretas. Queria ser engenheiro mais tarde e era apaixonado, por exemplo, por maquetes. Todo ano, no aniversário dele, a minha mãe ia comprar uma maquete nova. Não era difícil. A gente sempre sabia o que oferecer pra ele, toda vez ele ficava superfeliz e não parava de agradecer. Enquanto eu, tinha que ver a cara que eu fiz no ano anterior, quando ela me deu uma espécie de coisa com peças soltas que eu tinha que colar e pintar pra no fim ter um avião medonho. Que ótimo presente. Eu disse pra ela que eu não tinha mais dez anos, que uma maquete não era exatamente o presente dos sonhos de um homem. Mas isso ela não admitia, que eu não era mais uma criança. Enquanto o outro, o louro, sempre agradecia. E pulava de ano quase todos os anos de tanto se adiantar de noite, depois da escola, em vez de andar por aí, que nem eu, com os amigos e de ainda por cima fumar. Nos conselhos de classe, ele só ganhava elogios dos professores. Enfim, um cara perfeito. Era tudo o que eu via quando ela me olhava. E aquilo me paralisava.

"Tô falando com você. Isso é hora de chegar em casa?" Eu disse: "É." Ela pareceu ultrajada com a minha resposta. Como se fosse provocação. Eu, quando me perguntam, respondo. Só isso. Afinal de contas, não dava pra dizer "não" se ela sabia muito bem que era naquela hora que eu tinha chegado. Que ideia também de perguntar quando a gente já sabe a resposta e que ela vai deixar a gente nervoso. Só mãe mesmo pra fazer isso. Eu já disse pra vocês que as mães são todas malucas? Vi que a coisa podia ficar pior. Então, a mil por hora, tentei arranjar uma desculpa. Por que eu tinha chegado tão tarde? Dei uma olhada rápida no relógio em cima da minha mesa. Tinha passado das oito e meia. Parecia que ia ser difícil negociar. Já que a gente saía da escola às seis. Mas eu sempre podia mandar uma coisa bizarra. Naquele instante, vi a cabeça de Bénédicte surgir na minha porta. Ela não queria perder nada do esporro, a carola. Ela, justamente, era uma maquete de enteada. Minha mãe adorava ela. E, principalmente, ela adorava adorar ela. Pra passar a imagem de família moderna, tipo a gente se ama muito. Eu era a única mancha. Na verdade, o único problema da vida deles era eu.

Na hora, pensei que era verdade, que aquelas duas se pareciam horrores uma com a outra. O que faltava nas duas era um coração. E, por associação de ideias, fiquei de saco cheio. É, do nada. À toa. Parei de me conter. Eu disse: "Eu sei. Tá tarde. E aí? Eu tava com o Marco. A gente tava conversando. Perdi a noção da hora. Também não é pra fazer drama!" Minha mãe não gostava muito quando falavam assim com ela. Era ela que decidia quando era pra fazer drama. Ela, não você. Especialmente na situação de merda em que eu tava.

– Como assim, não é pra fazer drama! Faz duas horas que eu tô te esperando, Julien! – minha mãe continuou putaça. – São quase nove horas. Isso não é hora de chegar em casa! Tá me ouvindo? Ainda por cima na semana que você levou uma advertência!

Dei de ombros, porque não sabia o que responder. Ela fez uma cara de desesperada como se eu deixasse ela esgotada pelo simples fato de existir. "O que eu fiz pra ter um filho assim? O que eu fiz?" Isso era o que ela costumava dizer quando queria me fazer sentir que não podia mais me suportar. Ela dizia isso sem olhar pra mim, e sim pro teto, ou seja, pra Deus, que segundo ela ficava logo depois. No sétimo. Mas Deus não respondia nada de nada. Ele deixava ela sozinha com aquela pergunta idiota. O que ela tinha feito pra ter um filho como eu? Se ela pensasse um pouco, ia se lembrar do que fez pra me ter. Já que pra ter um filho não existe tanta opção assim. Eu, em todo caso, tinha minha ideia a respeito, e, quanto mais ela ficava com raiva, mais eu achava difícil imaginar que ela pudesse ter sido uma mulher gentil, jovem, na cama com o meu pai, como dois amantes, Mathilde e eu, por exemplo, fazendo sacanagem. Exceto que, por enquanto, era aquele puto do Marco que podia estar se divertindo fazendo com a Mathilde o que ela fez pra me ter, e aquilo me deixava doido. Minha mãe tava gritando comigo, mas eu tava cagando. Meu pensamento estava em outro lugar. Tudo o que ela dizia entrava por uma orelha e saía pela outra. Eu só tinha uma coisa na cabeça: o fato de que o Marco devia estar tentando pegar a Mathilde. Com alusões noturnas e tal. E na hora aquilo me deixou superirritado. Ela só fazia gritar, e foi aí que perdi um pouco a noção:

– Mas por que você grita o tempo todo? – perguntei.

– Como é que é?

– Você gosta, né, de gritar feito uma condenada... Sei lá, não dá pra falar normal?

– Olha o jeito como você fala comigo, Julien. Olha esse jeito!

– Mas é você que não para de gritar! E, se você quer saber, não é lá muito inteligente da sua parte. É. Não é muito inteligente falar comigo desse jeito. Porque não custa lembrar que daqui a alguns anos sou eu que vou escolher o seu asilo...

Ela mudou de cor diante dos meus olhos. Eu sabia que tinha ido longe demais. Mas eu tava desesperado naquela noite. É verdade. Eu não tava mais me controlando. Não conseguia parar. De repente ouvimos a voz cancerosa do François chamando a minha mãe. Era tipo o gongo no meio de uma luta de boxe. Era hora. Hora de quê? Aí me dei conta de que ela tava de vestido de sair e tudo. Eles tinham sem dúvida um jantar ou algo parecido.

– Você tá de brincadeira com a minha cara? Como é que você tem a coragem de falar assim comigo? Hein? Você tá entendendo a gravidade da situação?

– Catherine!

De novo a voz da Partícula. Ele estava sempre estressado com medo de chegar atrasado. Minha mãe fez uma pausa antes de continuar: "Bom. Você tá com sorte, eu tô sem tempo. Eu tenho que ir. Mas a gente continua amanhã. Pode acreditar, Julien, a gente vai ter uma conversinha, você e eu. A gente tem muito pra dizer um pro outro. Até amanhã." Ela deu meia-volta. Parecia que a gente tava num filme ruim. Com uma atriz ruim que quer fazer você entender que naquele exato momento era pra ela estar megafuriosa. Em seguida, antes de passar pela porta, ela parou de repente. Tipo congelada. Ela me olhou, como se fosse me dizer alguma coisa importante, muito importante mesmo, abriu a boca, mas no fim das contas não disse nada. Bizarro. Depois disso, ela saiu do meu quarto, seguida imediatamente pela Bénédicte. "Até que enfim", respondi, quando elas já estavam no fim do corredor e não podiam mais me ouvir. As mulheres são simples: ou a gente ama, ou a gente detesta. No caso daquelas duas, a gente não ficava muito tempo na dúvida.

Ouvi a porta da frente batendo. Aquilo soou na minha cabeça como uma trégua. Respirei fundo. Deitei na cama. O que eu tinha feito pra ter uma mãe como aquela? Essa era a verdadeira questão. Porque, sinceramente, eu não tinha matado ninguém. A única explicação pra tudo aquilo é que eu tava apaixonado. Só isso. Mas ela, a minha mãe, não podia entender isso. Já que ela não tem coração e "estar apaixonado" é uma coisa que nunca vai querer dizer nada pra minha mãe. Desde que o meu pai se foi.

Fechei os olhos e pensei nele, dizendo pra mim mesmo que nada daquilo ia estar acontecendo se ele não tivesse abandonado a gente. É verdade. Depois comecei a falar com ele como faço de vez em quando. Eu sei, é estúpido falar com um morto. Mas eu sempre tive esse hábito. Bénédicte vira e mexe me sacaneia porque acha que eu falo sozinho. Ela diz que eu sou maluco. Mas vai tentar explicar pra ela que é ao meu pai que eu me dirijo e que essa é a única forma que encontrei de não ficar triste demais. Vai explicar pra uma garota que anda a cavalo toda semana...

6.

Bénédicte estava se remexendo no quarto dela. Eu podia ouvir ela dando voltas do outro lado da parede. Eu sentia que ela estava de tocaia. Pra quê? Pro momento de vir encher meu saco, sem dúvida. É pena, porque eu ia adorar ter uma irmã supersimpática com quem daria pra falar de qualquer coisa. Mas ela era tão frustrada com tudo que não dava pra falar de nada com ela. Ou só de cavalo. Mas isso eu não queria. Questão de princípio. Até porque eu conhecia de cor a ladainha. Ela ia todo sábado ao clube. Fora de Paris. Perto de uma floresta. Não sei mais qual. Às vezes, ela participava de competições. No começo, eu ia ver. Ela me fazia rir com o capacete e o chicote. Eu, se montasse a cavalo, ia preferir montar com outra roupa. Porque o capacete e o chicote dão realmente pena. A única forma de montar a cavalo, na minha opinião, é que nem nos filmes. De chapéu. Senão é mesmo muito ridículo. Que nem esquiar de máscara. Coisa de caipira, se é que vocês me entendem. Me imaginei chegando ao colégio a cavalo, de chapéu e companhia. Pegando a Mathilde. Dizendo pra ela que a gente não precisava passar o resto da nossa vida naquele lugar infeliz. Que era hora de partir. Pra longe. Bem longe. Do outro lado do deserto. Meu cavalo empinando e rumo à aventura! É. E o Marco ia ficar vendo a gente desaparecer no horizonte que nem um babaca...

Bénédicte tinha uns dezessete anos. Pensei em sugerir que ela fosse comigo à festa da Émilie Fermat. Sem contar pros nossos pais. Ela ia ter um troço, a santinha. Mas era mesmo uma ideia engraçada. Porque, mesmo se eu sugerisse um dia que ela fosse a uma festa comigo, a Bénédicte ia dizer não sem nem pensar duas vezes. Simplesmente por princípio. O princípio é que ela detesta tudo que vem de mim. Sem sacanagem. Ela diz isso o tempo todo. Tudo isso porque a gente divide um banheiro e ela acha que eu sempre demoro muito no banho. (Não é culpa minha se eu sou um cara limpo.) E também porque uma vez eu tentei afogar o gato dela. Aquilo rendeu pra cacete. Ele se chamava Mimi. Sem brincadeira. Isso já diz muito sobre a personalidade da garota. Chamar um gato de Mimi. Tem que ser uma garota completamente pirada pra dar um nome desses pra um gato. Uma garota boa das ideias daria outro nome. Mas Mimi é coisa de maluco. Nunca me dei bem com aquele gato. Sempre se enrolando nas minhas pernas, me espionando, largando um monte de pelos na minha cama. Enfim, um gato pentelho. E, *que coincidência*, era o melhor amigo da Bénédicte. Ele já ronronava assim que ela chegava a um metro de distância. Eles tavam sempre fazendo carinho um no outro. Acho meio nojento fazer essas coisas com um bicho. Aí um dia fiz uma experienciazinha. Eu tava enchendo a banheira. (Geralmente, tomo banho de chuveiro. Mas naquele dia, não me perguntem por quê, eu ia tomar um banho de banheira.) Mimi tava na área. E, como a Bénédicte tinha me denunciado pros nossos pais dizendo que eu tinha roubado a grana que ficava largada na cômoda dela, decidi me vingar. Principalmente porque a minha mãe tinha sido megassevera. Ela tinha começado a gritar antes mesmo de me perguntar se tinha sido eu. Incrível! Nenhuma presunção de inocência nessa casa! Naquelas condições, achei melhor devolver o dinheiro logo. Pra vocês verem como foi a gritaria. Enfim, ela merecia um pequeno corretivo simbólico. E foi assim que me veio a ideia de encher a banheira e tacar o Mimi na água.

Após esforços olímpicos, ele conseguiu sair. Tinha perdido aquele jeito orgulhoso. Pelo contrário, agora que estava todo gotejante, ele andava se arrastando pelos cantos. Aquilo me divertiu de verdade. Depois, por clemência, eu quis ajeitar ele com o secador de cabelos, mas ele tava todo cheio de si de novo, então deixei pra lá. A Bénédicte ficou louca de raiva quando descobriu o que eu tinha feito. E aí, dois dias depois, ele morreu. Parada cardíaca e tal. Juro. Do nada: ele tava lá, deitou e, pá, morreu. Acredito honestamente que não foi nada relacionado com o banho que eu dei nele. Mas a Bénédicte estava convencida. Pra ela eu tinha voluntariamente traumatizado ele a ponto de provocar uma parada cardíaca. Ela me chamou de assassino. E foi a partir daí que ela começou a me detestar. Embora o veterinário tenha explicado que a culpa não era minha. O gato tinha um sopro no coração. Mas ela não queria saber. No quarto dela, do lado daquele monte de pôster de cavalo, ela emoldurou e pendurou uma foto do Mimi. De noite, antes de dormir, ela rezava na frente da foto. Sem sacanagem.

Abri de novo a porta do meu quarto. Nenhum barulho no apartamento todo. O caminho estava livre. Fui pra cozinha preparar meu jantar. Quando meus pais tavam fora, eu, em geral, fazia um prato pra comer no quarto. Ou então na frente da tevê. O problema da tevê é que a Bénédicte aparecia em três minutos pra criticar o programa que você tinha escolhido e encher o seu saco. Era melhor o quarto. Antes de abrir a geladeira, meio que por reflexo, liguei o rádio da cozinha. Passeei um pouco pelas estações até topar com uma música muito bonita, mas de cortar os pulsos. Fiquei ouvindo sem saber o que era. Aquilo me deprimiu à vera. Fiquei com lágrimas nos olhos. Eu não entendia a letra, porque era em inglês mal articulado, mas tava convencido de que ela falava do que eu tava sentindo no coração. Depois daquele meu dia de merda. E aí fiquei com vontade de fumar um cigarro. De estar longe e fumar um cigarro. Uma coisa que eu não sei se vocês já repararam é que a tristeza sempre dá vontade de estar longe e fumar um cigarro. E depois, quando você é escritor, te dá vontade de escrever. No fim da música, peguei um papel que estava largado por ali e um lápis. Fechei os olhos (minha técnica pra chamar a inspiração). O que eu podia escrever? Pensei primeiro num poema. Um poema pra Mathilde, por exemplo. Era uma boa ideia. Abri os olhos pra começar. Mas não vinha nada. Eu não tava concentrado. E tava todo torto no balcão da cozinha. Então sentei. Botei a folha diante de mim, bem na frente, limpei a garganta e mais uma vez fechei os olhos. Concentração máxima. Tentei pensar em coisas impactantes. Por exemplo, a Mathilde. Eu já tava emocionado só de pensar que ia escrever meu primeiro verdadeiro poema, que ia entrar pra história. Uma coisa impressionante mesmo, rimado. Abri os olhos de novo. A inspiração ia chegar com certeza. Mas eu tava com sede. Levantei e fui beber água da torneira. Olhei pela janela da cozinha. Ela dava pro pátio. Às vezes, quando a gente se debruçava, dava pra ver o interior do apartamento da frente. Eu sempre tinha a impressão de que eu ia surpreender uma mulher pelada passando pela janela. Sentei de novo e fiquei muito tempo diante da folha, refletindo sobre o lançamento dos meus poemas. Eu já me via na contracapa, uma foto em preto e branco, tipo fumando um cigarro, o olhar ébrio de desespero. Ou um charuto, não sei. Veremos. Eu ia mandar o livro pra sra. Thomas. E pra todas as garotas que tinham me ignorado. Elas iam se arrepender amargamente, aquelas galinhas: tinham deixado passar a grande chance de servir de inspiração diária pra um dos maiores escritores do século. Pior pra elas. Era tarde demais. Elas iam implorar pra eu voltar, mas eu ia ficar firme, apesar das insinuações sexuais que elas fariam. Rasguei a folha branca que tava na minha frente e peguei outra. Levantei mais uma vez pra beber água da torneira antes de sentar de novo. Eu tava pronto. Ao trabalho! Mas não vinha nada. Então apliquei minha boa e velha técnica de fechar os olhos. Cerrando os dentes, dessa vez. Pra forçar as ideias a vir. Depois abri os olhos de novo. Nada ainda. Bizarro. Aquele não era o lugar certo pra escrever. Uma cozinha nunca deu uma obra-prima. Todo mundo sabe. Então abri vários armários. Peguei um pacote de biscoito. Meu jantar. Junto com uma das garrafas de vinho que estavam largadas por ali. Todos os grandes escritores são alcoólatras. Isso também todo mundo sabe. Escondi ela debaixo da camisa, pra caso eu cruzasse com a Bénédicte. Peguei o saca-rolhas na gaveta e meti no meu bolso. Não precisava de copo, ia ser no gargalo mesmo. Que nem Balzac e os outros. Depois saí da cozinha. Afinal de contas, era a noite ideal pra começar meu famoso romance. É, tudo somado, um romance era mais adequado que um poema. Eu ia contar tudo: a festa à qual eu não podia ir, a solidão no meu quarto, a torre Eiffel iluminada na sala, minha mãe na sala do diretor, a vontade de chorar nos cabelos da Mathilde – tudo o que estava no meu coração. Um clássico, né? Atravessei o apartamento na ponta dos pés. Estava a alguns metros do meu quarto quando ouvi a Bénédicte atrás de mim: "O que você tá fazendo?"

Fiquei parado.
– Hein?
– O que você tá fazendo?
– Nada. Cai fora.
– Você acha que eu não te vi?
– Se você tá aludindo à garrafa debaixo da minha camisa, eu não sei do que é que você tá falando...

Ela ficou calada. O que me deu tempo de entrar no quarto e fechar a porta à chave. Zero chance de me deixarem quieto pra escrever romances nesse lugar! Coloquei todo o meu material de escrever na mesa e abri a janela. Comecei pensando em qual seria o título da minha obra. Eu, pessoalmente, acho que um grande romance tem que ter um grande título. Porque um grande romance com um pequeno título fica uma coisa limitada e falsamente modesta. E um pequeno romance com um grande título fica uma coisa pretensiosa à vera, tipo só eu não percebi que o que eu escrevo é uma bosta. A outra solução é fazer um pequeno romance com um pequeno título, mas aí é melhor nem se dar ao trabalho. Não. Pros escritores como eu, quero dizer, os grandes, só tem uma solução, que é um título de arrebentar. Tipo *Viagem ao fim da noite*, mas eu pesquisei, esse já foi usado. De repente bateram na minha porta. Era a Bénédicte. Por isso eu disse:

– Quem é?
– Adivinha...
– O que você quer?
– Preciso falar contigo.

Hesitei um pouco.

– Tô estudando.
– O quê?
– Tô me adiantando.

Ela evidentemente não acreditou.

– Escuta...
– Que foi?
– Abre a porta!
– Quem se chama Bénédicte tem mais é que sumir – respondi. E é verdade, que ideia se chamar Bénédicte...
– Se você estivesse no meu lugar...

– Se eu estivesse no teu lugar, faz tempo que eu estaria em outro.

Pá. Boa sacada. Entre as omoplatas! Dessa vez ela ficou sem saber o que responder. Aliás, ela ficou em silêncio por muito tempo, mas eu sabia muito bem que ela ainda estava atrás da porta. Ignorei. Imaginei o que ela fazia da vida antes de me conhecer. Como é que ela fazia pra passar o tempo? Em quem ela descontava a raiva dela? Agora, por causa dela e da presença dela diante da porta, eu tinha perdido o fio da meada. Ah, sim: o título. Peguei o saca-rolhas pra buscar inspiração. Aí a Bénédicte acrescentou:

– Essa garrafa que você pegou, não pode abrir ela, não!

– Que garrafa?

Ao mesmo tempo deu pra ouvir o barulho de uma rolha estourando.

– É pros nossos pais, Julien. Eles têm que provar antes! O que você tá fazendo? Espera! É pro casamento. Tá me ouvindo?

Quase engasguei no meio de uma golada monumental. Até manchei o carpete. Que casamento? Abri a porta. O rosto dela apareceu feito um sonho ruim.

– Que casamento?

– Adivinha...

E ela voltou pro quarto dela a toda. Puta merda. Ela ficou realmente retardada de tanto fazer cavalo todo sábado. Segui ela até o quarto. Bénédicte! Eu tinha mordido a isca. Mas, enfim, eu queria saber. Ela tentou fechar a porta, mas botei meu pé na frente. E não tive dificuldade pra abrir a porta toda, já que, claro, sou mais forte que ela. Ela tava com um sorriso radiante. Iluminado de perversidade. Ela me dava nojo.

– Do que você tá falando?

– De nada.

Ela realmente achava que eu era um idiota. Parti pra cima pra estrangular ela. Apertei as mãos ao redor do pescoço dela com todas as minhas forças. Ela começou a gritar. Fez uns barulhos bizarros. Parecia que estavam degolando uma vaca. Ou melhor: uma cabra. Era mais pro agudo. Então soltei ela. "Você tá maluco! Seu infeliz! Você é mesmo que nem o seu pai! Completamente alucinado! Você devia se internar! É o que você devia fazer! Se internar que nem o seu pai!"

Tinha começado. A mesma ladainha de sempre.

– O casamento de quem, Bénédicte?

– Cala a boca.

– Responde ou eu começo de novo!

Cheguei perto com a intenção de torcer o pescoço dela. Ela respondeu me dando um tapa. Pá. Daqueles fortes, que fazem um barulho seco. E foi aí que eu entendi o que ela tava dizendo. De repente fiquei com dificuldade de respirar. Juro. Me senti mal. Sentei na cama dela. Meus olhos estavam ardendo. Queimando até. Bénédicte ficou com medo. Ela chegou do meu lado e me perguntou um milhão de vezes se tava tudo bem. Ela devia estar se sentindo culpada por causa do tapa. Depois tentou me consolar. Mas fiquei sem me mexer. Ela tava toda agitada do meu lado, tipo em pânico. Falando sem parar. Uma louca. Mas eu mal escutava aquelas explicações fajutas, tipo que ela tinha falado o que não devia, é por isso que ela tinha saído correndo, ela estava se sentindo mal, ela dizia que tinha esquecido que eu ainda não sabia da história do casamento, ela acabou soltando aquilo por causa da garrafa de vinho...

– Mentirosa – finalmente respondi. – Você sabia muito bem que eu não sabia. Foi por isso mesmo que você me contou. Por maldade.

– Não, não. Eu esqueci.

– Eu sei muito bem que você sabia.

– Que eu sabia o quê?

– Que eu não sabia!

– Juro que não...

– E desde quando você tá sabendo do casamento deles?

– Não sei... Dois, três dias. Só. Ouvi uma conversa deles. Aí depois eles me contaram... Eles com certeza iam te contar também.

– E por que não me contaram ainda?

– Eles iam te contar, juro. Mas do jeito que você é... Superimprevisível e suscetível... Acho que eles queriam contar no momento certo.

No momento certo. Puta merda. Que bando de traidores! Minha mãe sem dúvida tava com medo de me contar porque ela sabia muito bem que eu detestava o François. Aquele babacão. Era sem dúvida por isso que ela tinha sido mais legal nos últimos tempos. Que ela, no começo, tinha aceitado que eu fosse na festa da Émilie Fermat, por exemplo. É, percebi de repente que ela estava preparando o terreno há pelo menos dez dias. Antes de eu ser pego fumando no recreio. Eu tava com nojo.

Me levantei. "Aonde você vai?" Agora eu tava com lágrimas nos olhos. Não queria de jeito nenhum que a Bénédicte me visse assim. Ia ser a maior história se eu chorasse que nem uma garota na frente dela. Especialmente porque não eram lágrimas de tristeza. Eram só os meus olhos que tavam ardendo com lágrimas nas bordas. "Me deixa sozinho", respondi. E voltei pro meu quarto batendo a porta atrás de mim: era o tapa que eu queria ter dado em troca.

O que eu sentia era algo indescritível. Não era tristeza, não só isso, era apatia ou uma coisa assim. É estranho, mas eu nunca tinha imaginado que a minha mãe ia se casar de novo um dia. Pra mim, o casamento era necessariamente ligado ao amor e à vontade de ter filhos. Eles se amavam? Eu nunca tinha acreditado nos sentimentos deles. Pra mim, era mais um arranjo satisfatório entre os dois. A prova é que eles dormiam em camas separadas no quarto deles. De repente me perguntei se eles faziam alguma coisa. Até então, sei que é idiota, mas eu nunca tinha pensado nisso. E do nada, por causa da palavra "casamento", uns flashes insuportáveis atravessaram a minha cabeça: minha mãe nua numa cama, François se mexendo em cima dela, os corpos deles, os gritinhos e suspiros misturados que nem no cinema. Aquilo me repugnava. E eu pensava no meu pai, sozinho. Naquela noite, aquela noite maldita em que tudo começou, ao pensar nas implicações da palavra "casamento", eu não podia deixar de pensar no meu pai. É, ele lá, sozinho. O que ele ia achar daquilo? Ele ia pensar que era uma forma bonita de continuar a vida? Quero dizer: sem ele, protegidos, e ainda por cima num belo apartamento de uma região chique de Paris? Eu, no lugar dele, aquilo tudo ia me dar vontade de vomitar. De qualquer forma, eu não podia aceitar aquilo. Era trair o meu pai. De repente me toquei de que ela ia pegar a partícula do outro. Ela ia mudar de nome. Catherine de Courtois. Puta merda. Era horrível. E eu, eu ia ter que mudar de nome também? Julien de Courtois? Nunca. Não era possível, pra um romancista, mudar de nome. Senão os leitores iam ficar perdidos. Eu era Julien Parme. Ponto final. Que nem o meu pai.

Desde que a gente se mudou para aquele apartamento, eu sentia que a minha mãe não podia mais me suportar. E agora eu tinha descoberto que ela queria se casar com aquele incapaz. Eu não conseguia entender por quê. E, além disso, eu tinha a impressão de que aquilo era péssimo pra mim, e que eles logo iam querer se livrar de mim, já que o François e eu, a gente não se dava nada bem, que era briga atrás de briga e que, fatalmente, ao se casar ela tava tomando o partido dele. Era a mesma coisa se ela tivesse me abandonado na beira da estrada.

Levantei e fui pro quarto deles. Em busca de uma pista. Agora eu tava vendo aquele quarto com outros olhos. O engraçado é que tinha sido justamente num casamento que os dois tinham se conhecido. E olha pra onde aquilo nos levou. Pra merda. Mais a Bénédicte de bônus.

Em cima do piano, tinha uma foto do François. Olhei pra ela com atenção. Ele parecia um imbecil. Com aquele lencinho em volta do pescoço. Mesmo quando não tava frio. Pra mim, era óbvio que a minha mãe não podia amar aquele sujeito. Não dava pra comparar com o meu pai nem por um minuto. Bastava olhar as fotos pra que saltasse aos olhos. A única coisa que ele tinha a favor dele, o François, era a grana. E era justamente o que a minha mãe sempre tinha curtido, os apartamentos luxuosos e tudo o que vinha no mesmo pacote. Aquilo me fez pensar no que o Marco tinha me dito um dia sobre as mulheres. Segundo ele, só tinha uma coisa que interessava pra elas, grana. A prova, ele me disse, é que todos os caras feios que têm grana saem com mulheres gatas. Por isso que o Marco queria estudar finanças depois do colégio.

Mexi um pouco nas coisas deles, mas não encontrei nada de muito interessante. Sentei na frente do piano. Pensei em tocar uma musiquinha, mas desisti logo. Sou um zero à esquerda quando o assunto é música. Então sentei diante do lugar onde a minha mãe se maquia. Eu não sabia o que eu tava fazendo, nem qual era exatamente o meu objetivo, mas comecei a botar batom. Que nem o pessoal do circo. Era só pra zoar. Tinha uma foto da minha mãe presa na moldura do espelho. Ela estava bonita na foto. Comparei no espelho. Pra ver se a gente se parecia de verdade, ela e eu, agora que eu tava com lábios de mulher. Puxei os cabelos pra trás pra ficar que nem ela. Não sei por quê, mas de tanto olhar para aquela foto ela me deixou melancólico. Nela a minha mãe parecia com o jeito como eu via ela quando era pequeno. Eu confiava totalmente nela naquela época. As coisas tinham mesmo mudado muito.

Fui pro banheiro deles e joguei o batom na privada. O tubo todo. Sem nenhum motivo particular. Também rasguei a foto em mil pedacinhos. Eu tava meio nervoso, né? Eu queria me vingar de alguma coisa, sem saber bem de quê. Eu pensava: "Se eles se casarem eu me mando." Eu me sentia que nem um órfão. Isso aí: que nem um órfão. Traído pela minha mãe. Depois dei a descarga. Não sabia por que eu tava fazendo aquilo, mas olhando o turbilhão vermelho na privada eu tinha a impressão de realizar alguma coisa importante. É, as coisas tinham mudado muito. Agora eu sabia quem a minha mãe era. Eu conhecia a verdadeira face dela. Eu não podia mais mentir pra mim mesmo sobre aquilo. Não sou mais uma criança.

7.

Um pouco mais tarde, ouvi a porta da frente bater. Eles estavam voltando do jantar. Eu tava no meu quarto fazia um bom tempo. Deitado na cama. Botando ordem nas ideias. Deviam ser que horas? Eu não queria acender a luz pra não chamar a atenção. Talvez meia-noite. Esperei um bom tempo. E acabei ficando com um pouco de fome. Mas preferia não sair do quarto. Precaução. Esperei que todas as luzes estivessem apagadas e levantei. Eu ainda tava com a mesma roupa. Me senti como se eu fosse um ladrão. Fiquei com medo de mim mesmo. Porque uma coisa que me apavora de verdade é a ideia de me encontrar cara a cara com um ladrão. Dizem que essas coisas acontecem. Sem brincadeira. Fui até a cozinha na ponta dos pés. Abri a geladeira como se fosse um cofre. Mas não tinha nada que me desse vontade de comer. Peguei só um copo de leite. Depois de beber um gole, constatei que tinha deixado marcas de batom na borda do copo. Tinha esquecido de tirar a maquiagem. Que idiota. No reflexo metálico da porta da geladeira, olhei meu rosto. Um palhaço triste. Pensei que naquele momento a Mathilde e os outros já deviam estar se divertindo juntos. Sem dúvida, eles tavam bebendo coquetéis coloridos e tal. Enquanto eu tava ali, com meu copo de leite, me olhando no reflexo metálico da geladeira. Suspirei fundo. A vida é injusta. Não sei por quê, mas aquilo me fez pensar na luz enganosa das estrelas mortas. Depois fui pro meu quarto, me arrastando que nem um condenado à morte que, na verdade, é inocente sem que ninguém saiba.

Não tava com vontade de dormir. E, se tem uma coisa que eu detesto, é ir pra cama sem vontade de dormir. Porque fico me virando pra todo lado e as ideias dão pinotes que nem cavalos em pânico, o que faz com que em seguida eu tenha ainda menos vontade de dormir do que antes. Às vezes, fico acordado até o meio da noite. Juro. E a impressão que eu tinha era justamente que era isso que ia acontecer. Aí fiquei na sala fazendo nada. Sentado no sofá esperando que a luz da torre Eiffel se apagasse. Um espetáculo inútil. Que nem o das estrelas no céu. Pensei mais uma vez naquilo tudo. Pensando bem, era o pior dia da minha vida. Depois levantei. Tava procurando alguma coisa pra fazer. Lembrei que no começo, nas primeiras semanas, quando, minha mãe e eu, a gente tinha se mudado para aquele apartamento, eu tinha visitado várias vezes a Bénédicte enquanto ela dormia. Em geral, ela dormia de calcinha e camiseta. Ela ficava realmente bonita daquele jeito. Eu ficava no escuro, a alguns centímetros, olhando pra ela. Aquilo me dava arrepio no corpo todo.

Também teve uma vez que eu entrei no banheiro enquanto ela estava tomando banho. Ela gritou. Embora tenha sido ela que tinha esquecido de trancar a porta. Sério. Vi ela peladinha. Quantas vezes depois pensei naquela imagem que tinha durado uma fração de segundo? No mínimo milhares. Tentei afastar todas essas ideias da cabeça. Mas não conseguia. Então fechei os olhos tentando imaginar a Mathilde no banho. Era brincar com fogo. Eu sempre tive a impressão de que sonhar demais é perigoso à vera. Dá falsas esperanças. E a esperança é o que mata. Mesmo se a maior parte das pessoas finge que é o que as faz viver.

Saí da sala. O que é que eu podia fazer numa hora daquelas? Pensei em ir ao quarto da Bénédicte, mas no corredor reparei que a minha mãe e o François ainda não tinham ido dormir. Um feixe de luz amarela sob a porta. Então, na ponta dos pés, fui até o fim do corredor. Eles estavam no quarto deles. Eu podia ouvir as vozes deles sem conseguir entender. Queria demais saber o que eles tavam falando. Era mais forte que eu. Aí fui pro banheiro deles, que dá no lugar onde a minha mãe guarda todas as coisas dela – closet é o nome do negócio. Me escondi entre os casacos dela. De onde eu tava, eu podia ouvir pedaços da conversa.

– Você tá exagerando – disse o François.

– Eu tô exagerando? Por que você acha que eu tô exagerando?

Fiquei um tempo daquele jeito. Um espião no armário deles. No duro. Depois as vozes pararam. Aquele silêncio me deixou bolado. Os flashes voltaram a me atormentar. Eu tava com um medo danado de ouvir barulhos suspeitos. Pra me acalmar, eu me dizia: "Não, o que você tá inventando? Eles são velhos, cacete! Uns quarenta anos... Talvez cinquenta pra partícula. Nessa idade a gente pensa num monte de coisa, mas não pensa mais nisso. A gente pensa no trabalho. Lê jornal. Ouve música clássica. Mas isso não." Pensei em sair do meu esconderijo pra voltar pro quarto, mas do nada a porta do armário abriu. Só tive tempo de me enfiar num dos casacos de pele pendurados. Era a minha mãe. A três metros de mim. Que estresse. Ela tava procurando alguma coisa. Abriu várias gavetas. Tava parecendo putaça. Meu coração martelava no meu peito. Eu tava com medo de que escutassem. Pra vocês verem como ele tava martelando. Se ela me encontrasse ali, eu era um homem morto. Então o François apareceu por trás dela, diante da porta do armário.

– De repente a gente tem que encontrar uma solução... – ele disse.

– Ah é? Que solução? Faz anos que eu tô procurando solução!

– Você tá nervosa por quê?

– Porque não dá mais pra mim. Você tá me entendendo?

– Viu, começou de novo.

– Mas eu não tô começando de novo. Eu tô te explicando o que eu tô sentindo. Você não tá vendo o clima dessa casa? Não sei, perdi a paciência.

– Você tá dizendo isso porque você tem medo da reação dele...

– Mas eu não quero saber a opinião dele. Eu não tenho medo de coisa nenhuma. A decisão é minha, não é? Não é isso, não. O problema, eu tô dizendo, é que eu perdi a paciência.

Minha mãe passou diante dele sem se virar. E depois o François fechou a porta pra ir atrás dela. Eu ainda tava ouvindo as vozes deles. Eles continuaram a discutir do outro lado. Eu tava tremendo. Sem saber bem por quê. Tava com a impressão de que eles tavam falando de mim. Ela tinha perdido a paciência? Porque eu tinha tirado notas ruins? Porque tinham me pegado fumando? Ou então ela tinha reparado que a foto dela tinha desaparecido. É, devia ser isso. Que merda. De repente pensei que aquela porcaria daquela privada podia não ter digerido tudo que eu tinha enfiado nela. Apesar da descarga e tal. De repente foi assim que ela descobriu que eu tinha rasgado em mil pedacinhos a foto dela. E por que eu tinha feito aquilo mesmo? Eu tava dividido, com vontade de voltar pro quarto de tanto medo de ser pego e ao mesmo tempo com uma curiosidade grande demais.

Pra falar a verdade, até pensei em sair do meu esconderijo para confessar que eu sabia tudo sobre a história do casamento. Dizer que não era pra se preocupar com a minha reação, porque a Bénédicte já tinha aberto o bico. Eu tava até a dois passos de dizer que eu achava que era uma boa ideia, porque eu amava ela. É, eu tava com vontade de dizer isso pra minha mãe. Pra vocês verem como eu sou pirado. Mas era na certa por causa do que eu tinha acabado de ouvir. Eu tinha voltado a ser criança, com vontade de chorar nos braços dela pra ela me perdoar. Enfim. Me aproximei da porta. Ela ainda tava falando: "Não sei o que aconteceu. Antes ele não era assim. Ele era mais... Não sei. Sabe, quando eu olho pra ele não consigo não pensar no pai dele. Aliás, quanto mais ele cresce mais se parece com ele. É horrível dizer, mas é isso. A mesma cabeça preocupante. Por exemplo, ele mente o tempo todo. Não para de mentir. E rouba dinheiro. Você tem noção disso? Ele fica roubando da própria casa..."

– Ele é jovem – o François tentou argumentar.

– Não tem nada a ver com a idade dele. É mais profundo. Tô te dizendo, perdi a paciência. Não suporto mais ele. Ele me cansa... Porque eu sei muito bem que ele se comporta desse jeito pra me tirar do sério. Você entende? Porque ele tem raiva de mim. Por causa do pai dele e de tudo que aconteceu naquela época. E depois do casamento só vai ficar cada vez pior.

– Por isso que eu digo que a gente de repente tem que encontrar uma solução...

– Que tipo de solução?

– Por que você não manda ele pra morar com o tio em Nice? Ele sugeriu, não foi?

– Não dá. Ele vai viajar o ano todo... Enfim, é complicado demais.

– Tem também a possibilidade daquela escola que eu te falei...

– Eu sei...

Me afastei da porta. Engoli saliva, doeu na garganta. Saí do closet pelo banheiro. Não sabia mais o que fazer. Fiquei ali, imóvel, por um tempo. Nenhuma ideia. Travado. Como se alguma coisa estivesse se desfazendo dentro de mim. Eu tinha a impressão de que tinham me dado um socão na barriga. Era o mesmo efeito. Tava com dificuldade de respirar. Então voltei pro meu quarto. Tranquei a porta. Sentei na cama. Respirei calmamente, mas sem conseguir. Minhas mãos até estavam tremendo um pouco. Não muito, mas estavam. Fiquei remoendo o que eu tinha acabado de ouvir. Eu pensava: que escrota! Ela não me suportava mais. Era o que ela tinha dito. Ela achava que eu parecia mais e mais com o meu pai, e ela detestava nós dois. Era isso: ela detestava a gente. Eu também, eu detestava ela. Todo mundo se detestava naquela casa.

Eu nunca teria pensado que ela podia falar de mim daquele jeito. Eu sabia que ela cortava um dobrado por minha causa. Eu já tinha ouvido ela falar no telefone que eu tinha uma adolescência difícil e que não era brincadeira. Mas nunca pensei que ela pudesse dizer coisas tão horríveis a meu respeito. Juro. Devia ter algum mal-entendido naquela história. Eu tava tentando entender o que eles queriam dizer. O que era, por exemplo, a solução que eles tipo tinham que encontrar? A escola... De repente pensei no Ben. Um sujeito que eu via bastante no colégio. Antes. Ele também teve problemas com os pais porque não fazia porra nenhuma na aula e não parava de fazer merda. Pois, então, os pais mandaram ele pra um pensionato militar megalonge de Paris, tipo nos Alpes. Uma coisa sinistra. Acordar às seis da matina e tal. Com caras praticamente analfabetos. E bedéis que davam uma surra se você não ficasse certinho e até, parece, pintavam no seu quarto de noite. Um dia o tal do Ben voltou pra Paris de férias. A gente se viu uma tarde e ele me contou. Era de ficar maluco. Segundo ele, era pior que o inferno. Ele parecia deprimido à beça. *As Rochas Negras* era o nome da parada. Uma espécie de prisão. Mas não uma prisão tipo o *Instituto*. Não. Uma de verdade. Sem a sra. Thomas. E só pra jovem. Puta merda. Talvez fosse essa a ideia deles. Se livrar de mim. Eu sabia bem que a minha mãe achava que eu deixava o clima da casa horrível. Ela tinha brigado milhares de vezes comigo por causa disso. Claro que, se ela me mandasse pro pensionato das *Rochas Negras*, eu ia dar menos problema. Na hora, confesso, fiquei em pânico. Eu tinha a impressão de que estavam preparando armadilhas pra mim à noite quando era pra eu estar dormindo. Eu me sentia tipo traído. De qualquer forma, eu já sabia há muito tempo que naquela casa não tinha quem me quisesse bem. De repente eles até preferiam que eu estivesse morto.

Me levantei. Ainda tremendo, tirei a roupa. Enfim, mudei de camisa. Eu ainda não sabia o que eu queria fazer, mas era tipo um reflexo: eu tinha que fugir. Peguei minha jaqueta preta no armário. Aquela que eu adoro. Olhei o maior tempão ao meu redor pra não esquecer nada importante. Peguei um caderno e um lápis, botei no bolso. Depois, na ponta dos pés, voltei pro banheiro. Meu banheiro, dessa vez. Preferi não acender a luz. Tipo pra não me pegarem. Botei desodorante. E um pouco de perfume. Uma coisa de chá verde que eu tinha pedido de Natal. Também me penteei. Era bizarro fazer esses gestos cotidianos no momento que eu começava a compreender o que eu ia fazer.

Em seguida, fui pra entrada do apartamento. Onde a gente bota os casacos. Vasculhei tudo. Topei com a carteira do François no impermeável dele. Se ele tivesse guardado as coisas dele direito... Fiz uma inspeção rápida. Puta merda. Nenhuma nota. Então peguei o cartão do banco. Pior pra ele. O cartão era perfeito. Eu sabia qual era a senha. Tinha memorizado várias vezes quando ele digitava na minha frente. Eu tava tremendo. Mas não tava com medo. Eram só as minhas mãos, elas tremiam sozinhas. Como se fossem loucas. Eu não tava controlando nada. Pensei de novo na minha mãe, que tinha me xingado de ladrão quando eu tinha acabado de descobrir que ela ia casar com aquele cara só pelo dinheiro. Aquilo me deixava quase maluco. Porque afanar uma grana não é necessariamente pior que dizer pra um sujeito "te amo" só porque ele é rico. São sempre os culpados que acusam os outros. E, além disso, vai tudo pra porra! Aquela grana, se eles se casassem, ia ser da minha família. A Bénédicte ia virar minha meia-irmã? Então também era minha meia-grana. Não fazia nenhum sentido só ter aborrecimento. Não fazia nenhum sentido tremer. Afinal de contas, eu já era um adulto. Não ia deixar que me mandassem pras *Rochas Negras* sem fazer nada. Botei o cartão no bolso de dentro da minha jaqueta. A partir daquele momento, não tive mais dúvida. E, fazendo o mínimo de barulho possível, abri a porta. Que nem um ladrão, mas ao contrário. Saí. E com a mesma precaução, na ponta dos dedos, fechei a porta. Meu coração batia feito um sujeito preso debaixo do gelo num lago congelado. Ele fazia bong, bong, bong! Assim o bairro todo ia perceber. No corredor, só dessa vez, tive vontade de pegar o elevador. Mas eu tava com medo de fazer uma barulheira ainda maior. Então desci de escada. A toda. Pra sair o mais rápido possível. Na noite misteriosa. Fora de alcance. Fora de perigo.

Segunda parte
A PARTIDA

1.

Era a primeira vez que eu fazia isso de ir embora no meio da noite. Aquilo me deixou animado um segundo, me ver numa nova situação, mas quando cheguei ao hall do prédio tive um momento de dúvida. O que eu ia fazer? É verdade: eu nem sabia onde era o aniversário da Émilie Fermat, só que era perto da Champs-Elysées. Talvez eu devesse ligar pro Marco. Ou, na pior das hipóteses, passear por aí até amanhecer. Mas, se me pegassem, o que é que ia acontecer? Iam me matar amanhã de manhã. Sem dúvida nenhuma. E depois iam ter todas as razões do mundo pra me mandar pra algum lugar, tipo as *Rochas Negras*. Eu tinha que encarar a situação. Se eu fosse embora, não podia mais voltar pra casa. Não era uma coisa à toa, tipo uma fugidinha de nada. Não. Era bem mais que isso. Fiquei um segundo refletindo no hall. No fundo, talvez fosse melhor voltar pro meu quarto. Afinal de contas, eu já tinha chegado até ali. Até a porta do prédio, não era pouca merda. Eu tinha provado pra mim mesmo que, se eu quisesse, eu podia ir embora em plena madrugada. Bom. Agora, de repente, era uma boa não perder a linha. Além do mais, eu tava começando a me sentir cansado... Mas pensei de novo no que eu tinha ouvido, em tudo que a minha mãe tinha dito sobre mim, o golpe que ela tinha dado no meu coração, e aquilo bastou pra me motivar a empurrar o portão do prédio. O que eu tava sentindo não era mais só tristeza, mas uma espécie de raiva megaforte. Eu não tinha escolha. Eu precisava ir embora e se possível pela maior quantidade de tempo possível. Não era só dar uma volta no quarteirão, não. Ir embora.

A rua estava deserta. Devia ser lá pra uma da manhã. Eu tava com vontade de fumar um cigarro, tipo pra me dar coragem. Mas, ao mesmo tempo, tava com o maior medo de cruzar com algum vizinho. Puta merda. Pensar naquilo me deixou estressado de novo. Tipo um sujeito que me reconhece e liga pra polícia.

Meu coração voltou a tamborilar. Eu tinha que me acalmar um pouco, senão ia morrer de ataque cardíaco no meio da noite. O melhor era sem dúvida dar o fora o mais rápido possível. Na Champs, por exemplo, não tinha risco nenhum, já que os meus pais não eram do tipo que conhece gente que sai pela Champs no meio da noite. As pessoas que meus pais conhecem, na maior parte do tempo, dormem no meio da noite. Gente careta.

Andei na direção do metrô, quase correndo. Na rua não tinha ninguém (apenas eu). Eu tava com pressa de me mandar dali. Sem saber por quê, me parecia mais prudente. Todas as ruas em torno do apartamento faziam parte da mesma teia de aranha. A da minha mãe. Especialmente porque talvez eles já tivessem se dado conta de que eu não tava mais no meu quarto... Imaginei ela dando uma última volta no apartamento como às vezes dava na telha dela antes de ir dormir. Ou então se levantando depois de ouvir um barulho suspeito no momento em que eu tinha fechado a porta. Ia ser um choque ver a minha cama vazia. Ela ia entender a situação. Mas ia chamar a polícia imediatamente. Era bem típico da minha mãe, logo de cara escolher a pior solução. E aí, nem preciso dizer que eles não iam demorar muito pra me encontrar se eu ficasse pelas redondezas. Iam me levar de volta pra casa à força. Ou então iam me levar pra delegacia pra eu ficar mofando até amanhecer como é o destino dos mal-educados. Em todo caso, na próxima segunda, eu ia ser deportado pras *Rochas Negras*. Ou seja, pro inferno.

O que eu podia fazer pra evitar aquilo tudo? Ali na hora, eu não consegui realmente me perguntar isso. Eu não tinha um plano. Tudo que eu queria era fugir. E a minha ideia era evidentemente encontrar o Marco no aniversário da Émilie Fermat. Aquilo me dava um objetivo. Uma coisa concreta. E me permitia não sacar direito em que roubada eu tava entrando. Uma coisa de cada vez, eu pensava. Primeiro, encontrar eles. Depois, veremos. Fui subitamente invadido por uma sensação de liberdade. Percebi que eu podia fazer tudo que eu quisesse. Absolutamente tudo. Eu tinha grana, graças ao cartão. Eu tava livre. Aquela ideia me deixou feliz, mesmo se no fundo eu não estivesse realmente feliz, já que eu tava triste. Mas mesmo assim... Por exemplo, se eu tivesse vontade de fumar, eu podia tirar dinheiro no caixa eletrônico e comprar cigarro. Dez mil maços se eu tivesse a fim. Imaginei a cara do Marco quando ele me visse na festa. Achei graça por antecipação. Ele ia sacar que tinha cometido um pequeno engano. E aquilo era uma típica marconice: você diz que talvez não possa ir à festa, ele logo interpreta que a sua mãe impediu você de sair como se você fosse um bebê. O Marco sempre se esforça pra achar que os outros são bebês, tipo pra se sentir mais bacana. É típico dele. E, com aquele cartão de crédito, eu podia simplesmente chegar com uma garrafa. Classudo. Champanhe se ele quisesse. Uma garrafa inteira até, eu tava cagando: não ia morrer por causa disso! Ouvi minha risada ressoando na avenida Mozart, o que imediatamente me deixou com medo por causa da ressonância e dos ecos, e acelerei de novo, pegando à direita pra entrar na rua La Fontaine.

As ruas eram irreconhecíveis em relação ao dia. Eu via ao meu redor aqueles prédios todos abrigando, em resumo, vidas de pantufas e soníferos. Um bairro horrível, se vocês querem saber o que eu acho. Todas as janelas estavam apagadas naquela hora, e aquilo me dava uma impressão bizarra. Como se todo mundo vivesse num dormitório gigantesco. Imaginei toda aquela gente deitada uma do lado da outra. Esperando pra morrer um dia. A maioria não tinha o menor problema pra cair no sono. Não era insone ou ansiosa. Eles não faziam muitas perguntas. Só as que não incomodam muito. As outras, aquelas de por que a gente existe, eles preferiam não perguntar. Pra eles, pro sono, a hora era a hora. Não tinha o que discutir. E de qualquer forma eles cagavam e andavam se a vida era uma porcaria e as coisas ficavam sinistras. Eles preferiam ir dormir pra estar em forma no dia seguinte. E aí, por contraste, eu ficava ainda mais com a sensação de estar no lugar certo. Eu não queria dormir.

Imaginem um cachorro que vocês prenderam num poste com uma coleira. Bom. E um dia, de tanto puxar, imaginem que a tal da coleira se rompe. O cachorro, claro, não ia querer dormir. Pelo contrário. Ele ia partir pela noite feito um maluco.

Vi o caixa automático de longe. Ele brilhava. Parecia um farol na noite. Pra que os barcos não enfiem o casco nas pedras e sejam encontrados naufragados no dia seguinte. Como acontece frequentemente com as esperanças. No caixa já tinha um sujeito que tava digitando a senha quase deitado na máquina pra se proteger dos olhares. Um paranoico. Fiquei a alguns metros de distância. Tipo pra não atrapalhar. Ele mesmo assim se virou na minha direção, sem dúvida pra ver que cara eu tinha. Dá pra reconhecer os ladrões de cara. Eu, por exemplo, de cara dá pra ver que eu não sou ladrão. "Você tá com algum problema?", ele me perguntou mesmo assim. "Não", respondi no ato. E fiquei olhando pro lado esperando ele terminar. O maior estresse da minha vida. Ele enfiou as notas no casaco. E foi embora se arrastando pelas paredes. Um sujeito estranho, se vocês querem saber o que eu acho.

Na minha vez, coloquei o meu cartão; enfim, o do François. Eu não tava muito confiante. De repente, perto de um caixa automático, tá cheio de câmera e tal. Digitei a senha o mais rápido possível. Quanto eu devia tirar? Talvez fosse melhor não pegar muito de uma vez. Nunca é prudente ficar andando por aí de noite com todas as economias no bolso. Porque roubar um cara é evidentemente bem mais mole que roubar um banco. Bom. Escolhi quarenta euros pra começar. Olhei pra direita, pra esquerda, pra direita, e de novo pra direita, depois pra esquerda e finalmente pra direita e pra esquerda – tipo pra ver se ninguém estava vindo na minha direção. Felizmente, a rua estava vazia. Peguei o cartão de volta e as notas saíram. Tranquilão. Engoli saliva e cortei pro alto da rua, pro lado da via expressa, porque é ali que fica a estação de metrô mais perto; enfim, "perto" é jeito de falar, porque naquele bairro tudo é longe de tudo, então nada é perto, a não ser a delegacia.

No caminho, pensei que talvez fosse mais esperto ligar logo pro Marco, em vez de esperar pra chegar na área antes de saber onde era o aniversário da Émilie Fermat. Mas eu não tinha nem celular nem cartão telefônico. Então continuei até um bar que vende cigarro e fica no fim da rua La Fontaine, porque sei que é um dos últimos lugares do mundo que ainda têm cabine telefônica de moeda. Meu celular eu tinha perdido. No começo, foi a minha mãe que me deu ele de presente fingindo ser gente boa, quando eu sabia muito bem que na cabeça dela a ideia era poder me ligar a qualquer momento. Com o celular, eu tava em liberdade condicional. Mas eu só fazia ligar, e todo mês mandava a conta pro espaço. Aquilo deixava a minha mãe maluca. Em certo sentido, eu não era o único: todos os sujeitos da minha idade faziam a mesma coisa. Mas depois roubaram ele. Ou perdi. De qualquer forma, já fazia duas semanas que eu não podia mais ligar. Eu ficava com a impressão de ser surdo-mudo.

Enquanto andava, percebi que eu nunca tinha percebido que o La Fontaine da rua La Fontaine era na verdade o La Fontaine das *Fábulas* de La Fontaine. Pois é... Aquele que escreveu *A cigarra e o corvo*, por exemplo. Tem coisas que de noite saltam aos olhos. Então comecei a sonhar: um dia talvez ia ter uma rua Julien Parme. Ou melhor, um bulevar. Porque eu gosto de árvores. As pessoas iam andar por ele melancolicamente. Mais de um século que esse autor morreu e ele continua fazendo a mesma falta. Porque esqueci de precisar que escrevo pra posteridade. Pois é. No prédio do François, de repente ia ter uma placa de mármore e tal e escrito em cima: "Aqui viveu Julien Parme." Algumas meninas iam chorar diante dela. Da Partícula, por outro lado, ninguém ia falar. Quem quisesse ler uma plaquinha sobre ele ia ter que ir ao cemitério.

2.

Entrei no bar. Lá dentro, claro, não tinha quase ninguém. Dois sujeitos estavam bebendo no balcão. A maioria das cadeiras estava virada em cima das mesas. Era um clima que te deixava meio bolado. O garçom me olhou de um jeito bem cruel. E eu perguntei se ele ainda tava vendendo cigarro. Ele me mostrou um maço de Light. "Só tem isso", ele disse. Via de regra, odeio Marlboro Light. Porque é o que todo mundo fuma. Juro. Mas, bom, eu não ia ficar de frescura à uma da manhã. Então peguei uma nota de vinte. Direto. Eu mesmo fiquei impressionado. O garçom me olhou com a maior cara de mau. Ele não devia gostar muito de dar troco. Então acrescentei: "Me vê também uma cerveja, por favor?" Mesma coisa, ele ficou mudo. Fui pra uma mesa. Afinal de contas, eu tava com tempo. Não precisava mudar de bairro naquele instante. Já que eu tinha a noite pela frente.

De repente eu tive uma grande ideia: escrever um romance que se chamaria *A noite pela frente*. A história de um sujeito que decide fugir. Uma coisa megaoriginal. Bom. Uma jornalista italiana bate na porta do meu escritório pra que eu dê uma pequena entrevista pra ela. Em geral, recuso tudo. Mas essa jornalista é uma belezura. Abro a porta, um copo de uísque na mão. Muito deprimido. Muito, muito. Com olheiras e tal. Ela me segue no meu antro, um pouco emocionada de pensar que foi ali que compus minha prosa. Ela se instala numa poltrona na minha frente e imediatamente ataca com uma pergunta clássica: "Senhor Parme, sobre aquele fabuloso romance que é considerado, em escala internacional e no mundo inteiro, o maior do século XXI – falo, é claro, de *A noite pela frente* – pode-se dizer que ele é autobiográfico?" E aí respiro fundo antes de responder. Pra que serve esse teatrinho? Depois de um tempo, você passa a conhecer de cor as perguntas dos jornalistas. Você sabe bem que o essencial não é aquilo. Mesmo que seja preciso entrar no jogo da mídia. "No sentido etimológico do termo, sim, podemos dizê-lo. No sentido grego, evidentemente..." Depois da entrevista, pergunto pra ela o que ela tá pensando em fazer. Ela me responde astuta: "Nada. Tenho a noite pela frente..." Dou um sorriso triste, e ela também sorri pra mim, porque ela entendeu que eu gostaria de encontrar um pouco de consolo nos seus braços. Espantar por algumas horas a vontade de acabar comigo mesmo... Depois, ela ia escrever a porra do artigo dela pelada na cozinha. Ele ia ser capa de jornal na Itália, com a minha cara de suicida, meu ar desesperado e meus dedos amarelados pelo cigarro.

E, justamente, acendi um. Sonhador e tal. Eu ia gostar bastante de ficar deprimido... Naquele mesmo instante, como se estivessem lendo meu pensamento, os dois sujeitos sentados no balcão se viraram e depois começaram a rir. O que é que eu tinha? Era sem dúvida por causa da minha idade. Eles deviam estar se perguntando que porra eu tava fazendo ali, praticamente no meio da noite. Depois um deles disse uma coisa no ouvido do garçom, que se virou imediatamente na minha direção, tipo pra verificar, e riu também. Eles tavam tramando algo. Puta merda. Comecei a ficar tenso. De repente eles tavam pensando que eu devia estar com grana e tal. Contra três, eu não tinha nenhuma chance. Finalmente, o garçom veio me dar minha cerveja. Mais o troco. O babaca ainda ficou me olhando com aquela cara sacana. Ele com certeza nunca tinha lido nenhuma fábula do La Fontaine e vinha bancar o esperto pra cima de mim... Pra distrair, perguntei educadamente se eles tinham um telefone. O cara apontou uma porta com o queixo, do outro lado do balcão, perto do banheiro. Ele realmente não era de conversa. Bom. Não toquei na minha cerveja, porque eu tava achando aqueles sujeitos meio estranhos. Levantei pra ligar pro Marco. Coloquei um euro na fenda pra moedas e disquei o número dele. Aquilo me deu a impressão de estar num filme velho, um em preto e branco, porque era um telefone de moeda.

Eu tava com medo de cair na secretária, mas felizmente tocou. Só que ninguém atendia. E finalmente caiu na secretária. Merda. Desliguei. Ele não devia estar ouvindo o telefone por causa da música. Tentei uma segunda vez. Ele não atendeu de novo. Então deixei um recado: "Fala, Marco, é o Julien. O que você tá fazendo? Tô tentando falar contigo há um tempão! Bom. Olha só, acho que vou encontrar vocês aí... Queria saber se o aniversário tá legal... E onde é também... Porque esqueci onde fica... Quer dizer, o endereço da Émilie Fermat... Então tenta atender se você ouvir o telefone. Te ligo de novo em meia hora. Ok? Quando eu chegar à Champs. Bom, até mais."

Em seguida, liguei pro disque-informação pra perguntar o endereço dos Fermat, mas a mulher não encontrou ninguém com esse nome. Ela deu a entender que tinham tirado o nome da lista. Claro, desde que tinha atuado num filme, a Émilie Fermat se achava igualzinha à Sharon Stone. Ela devia ter pedido pros pais tirarem o nome deles da lista. Não tem nada que me irrita mais que isso: se a gente tem um telefone, é pras pessoas ligarem, não? De qualquer forma, a Émilie Fermat era muito do tipo de ficar se achando. A verdade é que, se ela fosse metade tão bonita quanto achava que era, já ia ser muito sortuda. Mas bom. É o que eu acho. E além disso ela tinha total impressão de ser megaconhecida. Absurdo. Se ela fosse conhecida, todo mundo ia saber. Nem que fosse só por definição.

Aí voltei pro salão, meio inquieto e tal, e os caras do bar recomeçaram a rir. Pra mostrar bem que eu era indiferente ao sarcasmo deles, matei a minha cerveja de uma vez. Com o vinho que eu tinha bebido antes, minha cabeça tava começando a girar. Mas também nem tanto assim. Porque eu aguento bem o álcool. Enquanto escritor, quero dizer. Depois tive outra ideia. Eu tinha que ligar pra alguém da aula de alemão que talvez tivesse a lista dos alunos e, portanto, o endereço da Mathilde. Grande plano. Foi assim que pensei no Hervé Morvin.

É bom que vocês saibam logo que o Hervé Morvin era um grande babaca. Eu não ia gostar de estar na pele dos pais dele. Aliás, nem na dele. Com aquela cara. E além disso ele tava sempre dedurando os outros, fazendo dever que não tinha sido passado pra puxar o saco dos professores, ou falando de livros que ele dizia ter lido diretamente em alemão – enfim, um pela-saco de primeira. A prova é que, em vez de ter uma mochila, que nem todo mundo, pra botar as coisas da aula, ele andava por aí com uma pasta de couro. Coisa de banqueiro. Ou até de ministro. E dentro tinha tipo umas divisórias. Parecia que o cara administrava metade da França. Ele contava muita vantagem. Eu nunca ia imaginar que eu ia ligar pra casa dele. A vida é mesmo surpreendente. Voltei pro banheiro. Pedi pro disque-informação o número do sr. e sra. Morvin em Paris. Me disseram que podiam completar a ligação para mim, e no instante seguinte o telefone tocou no apartamento do meu amigo Hervé. Eu tava superexcitado, crente de ter tido a ideia do século. Pra vocês verem que eu não aguento o álcool tão bem assim. Mas bom. Uma mulher atendeu. Perguntei com uma voz tipo Jacques Chirac se ela era a sra. Morvin.

– Quem tá falando?

"O presidente da República", quase respondi, morrendo de rir. Mas, no que ouvi o som da voz dela, me toquei de que era tarde à vera e que certamente fazia séculos que o Morvin tinha ido dormir. Não sei bem por quê, mas pensei que eu ia ser identificado, que nem um fugitivo, enfim, fiquei estressado e desliguei sem responder a pergunta. Depois passei um tempinho na frente do telefone. Pensando se eu ligava de volta. O pretexto seria que a ligação tinha caído, problemas da operadora e tal, e engrenar direto no Morvin, insistindo pra ela acordar ele, tipo: "É questão de vida ou morte, minha senhora..." Ia ser engraçado. Mas, bom, eu não tava muito certo de que ela tivesse senso de humor, a morvina. E eu certamente não ia conseguir nada. No fim das contas, a ideia de ligar naquela hora não era boa, era má.

Fui dar uma volta no banheiro. Passei um pouco de água na cara. Tinha um espelhinho pendurado na parede. Foi aí que eu entendi. Eu ainda tava com a porra do batom, borrado até o queixo. Certamente era por isso que os dois idiotas no bar ficaram me olhando e rindo. Me limpei com a água da torneira. Sorte que eu tinha visto aquilo antes de encontrar a Mathilde Fermat. Porque senão é fato que ia ser a humilhação da minha vida. Mas será que eu ia conseguir ver ela? Eu tava torcendo pro Marco atender a porra do telefone na próxima vez que eu ligasse.

Voltei pro salão. Os dois sujeitos me olharam. Quando passei por eles, o baixinho mal penteado me mandou, mas não tenho certeza de ter ouvido bem: "Foi se limpar, docinho..." Muito engraçado. Não, sinceramente, muito engraçado. Preferi não responder. Sou indiferente ao sarcasmo. Que nem La Fontaine. Nós dois não respondemos jamais aos sujeitos incultos. É assim. Questão de princípio para um escritor. "Ei! Tô falando contigo..." Fingi que não tava ouvindo nada. Sem brincadeira. Fui me sentar e acendi meu segundo cigarro. Pra mostrar que eu tava dando tanta importância pra eles quanto a formiga dá pra raposa na fábula (sem querer bancar o esperto com as citações).

Depois me levantei. "Ei! Já vai?..." Não era a hora de entrar numa conversa pra explicar que a história do batom era um mal-entendido. Achei melhor sair do bar como se nada tivesse acontecido. Um gentleman mesmo. Não sou de ficar procurando briga, se vocês querem saber. Sou antiviolência. Especialmente quando sou eu contra três sujeitos. Andei dez metros e, quando já tava longe o bastante, me virei pra dar uma banana pra eles. Depois saí correndo feito um condenado, sem coragem de olhar pra trás. Parei no fim da rua totalmente sem fôlego. Ia ter volta para aqueles dois. Dois pervertidos, na certa. Bom. Continuei por uns bons dez minutos sem cruzar com ninguém na rua. Um deserto. Era muito bizarro ver o bairro tão vazio: ele tinha uma outra cara de noite. Em seguida, cheguei à estação de metrô. Mas ela tava fechada. Lembrei que o metrô não funciona a noite toda. Os condutores precisam dormir também. Tipo pra ficar em forma pros dias de greve. E aí só restava uma solução: pegar um táxi. Geralmente, eu não tinha muito o hábito de pegar táxi, mas, naquele caso, era diferente. Eu ainda tinha uns trinta euros, fácil. Aí pensei que não devia ter muitos caras de catorze, quase quinze anos com trinta euros no bolso naquela hora. Talvez eu fosse o único. Gostei bastante daquela ideia. De ser o único de noite andando ao ar livre. Bom. Isso não queria dizer que eu tava com vontade de andar por horas e horas. E estacionei na frente do ponto de táxi, que também tava deserto. Sem problema. Eu podia esperar. E acendi mais um cigarro franzindo as sobrancelhas.

Esperei, mas nenhum táxi surgiu no horizonte. Se continuasse assim, eu ia chegar só no aniversário de trinta anos da Émilie Fermat. Comecei a ficar impaciente. Então decidi ir a pé. Afinal de contas, a Champs não era tão longe assim. Era só andar. E foi dessa forma que parti rumo à Champs.

Uma hora, numa grande avenida que esqueci o nome, reparei numa garota esperando na calçada. Logo pensei que ela era uma profissional, uma da vida, se é que vocês me entendem, e só essa ideia já me fez sentir como que um incêndio se acendendo na minha barriga. Chamas imensas que subiam até a garganta. Eu tava com um baita medo de passar assim à toa na frente dela, então pensei em atravessar, mas foi aí que vi outra logo em frente. Puta merda. Eu tava cercado. Tentei manter a calma. Mas eu não conseguia, porque agora tinha uma à direita e uma à esquerda, e um monte de ideias bizarras começaram a surgir na minha cabeça. Então continuei olhando bem em frente, tipo imperturbável, e fazendo ao mesmo tempo uns contorcionismos bizarros com o olho. Um pouco que nem os camaleões. Pra conseguir dar uma olhada mesmo assim. Porque aquela história me deixava meio fascinado. Especialmente porque dessa vez eu tava com dinheiro.

Aquilo me fez pensar naquela vez, um ano antes, em que eu tava passeando por Pigalle feito uma alma penada. Eu tava siderado pelo que dava pra ver ali. Fiz aquilo milhares de vezes: subir a avenida, depois descer, depois subir de novo, fingindo que eu tava superapressado e nem notava que as calçadas tavam infestadas de *peep shows*. Eu era tímido demais pra parar. Tinha desenvolvido uma técnica megassofisticada que me permitia olhar pra todos os lados parecendo que eu tava olhando bem em frente. Na verdade, era a mesma técnica que eu usava durante as provas pra colar da folha do vizinho. A técnica do camaleão.

Na hora em que passei pela garota, ela não me disse nada. No duro. Fiquei até sem fôlego. Como se ela tivesse sugerido que eu fizesse amor com ela. Maior estresse. Aí acelerei ainda mais o ritmo em direção à Champs. (Uma vez o Marco me disse que experimentou com uma puta. Juro. Pra não correr risco, ele colocou duas camisinhas, uma em cima da outra. Aquele detalhe me fez rir. Uma em cima da outra. Porque as camisinhas, às vezes, rasgam do nada. Parece. Com a técnica do Marco, era certo não pegar nenhuma doença. Malandro, né? Uma em cima da outra. Que nem quando a gente bota dois casacos nos dias em que tá fazendo muito frio.) Depois de algumas dezenas de metros, olhei pra trás. Ela ainda tava esperando no mesmo lugar. E pensei que, quando a gente paga por uma garota, a gente também paga por isso, pela ideia de que alguém tava esperando a gente no frio, apesar da noite e do perigo – a ideia, ainda que ridícula, ou até mentirosa, de ser esperado por alguém.

Andei pelo menos vinte minutos antes de ver a Champs-Elysées. Ela estava toda iluminada. Quase parecia que a noite ainda estava começando. Ou que era pleno dia. O mundo ao contrário, né? Gostei de ver aquilo tudo. Fiquei me sentindo menos sozinho. As pessoas andavam pelas calçadas. Alguns restaurantes ainda estavam abertos. O contrário da minha vizinhança, em resumo. Segui até a primeira pizzaria aberta. Eu tava pensando que uma pizzaria certamente tem um telefone de moeda. Vocês sem dúvida estão se perguntando por quê. A resposta é simples: pizza é em geral coisa de pobre. Telefone de moeda também. Elementar... Enfim. Foi o que pensei no meio do fluxo insone das pessoas que ainda não dormiam, apesar da hora, mas que não iam demorar pra dormir, imagino, já que, afinal de contas, era megatarde – e aproveito pra dedicar essa frase à Academia Francesa.

Estou à disposição.

A Champs não é nada como a gente imagina. Não quero entrar numa de fazer citações pra exibir minha cultura, mas alguém disse, um escritor polonês do século passado, que era a avenida mais linda do mundo. Não concordo nem um pouco com ele. Mas, na minha opinião, o cara que disse isso, o polonês, concordava comigo, mesmo escrevendo o contrário. Só que ele pensou que, se todo mundo repetisse aquilo, a gente ia se livrar dos japoneses e dos caipiras. Porque é claro que se você diz pros japoneses e pros caipiras que tal avenida é a mais linda do mundo, imediatamente eles aparecem. É tipo um reflexo. E aí a gente pode andar tranquilo pelos lugares bem mais bonitos de Paris sem que eles perturbem a gente. Saint Sulpice, por exemplo. Taí o que eu acho.

E a Mathilde, ela tava mesmo saindo com aquele cachorro do Marco?

Na pizzaria, logo perguntei pra um dos garçons se tinha telefone de moeda, mas o sujeito passou pela minha frente sem me responder. Típico comportamento de italiano. E, no entanto, vou dizer logo, embora não tenha nada a ver com a história, adoro pizza. Enfim. Esperei feito um babaca no meio do restaurante por alguns minutos, pensando que ele ia voltar pra me responder depois de servir os pratos e tal e coisa. Aí fiquei de saco cheio de esperar. Então fui ver no banheiro. Era meio que a minha especialidade da noite, os banheiros. Fuxiquei tudo, mas nada de telefone. Merda. Por outro lado, achei engraçado que tinha uma máquina de vender camisinha, e ela aparentemente tinha engolido a moeda de um cara. Ele estava furioso e tal, batendo na máquina que tinha pegado ele de jeito. De repente, pensei, ele não tem mais nenhuma moeda, e a namorada dele tá esperando na mesa, sem saber pelo que ele tava passando. Eu, se tivesse um encontro com uma garota, nunca ia levar ela a um restaurante vagabundo daqueles. Pensei em propor um euro em troca de uma ligação no celular dele. Hoje em dia, todo mundo tem celular, menos eu, porque o meu foi roubado. Mas acabei não dizendo nada por timidez. E voltei pro salão principal.

Eu não sabia mais o que fazer. E foi aí que aconteceu a primeira coisa inacreditável da noite: numa mesa, no fundo, reconheci a sra. Thomas, minha professora de francês. Juro, não tô inventando. A sra. Thomas em pessoa. Hesitei um instante. Talvez fosse melhor ir embora, já que, afinal de contas, eu tava em plena fuga. Mas fiquei lá, olhando pra ela. Tipo diante de uma paisagem.

Ela tava sozinha. Opa opa opa, pensei. Na verdade, eu não tinha parado para pensar que ela também tinha uma vida fora da escola. Repensando aquele momento, acho que fiquei lá sem me mexer, esperando que ela se virasse e me visse primeiro. De qualquer forma, eu não sabia o que fazer. Não tinha lugar nenhum pra ir. Então lembrei da primeira vez que eu tinha visto ela, a sra.

Thomas. Tinha sido três semanas depois da volta às aulas. No começo, como eu já disse, era pro sr. Vigouse dar aula de francês. Mas ele sofreu um acidente. A gente nunca ficou sabendo qual. A gente pulou de alegria, e vai que ele foi atropelado por um metrô. (De qualquer forma, as únicas vezes que os professores deixam os outros felizes é quando ficam doentes. Aí não tem aula.) O boato era que um carro tinha acertado ele enquanto andava tranquilamente pela calçada. A morte pode chegar a qualquer momento. A gente não devia nunca se esquecer disso. Mas frequentemente a gente vive como se tivesse tempo de sobra. A gente passeia pela calçada assoviando.

Enfim. Durante uma semana, depois do sr. Vigouse, a gente não teve aula de francês. E depois teve aquela segunda em que a sra. Thomas apareceu. Ela me deixou fascinado de cara. Ela subiu no estrado, megacalma e tal, de saia e com uma blusa transparente, colocou as coisas dela na mesa e declarou: "Muito bem. A partir de hoje, quem cuida de vocês sou eu." Aquela introdução me deixou impressionado.

Depois de algum tempo imóvel no meio do restaurante italiano, ela se virou e nossos olhares enfim se cruzaram. Ela abriu um grande sorriso, um sorriso realmente bacana, mas ao mesmo tempo senti que ela estava constrangida e que estava se perguntando o que eu fazia ali. É verdade que a situação era inverossímil. Avancei pra perto dela com um jeito meio tímido.

– Boa-noite, Julien – ela mandou. – O que você está fazendo por aqui?

A sra. Thomas era a que falava mais certinho. Os outros professores usavam gíria o tempo todo pra tipo fingir proximidade, quando na real eles te detestavam.

– Tô indo pra uma festa – respondi todo orgulhoso.

Eu tava com sorte: logo na vez em que eu ia a uma festa, ela tava lá pra ficar sabendo. Acrescentei pra deixar ela um pouco mais impressionada: "Na Champs..." Mas aí me toquei de que talvez eu devesse ter mentido. Por causa da minha fuga.

– Mas você não tem aula amanhã?

Ela olhou pro relógio ao mesmo tempo. Ela devia ter esquecido que era jornada pedagógica. Foi o que eu disse. Depois emendei logo pra não ficar falando muito da escola.

– E você, jantou aqui?

Ela deu um sorrisinho bizarro.

– Sim.

– Ah é? Você gosta de pizza?

– Não muito.

O que mais eu tinha pra dizer? Eu tava procurando assunto. Um exemplo literário. Ou um título de romance. Alguma coisa pra passar uma boa impressão. E distrair. Mas não me vinha nada. Esperando, mandei: "Eu também, não sou muito de pizza..." Depois acendi um cigarro. Ofereci um pra ela. Ela pareceu hesitar. Acho que deve ter ficado constrangida de pegar um cigarro de um aluno. Eu quase disse que não ia mais estudar. Pra deixar ela tranquila em relação ao cigarro. Mas não precisou: ela acabou aceitando. Aquilo me surpreendeu. Acendi imediatamente o cigarro dela.

– Você também jantou neste restaurante?

Pensei em dizer que na verdade eu só tinha entrado pra procurar uma cabine telefônica, tipo pra telefonar (lógico), porque tinham levado meu celular depois de uma briga da qual eu não me saí nem um pouco mal, considerando o número de sujeitos que tinham juntado em mim, ainda que eu não tivesse conseguido ficar com meu celular, além de ter sangrado um pouco perto da sobrancelha (nada de grave, felizmente), mas que na verdade eu não tinha encontrado nenhum telefone no restaurante, e que, apesar de tudo, se ela quisesse, ela podia ir comigo ao aniversário daquela garota, a Émilie Fermat. Rá rá! Eu só queria ver a cara do Marco! Mas, no fim das contas, optei por uma resposta mais sintética:

– Ah, não, na verdade eu tava procurando um telefone... Preciso urgente encontrar uns amigos. E eu tava torcendo que tivesse um nesse restaurante.

Ela ofereceu o celular dela. No duro. O que prova que ela era realmente uma professora bacana. Que pensava em ajudar os alunos quando podia. Aceitei, meio emocionado. Mas, ao mesmo tempo, eu não tinha mais a menor vontade de ir embora. Queria passar horas ali, na frente dela, olhando pra ela. Falando de literatura. Ou chorando no ombro dela e contando tudo que tinha acontecido comigo. Disquei o número do Marco. De repente ouvi a voz dele. Aleluia. Mas eu nem tava mais interessado.

– Alô?

– ...

– Alô?

– ...

Ele não tava escutando nada por causa da música.

– Tá me ouvindo?

– Tô, tô, agora tô... Quem é?

– Sou eu.

– Quem é?

– Julien!

Eu tava constrangido. Não queria muito que a sra. Thomas ouvisse. Mas, ao mesmo tempo, eu tinha que gritar por causa da música. Aliás, o restaurante todo podia acompanhar o que eu falava de tanto que eu tava gritando.

– Olha só, vou ter que ir a uma outra festa, com uns amigos famosos, mas eu queria pelo menos passar pra te dar um alô antes de ir...

– Mas onde é que você tá? – gritou o Marco.

– Hein? Tô na Champs...

– Ah é? E você vem?

– É... Só pra te dar um alô. Porque depois vou para outro lugar. Uma festa com uns amigos escritores.

Piscadela pra sra. Thomas pra saborear o efeito da frase.

– O quê? Bom. Então você vem! Você tá sozinho ou com a tua Charlotte?

– Uma espécie de colóquio em torno de Kafkaf.

Segunda piscadela discreta.

– Como é?

– Exatamente. Pra revista na qual escrevo regularmente.

– Do que que você tá falando?

– Não, não, com um pseudônimo.

– Não tô entendendo nada do que você tá dizendo, Julien.

– Hum...

– Enfim. Olha só, é na rua Pierre-Charron. Sabe onde é?

– Hum...

– Tá me ouvindo? Número 13. Não precisa de código na entrada. É só apertar o botão marcado Fermat. Beleza?

– Hum... Muito interessante.

– Ok? Bom. Legal que você tá vindo! A gente vai se acabar! Você vai ver! Tá cheio de gostosa! Hahaha!

– Entendido. Vou falar com o meu editor.

– Quê?

– Disponha. Até logo.

Desliguei feliz da vida com a minha jogada. Ela agora tava me olhando de um jeito esquisito. Agradeci pelo telefone. Foi mesmo muito bacana da parte dela. Eu também queria ouvir a minha secretária eletrônica, mas aí fiquei com a impressão de que era abuso. E, além disso, eu não era mais eu mesmo. Meu coração batia forte. Afinal de contas, eu tava com a sra. Thomas num restaurante da Champs, uma da matina – digo isso sem segundas intenções. Eu não tava acreditando. Quem sabe mais tarde a gente estaria do lado de fora, na calçada. Eu ia achar tudo bonito, até as árvores nuas se erguendo miseravelmente do cimento. E ia sugerir acompanhar ela de táxi, levar ela até a porta do prédio, talvez me aproximar no momento de se despedir, me aproximar mais, mais, como pra dar um beijo no rosto, mas nossos lábios iam se tocar, e a gente ia se beijar de língua e tudo, e aí ela ia me convidar pra subir pro apartamento dela – ou seja, pro quarto dela –, e a gente ia estar dentro de um elevador estreito demais pro meu amor, e a gente ia se beijar mais, mais, até o momento em que a gente iria pra debaixo do edredom, onde eu ia declamar alguns versos pra ela, mas não só isso.

No que pensa uma mulher da idade dela? Quero dizer, uma mulher de uns trinta anos fácil. Será que algumas noites ela sonha em dormir com um sujeito de catorze anos, quase quinze? Porque eu posso dizer pra vocês que passei alguns milhares de horas nos braços imaginários de uma mulher daquela idade. Eu sei que de vez em quando acontece. Na minha opinião, a pedofilia feminina devia ser encorajada. Até porque a sra. Thomas tinha olhos magníficos. Pensei que eu devia tentar alguma coisa. Nos meus sonhos. Eu podia sugerir que a gente fosse beber alguma coisa. Na casa dela, por exemplo. Se ela hesitasse, eu podia dizer a verdade: talvez fosse a última vez que a gente fosse se ver, já que eu não tava pensando em voltar pro *Instituto* e que eu tava em plena fuga. Mas claro que eu tinha medo demais pra fazer uma coisa dessas. Em Pigalle, eu não tinha coragem nem de parar na frente de um *peep show*... Então eu nem pensava em sugerir uma coisa dessa pra uma mulher de verdade. Quer dizer, eu pensava, justamente, mas sabendo que eu nunca ia ter coragem.

Pra retomar a conversa e também pra justificar o fato de que eu tava em pé na frente dela sem fazer nada, perguntei se ela tava gostando do *Instituto*. Era isso ou o tempo, e eu não sei nada de tempo.

– Até que sim. E você?

– Eu?

– Sim. Você gosta de lá?

Tive medo de falar uma besteira. Agi com prudência.

– Na verdade, não. Acho a maioria das aulas chatas. Menos a de francês, que é a minha matéria preferida.

Ela sorriu. Eu tinha a impressão de que ela tava meio que rindo da minha cara como se eu tivesse dito aquilo pra puxar o saco dela. Mas era só olhar o meu boletim: tirando o francês, eu não fazia porra nenhuma. Então tentei explicar:

– É a única matéria que tem uma relação com a vida cotidiana. Eu acho. É isso que eu gosto na literatura.

– Você costuma ler?

– Sem parar – respondi suspirando como se ler me deixasse fisicamente cansado.

– Ah é? E que gênero de livro?

– Na verdade, são especialmente os livros desesperados que me afetam.

– Os livros desesperados... Por quê?

Mais um sorrisinho divertido. Me arrependi imediatamente de ter dito aquilo.

– Eu tenho uma natureza bem otimista e tal, mas quando a gente lê um livro feliz, com um final mentiroso em que tudo acaba bem, a gente fica com a impressão de estar excluído dessa felicidade. Enquanto, por outro lado, num livro desesperado de verdade, sei lá, a gente encontra alguém que sofre que nem a gente, que sente as mesmas dores, uma espécie de irmão, né?, e a gente se sente menos mal.

Mandei tudo aquilo sem pensar e fiquei meio com medo da reação dela. Ela tava me olhando de um jeito bizarro por causa da embrulhada que eu tinha acabado de vomitar, então acrescentei: "Mas também gosto dos livros que terminam bem." E como eu tive a impressão de parecer meio panaca, concluí: "Mas bom, depende." Antes de nuançar uma última vez, acrescentando o clássico "Enfim, sei lá..."

Ao mesmo tempo, o sujeito do banheiro se aproximou da nossa mesa. Aquele da máquina de camisinha. Me perguntei o que ele queria com a gente. A sra. Thomas fez as apresentações. Era o namorado dela. Juro. Fiquei megaconstrangido. Até porque ele tinha pelo menos quarenta anos. Talvez até mais. E na hora eu me senti patético. Ele me olhou como quem olha um cocô de cachorro na beira da calçada. Pensei em oferecer uma moeda pra ele, pra máquina, e perguntar se ele não se sentia desconfortável de planejar calmamente comer a mulher da minha vida. Mas entendi que eu tinha que deixar eles a sós. Ele também parecia bolado de me ver ali naquela hora. Como se eu tivesse doze anos. Aquilo me deixou irritado à beça. Os adultos, na maior parte do tempo, não entendem nada de nada. De qualquer forma, ele não pensava nem por um minuto que eu pudesse ser um rival, que eu também era um homem e que era, com sinceridade, deprimente me olhar como se eu fosse uma criança que devia estar de pijama naquela hora.

Então, meio melancólico e tal, me despedi da sra. Thomas da forma mais séria possível. Eu queria que ela entendesse que aquilo era adeus. Porque, claro, que eu não ia poder voltar pro *Instituto*. Dada a situação. Mas isso ela ainda não podia saber. Eu ia sentir falta dela. Ela pareceu perturbada. Como se tivesse entendido que podia rolar alguma coisa entre nós. Depois agradeci por ela ter me emprestado o telefone. Saí do restaurante cheio de emoções contraditórias. Era bizarro. Eu não sabia mais o que pensar. Na calçada, fechei os olhos pra fixar bem a última imagem que eu ia ter dela. Afinal de contas, ela tinha me ensinado muita coisa. Foi pra agradar ela, por exemplo, que escrevi todas as minhas redações com tanto empenho. Mas eu tinha que aceitar os fatos: eu tinha catorze anos, quase quinze. Eu não tinha como. Ainda não. Depois pensei: "Muito louco isso de cruzar com ela assim no meio da noite. Bem no meio de Paris. É mesmo uma coincidência estranha..." E, quando a gente para pra pensar, é verdade que era muito louco. Mas eu não acredito em coincidências. E La Fontaine, será que ele acreditava em coincidências?, me perguntei enquanto retomava meu caminho. Com certeza não. Enquanto escritor, quero dizer. Ele devia era acreditar no destino, eu acho. Que nem eu. De qualquer forma, na maior parte do tempo é fácil: La Fontaine e eu, a gente concorda em tudo. Especialmente ele.

3.

Depois disso, fui andando até a rua Pierre-Charron. Eu ainda tava bem agitado por causa do meu encontro com a sra. Thomas. Mas também porque era novidade pra mim ficar zanzando daquele jeito no meio da noite. Eu tinha a impressão de que todo mundo tava me olhando e pensando: "Esse daí ainda tá acordado a essa hora?" Mas eu sabia muito bem que, na verdade, ninguém reparava em mim. Tentei não pensar muito em tudo que eu tava fazendo. Porque no fundo eu tinha consciência de que era a cagada das cagadas. O que é que ia acontecer amanhã de manhã? Pensei que o François talvez bloqueasse o cartão de crédito quando ele se tocasse de que eu tinha afanado ele. A solução, na qual eu não tinha pensado antes, era tirar uma grana extra já essa noite. Uma bolada de uma vez só. Senão, em breve, eu ia ficar sem nada. E, nesse caso, eu ia ser obrigado a voltar pra casa. Ou então a procurar trabalho pra me sustentar e, como eu ainda não tinha carteira de motorista, eu ia acabar vendedor de mercadinho. Então pronto: no próximo caixa, sem falta.

Parei diante do número 13. A porta do prédio tava aberta. Lá dentro tinha uma espécie de pátio. O pátio interno, acredito. Bom. Passei por ele. Identifiquei de cara onde era a festa. Jorrava música das janelas do sexto andar. Tava tão alto que doía os ouvidos. Dava vontade de pedir um minuto de silêncio só pelo bem dos vizinhos. Mas de repente ela tinha convidado os vizinhos, a Émilie Fermat, pra que eles passassem a comer na mão dela. Ou então eles não tinham coragem de dizer nada porque ela atuou num filme e era meio conhecida. Tem gente que é burra a esse ponto. Especialmente quando são vizinhos. Enfim. No interfone, procurei o nome "Fermat". Depois apertei o botão. Enquanto eu esperava que atendessem, chovia granizo. Pra ser sincero, eu tava um pouco estressado porque não conhecia praticamente ninguém naquela festa. Só ia ter gente do último ano e ator de cinema. Por um lado, eu tava cagando, já que eu não tava vindo por causa deles e sim pela Mathilde. Bom. Mas mesmo assim... E além disso tinha o Marco. Eu não estaria completamente sozinho. Então, sem problema. Toquei mais uma vez.

– Oi? Alô? Quem é?

Uma voz de mulher. Devia ser a Émilie. Merda. Ia ser melhor topar com qualquer outra pessoa. Porque eu não gostava muito da Émilie. Engoli em seco antes de dizer meu nome.

– É o Julien.

– ...

– Julien Parme.

– Quem?

– Julien Parme.

– E quem é esse Julien Barme?

– Parme. O amigo do Marco.

– Hein?

– O amigo do Marco. E da Mathilde.

– Ah, tá... É no sexto.

– No sexto andar? – perguntei pra descontrair o ambiente.

– Quê?

– No sexto o quê? No sexto andar?

Ela não entendeu a graça da pergunta.

– Você é idiota por acaso? No sexto subsolo é que não é – ela respondeu com uma voz megasseca antes de abrir pra mim.

Eu não tinha mandado bem na introdução. Mas o importante é que ela abrira a porta mesmo assim. Bom. Respirei fundo antes de empurrar a porta. Só faltava subir as escadas. De repente lembrei que não tinha trazido presente. Puta merda. Não tinha nem lembrado que era um aniversário. Eu não tava nem pensando em ir. Aconteceu. Comecei a pensar duas vezes. Ela ia achar que eu tava abusando. E depois ia contar pra Mathilde. Merda. Eu tinha que achar alguma coisa... Olhei ao meu redor. Entre as latas de lixo e a escada tinha uma porta, sem dúvida pra descer pros porões. Pensei em dar uma olhada e de repente roubar alguma coisa. Era uma boa ideia. Às vezes, a gente encontra coisas formidáveis nos porões. Desde que eu não roubasse nada do porão dos Fermat. Porque se eu desse de presente uma coisa que já era dela, mais a minha piada malsucedida, podia ser demais. Tentei abrir a porta, mas ela tava fechada a chave. Raios. Tentei arrombar, mas ela era tipo impossível de dar um jeito. Eu tinha que pensar em outra coisa.

Foi aí que eu tive uma ideia. Voltei atrás, prendendo bem a porta com o capacho pra poder voltar. Eu não queria ficar preso do lado de fora. O capacho era perfeito. Bem duro e tal. Sem problema. No pátio interno, me aproximei de uma das janelas, uma do térreo. Meu coração começou a bater a toda velocidade. Tinha um pote de gerânios na beira da janela. Bom, beleza, não é o melhor presente do mundo. Mas é um presente. E as mulheres gostam de flores. Rosa, tulipa ou gerânio, é tudo a mesma coisa. Ou quase. A gente rega e depois elas morrem. Bom. Assim ela ia poder colocar gerânios na janela. Ela ia entender que o presente era tipo uma piada. Olhei ao meu redor... Me aproximei do pote... Tava a dois passos de pegar... Quando de repente escutei nas minhas costas um barulho que me deu um medo da porra! Quase tive um ataque cardíaco. Sério. Voltei pro hall de entrada. Puta merda. A porta tinha fechado sozinha. O capacho não tinha aguentado. Merda. Bom. Voltei pra janela do térreo. Peguei o pote de flores a toda velocidade. Depois voltei pro interfone. Toquei de novo, verificando que não tinha ninguém atrás de mim. Eu tava torcendo pra topar com outra pessoa. Mas, não, foi a Émilie que atendeu de novo. Puta merda, era aniversário da garota e ela só tinha isso pra fazer: atender o interfone...

– Oi?

Limpei um pouco a garganta e cocei meu nariz.

– Ééé... É o Julien de novo.

– Quê?

É verdade que com a música a gente não ouvia nada.

– É o Julien de novo.

– Julien quem?

– Julien Parme. O amigo do Marco.

– Ué, acabei de abrir pra você... Não funcionou?

Pensei que era a chance de compensar a piada horrível de antes.

– Funcionou, funcionou... Mas eu desci no sexto subsolo e não tinha ninguém.

– ...

– Alô?

– ...

– Alô?

– ...

Ouvi uma voz distante: "Ó, vai lá, é o seu amigo, se vira lá com ele, a gente não tá se entendendo..." E de repente o Marco veio me socorrer.

– Alô? Qual foi?

– Nada. Tô aqui embaixo. Você pode abrir pra mim?

– Tá. Peraí... Foi?

Ouvi um ruído metálico.

– Beleza. Tô subindo.

Eu tava aliviado de topar com ele logo na entrada do apartamento. Ia ser mais fácil. Porque, pra dizer a verdade, eu tava com a impressão de só estar fazendo merda. Geralmente, eu tava cagando pra tal da Émilie Fermat. Mas, mesmo assim, eu ia ficar chateado se ela dissesse pra irmã que eu era um idiota e tal. Ao mesmo tempo, não era culpa minha se ela não tinha nenhum senso de humor nem nada. Na minha opinião, a Émilie se levava muito a sério. Quando a gente se leva a sério, é certamente porque a gente superestima o tempo que resta pra gente viver. Eu sei porque li isso em algum lugar.

Enquanto subia, cruzei com dois policiais de uniforme. Juro. Eles estavam descendo tranquilamente. Na hora, quase dei meia-volta e saí correndo. Tipo um reflexo. Ainda que eu soubesse muito bem que não era por minha causa que eles estavam lá. Mas, quando você faz uma cagada, tipo fugir de casa, você sempre tem a impressão de que estão te espreitando em cada esquina. Um dos policiais me deu boa-noite me olhando de alto a baixo. Respondi com uma voz desafinada, escondendo o pote de flores com o corpo. Na boa, eu não tava sendo muito esperto. E logo mais, pensei, se a minha mãe descobre que eu não tô mais em casa, se ela acorda ou sei lá, a primeira coisa que ela vai fazer é ligar pra Émilie Fermat. Já que ela sabia muito bem que eu tava pensando em ir ao aniversário dela. Imaginei os policiais pintando no meio da festa e perguntando se o indivíduo Julien Parme se encontrava entre os jovens. Imaginar aquilo me deu medo, e eu quase pensei que não era muito prudente ir à festa. Mas a verdade é que eu tava mesmo era estressado. Em relação à Mathilde e tal. No sexto andar, pensei mais uma vez sobre o pote de flores. No fim das contas, a Émilie não era do tipo que gostava de flores. Ela era mais do tipo de tirar onda com a minha cara. Eu não queria que depois dissessem que eu sou romântico e tal. Então decidi deixar o pote ali mesmo. Na frente do capacho do vizinho. Toquei a campainha. A porta se abriu imediatamente.

– Tudo bem?

Era o Marco.

– E você?

– Beleza. Entra, vai. Então, deu pra você vir?

Eu tava bem contente de mostrar pra ele que deu. A prova:

– Deu.

Aquilo doeu um pouco nele.

– Você deu um bolo na garota?

– Que garota?

– A garota com quem você ia sair.

– Qual?

– Aquela com quem você disse que tinha um encontro...

Eu não sabia se ele tinha acreditado na minha história da Charlotte. Porque o olho dele parecia rir enquanto ele falava comigo. Mas, no fim das contas, que se dane: eu tava lá e ele não tinha nada pra dizer.

– Não dei o bolo nela – respondi. – Mas eu queria dar uma passada... E a Mathilde?

– Quê?

– Ela tá aí?

– Tá. Por quê?

Imediatamente expliquei que queria falar uma coisa com ele. Uma coisa megaimportante. Enfim, particular. Ele me disse pra eu seguir ele, sem botar muita fé. Atravessamos um longo corredor. Todo mundo tava na sala. E num outro aposento do lado também. Quando passei pela porta, vi que não tinha muita dança rolando. A maioria das pessoas tava sentada conversando numa boa. Um clima estranho, comentei. Alguns sujeitos deviam ter vinte e poucos anos fácil. Até mais. Então o Marco me explicou que a polícia tinha aparecido logo antes de mim. Com um papo de que tava tarde e que era proibido fazer barulho a partir de uma certa hora. Lei do silêncio noturno, ele especificou com um sorrisinho de especialista. Ainda mais de noite. Os vizinhos reclamaram. E aí eles tiveram que diminuir bastante o som. E o clima ficou pra baixo no ato. O que, no fim das contas, era uma pena. Principalmente porque era um aniversário. "Vacilo", eu disse pra fingir que eu tava ligando, mas a verdade é que eu tava olhando pra todo lado pra ver onde tava a Mathilde. A ideia, pra não deixar a festa morrer, era continuar numa boate.

– Ah é?

Boate não é muito a minha. Até porque eu não tava certo de conseguir entrar. Por conta da minha idade. E eu ia ficar com a cara no chão se um segurança me dissesse "você não" na frente dos outros. Um micaço.

– É. A Émilie conhece um lugar que ela diz que é legal à beça. Vamos partir daqui a pouco.

No fim do corredor, entramos num quarto. O de hóspedes, eu acho. Era lá que a gente deixava os casacos e tal e coisa, mas eu preferia ficar com a minha jaqueta preta, aquela que eu adoro. De repente o Marco lembrou que eu tinha uma coisa importante pra contar.

– E aí? O que foi?

No fundo, eu não sabia muito bem o que eu tava com vontade de pedir pra ele. Se eu dissesse logo que a minha mãe queria casar com o François, ele não ia entender onde eu queria chegar. Não era por ali que eu ia conseguir alguma coisa. E, além disso, eu não sabia muito bem como voltar a falar da Mathilde. Claro que eu não ia contar do nada que eu sentia uma coisa muito forte por ela... Ele ia rir da minha cara. E o que mais? Outra coisa que eu queria contar pra ele era que eu tinha acabado de encontrar a sra. Thomas, ainda que ele não fosse acreditar em mim. Sem esquecer o fato de que eu tinha fugido de casa. Enfim, eu tinha milhares de coisas pra contar pra ele. Mas não sabia muito bem por onde começar. No mesmo instante, ou seja, no instante em que eu ia despejar tudo, a Émilie Fermat entrou no quarto. Marco apresentou a gente. Oi, oi. Ela me deu dois beijinhos sem me olhar direito. Esqueci de desejar feliz aniversário pra ela. Depois ela disse pro Marco que ela tinha porque tinha que mostrar uma coisa pra ele. Ele fez que sim, o babaca, e os dois saíram. Sem mim. "Já volto, um segundo..." Quando saiu ela desligou o interruptor como se tivesse esquecido de mim, juro, e fiquei no escuro. Bom, beleza, bacana.

Enquanto eu esperava que ele voltasse, fui inspecionar a sala. Mas de longe. Eu tava bem desconfortável, mas nem tanto assim. Tinha um bocado de gente, todo mundo mais velho, mas eles que se danem. Fui direto pra mesa onde estavam as garrafas de champanhe. Champanhe, no duro. Mas elas tavam todas vazias. Definitivamente não tinham me esperado pra começar a beber. Um sujeito disse que tinham ido buscar mais na cozinha. Maneiro. Enquanto eu esperava, fui me sentar. Bom. Agora eu podia dar uma do sujeito que parte numa descrição enorme da festa. Mas eu já li Balzac, o sujeito que escreveu *Germinal*, e não sou sádico a ponto de encher o saco de vocês com detalhes inúteis. Sei muito bem que vocês não querem necessariamente saber tudo sobre aquela festa – tipo: quantos cinzeiros tinha na mesinha à direita da minha poltrona. De repente vocês estão até cagando para aquela festa. Aliás, vocês nem foram convidados. Fui eu que levei vocês de penetra. Suponho. Então vou fazer um resumo. A única coisa que vocês precisam saber é que eu tava me perguntando cada vez mais que porra eu tava fazendo ali. Eu tava deslocado e me sentia minúsculo. Transparente. E inútil. Que nem um piolho na cabeça de um careca.

Ao meu lado, estava sentada uma garota loura. Uma loura grandona, justamente. Mas tudo bem, ela estava sentada. Bom. Talvez tenha sido idiota, mas não consegui resistir, perguntei como ela se chamava.

– Marion – ela respondeu antes de virar pro outro lado.

Mas voltei à carga imediatamente. Perguntei se eu podia tomar só um gole da taça dela. Porque eu tava morrendo de sede. Juro. E todas as garrafas estavam vazias. Sei bem que não se diz esse tipo de coisa, mas eu tinha certeza de que fazia horas que ela nem tocava na taça e que ela nunca ia terminar de beber. Senão eu não tinha pedido. Ela me olhou de um jeito bizarro antes de responder, bem esperta: "O problema é que depois você vai poder ler os meus pensamentos..." Por causa do que costumam dizer. Achei a resposta classuda. Então fiquei esperando trazerem as garrafas da cozinha.

Dez minutos depois, eu ainda tava na mesma posição e não tinha dirigido a palavra a ninguém. Pelo menos eu tava sorrindo, tipo descontraído, mas um pouco duro, pra não dar muito na cara que eu tava desconfortável. De qualquer forma, ninguém parecia prestar atenção em mim. Eu tava pensando em onde tava o Marco. Enquanto acendia um cigarro, eu pensava que, na verdade, eu tava com vontade de contar meus segredos pra ele. Ao mesmo tempo, era difícil me imaginar contando tudo sobre a minha fuga pra ele. Eu preferia que ele pensasse que tinha se enganado a meu respeito e que eu não era do tipo que a mãe bota de castigo etc. Mas, enquanto eu pensava isso, eu também pensava o contrário. Ele talvez pudesse me dar um conselho sobre o que eu devia fazer agora. Por exemplo: onde é que eu ia dormir naquela noite? A minha primeira ideia era, claro, ir pra casa dele. Era bizarro, num certo sentido, pois eu tinha passado a noite toda com raiva dele por causa da história com a Mathilde. Mas agora eu tinha quase esquecido aquilo. Porque tudo que importava naquele momento era contar pra ele que eu tinha fugido de casa. Eu precisava contar. Na verdade, acho que eu tava me sentindo meio perdido. Por um lado, eu tava contente de estar lá. Com certeza. Mas por outro, eu sentia que eu ia me arrepender.

Pelo que eu tinha entendido, a minha mãe tinha perguntado pro meu tio se ele podia me receber em Nice. Ele tinha dito não. Eu entendo. O problema é que ele era o único parente. A minha mãe não tinha irmão nem pais. Pelo que eu sabia, ela tinha um irmão antes, mas ele tinha morrido quando eles eram pequenos. Num acidente. Ela não falava daquilo nunca. E depois, eu tinha perdido as minhas duas avós. É mesmo muito azar. Pelo lado do meu pai, tinha o meu tio. Mas ele não tinha filhos. Em resumo, se eu abandonasse a minha mãe, ia ficar sem família. Simples assim. Era essa a solidão que eu tava sentindo. Aquilo me dava dor de barriga como se eu tivesse engolido um prego. Eu tava contente de estar com o Marco, mesmo que ele não fosse da minha família. Ele me dava confiança num certo sentido. Porque ele tá longe de ser um babaca, o Marco. Mesmo se às vezes ele chega perto.

Mas ele não voltava. E a Mathilde continuava invisível. Cada vez mais eu pensava se eu não tinha feito a burrada da minha vida indo pra lá. Eu olhava ao meu redor: francamente, não tinha nada de fascinante. Aquela festa deles não era nada de mais. Certo, tinha champanhe e tal. Mas sei lá: todo mundo tinha cara de idiota. E de estar contente de ser assim. E, além disso, eu temia que a polícia aparecesse do nada. Juro. Não conseguia tirar essa ideia da cabeça. Iam me algemar e tal e coisa. Eu torcia pra pelo menos a Mathilde ver tudo. O melhor talvez fosse ir embora imediatamente. E é verdade que, com a grana do cartão do François, eu podia fazer o que eu quisesse. Por que ficar naquela festa? Eu tinha certeza de que tinha um monte de coisas fascinantes rolando de noite em Paris. Era só andar por aí e topar com as pessoas certas. Eu ia ter gostado mesmo era de viver aventuras incríveis. Eu não tinha pensado muito naquilo, mas de repente, com aquela grana, eu podia até comprar uma passagem de trem e me mandar pra longe à vera. Pra Itália, por exemplo. Com o Marco. A gente podia ir amanhã, depois de passar no banco pra sacar uma nota. A gente ia pagar por um bom mês de tranquilidade e felicidade. Em vez de ir pra festas idiotas. Com idiotas contentes de serem idiotas. Aquela ideia me fez bem. Não era a noite, e sim a vida inteira que eu tinha pela frente. Pra comemorar, tive vontade de beber alguma coisa. Bom. Mas, como a gente ainda tava esperando as tais garrafas da cozinha, mas também pra zoar um pouco, voltei à carga com a minha vizinha loura.

– Em que você tá pensando? – mandei.

A tal da Marion tava com uma cara distraída desde antes.

– Hein?

– Cê... Você tá pensando em quê?

– Em nada – ela respondeu meio surpresa com a minha pergunta.

– Então eu posso beber do seu copo...

Ela me olhou como se eu fosse de outro planeta. Depois riu. O pior é que eu tinha dito aquilo a sério. Mas ela achou que eu tinha as respostas na ponta da língua. Em relação ao que ela tinha dito antes.

– Qual é o teu nome?

– Julien.

– Você é amigo da Émilie?

– Mais ou menos...

– Mas você tem quantos anos?

Na hora, aquela questão me irritou.

– Dezesseis. Por quê?

– Por nada.

Ela levantou. Era o Everest. Depois me deu a taça: "Toma, pode beber, eu já acabei." Ela saiu da sala na direção dos quartos. E matei a taça num gole só.

Enquanto bebia, eu pensava melhor naquela ideia de pedir pro Marco pra eu ficar na casa dele aquela noite. No quartinho dele tinha espaço pra dois. Mas ao mesmo tempo era arriscado. Ia ser o primeiro lugar em que a minha mãe ia me procurar amanhã de manhã. Quando acordasse e visse que eu não tinha dormido em casa, ela ia direto pra casa do Marco. Pra saber onde eu tava escondido. Sem sombra de dúvida. Então eu não podia fazer aquilo. Bom mesmo, pensei enquanto terminava de beber a taça, ia ser se o meu pai ainda estivesse vivo. Eu iria pra casa dele e ia explicar que eu tinha brigado com a minha mãe. Ele ia entender, já que antes ele só fazia brigar com ela. Ele ia aprovar. E eu ia poder dormir na casa dele. Bom, ele ia brigar um pouco comigo por eu ter fugido no meio da noite, mas de leve. Só um pouco pra eu não fazer de novo. De repente eu ia me mudar de vez pro apartamento dele. Ia ser lá que eu ia escrever o meu romance. Ele entendia à vera de literatura, já que antes ele tinha sido jornalista. Jornalista e escritor são quase a mesma profissão. Não chega a ser a mesma coisa, já que é exatamente o contrário. Mas quase. De qualquer forma, se tivesse vivo, o meu pai ia ficar feliz de saber que eu escrevia livros.

Finalmente, o Marco voltou pra sala. Fui direto falar com ele.

– O que você tava fazendo?

– Te conto depois – ele me respondeu de um jeito misterioso.

– Diz aí, desembucha...

– É uma coisa aí.

– Uma garota?

– É. Mas uma gostosona.

Claro que eu tava curioso. "Vem, vou te mostrar." Ele me pegou pelo braço pra me levar pra cozinha. Ele tava parecendo animado à beça. Será que ele tava falando da Mathilde? No caminho ele apertou a mão de três sujeitos, que agiram como se eu não estivesse ali.

– Você sabe quem é esse aí? – ele me perguntou depois de falar um pouco com um cara.

– Quem?

– Ué, o cara com quem eu acabei de falar...

– Não. Quem era?

Aí ele mandou um nome que eu não conhecia e já esqueci. Acho que era um ator que tinha participado do filme da Émilie Fermat. Mais um que achava que era famoso. Ridículo. Quando um sujeito é famoso, mas ninguém sabe, é simplesmente porque ele não é famoso. Lógico. Ergui hipocritamente as sobrancelhas pra mostrar que eu tava impressionado. O Marco ficou todo contente de ter falado na minha frente com aquele sujeito que eu tava fingindo conhecer. Aquilo deixou ele alegre.

– Vamo, por aqui...

Ele me guiava como se fosse a casa dele.

– É grande à beça o apartamento delas...

– Claro. É do pai delas.

– Os pais são divorciados?

– Ué, são. Que nem todo mundo...

Quem era ele pra falar? Os pais dele não só ainda estavam juntos como ainda por cima moravam no Marrocos. Dizia ele.

– E a gente tá indo pra onde?

– Você vai ver...

Paramos no fim do corredor. Ele bateu numa porta. E entramos no banheiro. Um sujeito e duas garotas tinham se trancado lá dentro pra não serem incomodados. A banheira tava cheia de gelo pra manter as garrafas geladas. Enfim, era o esconderijo das garrafas.

– O que é que vocês querem? – o cara perguntou.

Tinha uma das garotas, a morena, que simplesmente dava pra ver os mamilos dela através da blusa. Com certeza, era ela a do Marco.

– Vai, abre um champanhe aí.

Ele sacou uma rolha.

– Lá na sala – eu disse –, eles tão todos esperando mais garrafas.

Todo mundo riu daquilo, mas não tinha nada de engraçado. Eu só tava informando. Eles riam da informação. Não me perguntem por quê. Bom. E foi aí que eu tive um choque. O cara na minha frente era o Yann Chevillard cuspido e escarrado. Mas eu não conseguia saber se era mesmo ele ou não. Yann Chevillard era o sujeito que eu planejava reencontrar fazia anos pra quebrar a cara dele. Depois de todas as sacanagens que ele fez comigo, vou contar mais tarde. Enquanto isso, faltava um copo. Eu disse que ia pegar um e saí do banheiro, ainda com aquele mal-estar de talvez ter cruzado com aquele escroto do Chevillard. Voltei pelo longo corredor na direção oposta, até a sala. E ali, tentando se servir de uma taça, não na sala, mas no aposento do lado, finalmente vi a Mathilde. Fiquei nervoso. Como se fosse um fantasma. Pensei em voltar pro banheiro. Ou me esconder. Mas ao mesmo tempo eu tava lá pra isso. Pra ver ela. Não era a hora de perder a coragem. Ao contrário. Até porque talvez fosse a última vez que eu via ela. Dada a minha situação. Cheguei do lado dela. Bom. Ela levou pelo menos um minuto pra perceber que eu tava lá.

– Opa, tudo bem? – ela disse.

– Tudo bem.

Respondi de um jeito megafrio, mas sem querer.

– Elas estão vazias – acrescentei apontando pras garrafas, tipo pra descontrair o ambiente.

Ela deu um sorriso e se afastou. Merda. Bebi um gole da minha taça vazia pra dar tempo de ter outra ideia. Todo aquele álcool que eu tinha bebido tava começando a me fazer balançar um pouco. Ela foi sentar sozinha perto da janela. De qualquer jeito, ela também não conhecia ninguém, pensei. Era só o aniversário da irmã dela, não o dela. Ela tava com cara de quem tava se aborrecendo tanto quanto eu. Olhando pra ela, assim, sentada na beira da janela, refleti comigo mesmo que ela era o inverso da irmã. Aquelas duas não tinham nada a ver uma com a outra. Ninguém diria que elas tinham saído da mesma barriga. Se vocês querem saber a minha opinião, pra duas irmãs, era bizarro como elas não se pareciam. Especialmente a Mathilde.

Voltei pro banheiro com o meu copo. Quando cheguei lá, Marco encheu ele até a borda. Brindamos. A morena ainda tava com os mamilos duros. Parecia que ela fazia de propósito, só pra provocar. Uma provocadora, né? Examinei o sujeito que eu achei que era o Yann Chevillard. Disse pra ele: "Bizarro como você parece um cara que eu conheço." Mas não expliquei que o cara em questão era o maior babaca da história do planeta. Sério. Depois peguei a garrafa e disse que eu voltava logo. E me mandei pra sala, pensando em servir uma taça pra Mathilde. Ela ainda tava no mesmo lugar. Na janela. Fui sentar do lado dela. Nervoso, claro. Ofereci o champanhe. Ela aproximou o copo dela. Depois disse obrigada. E a gente não tinha mais nada pra dizer.

Ficamos em silêncio daquele jeito por um bom tempo. Eu fingia que tava olhando numa outra direção. Ou então lendo a etiqueta da garrafa. Algumas pessoas ainda estavam dançando, apesar do volume baixinho da música. Fazia você pensar se eles estavam mesmo se divertindo ou se era só pra fazer estilo. A minha opinião é que era só pra fazer estilo. As pessoas adoram fingir que estão se divertindo. Elas acham divertido.

Vários minutos passaram em câmera lenta, e, na minha cabeça, milhares de frases iam e voltavam em todas as direções tentando decidir o que dizer pra ela. Aí uma hora arrisquei:

– Legal essa música, né?

– Você acha? Eu não gosto muito, não.

– É, até que é verdade, não é muito boa essa música... É do tipo que toca na rádio...

Deixei passar um tempo, pensando ainda em acrescentar: "Você tem razão, essa música é mesmo horrível. Eu não tinha ouvido direito. Coisa de maluco." Mas preferi partir pra um outro assunto, pra não dar uma de influenciável:

– Enfim, o clima da festa...

– Quê?

– Não, eu tava só dizendo, o clima da festa...

– ...

Olhei ao meu redor.

– Parece que eles tão fingindo se divertir.

– Quem?

– Ué... Eles! – respondi mostrando os dois sujeitos que estavam dançando bem na nossa frente.

– Você acha?

– Sei lá.

Ela me lançou um olhar magnífico com aqueles olhos verdes. Ai ai ai... Eu tava com a impressão de que eu só tava falando merda. Mas eu não sabia o que dizer além daquilo. Então bebi mais um gole do meu champanhe. Em geral, eu não mandava muito mal com as garotas. Quero dizer com isso que eu não ficava horas arrozando. Eu dava uma de sedutor, e às vezes funcionava. O que não quer dizer que eu sempre ia megalonge. Dependia da garota. De qualquer forma, com algumas garotas é impossível ir muito longe. Mesmo se você é perfeito, engraçado e tal, com uma sensibilidade poética, tem umas que travam por princípio, o que do meu ponto de vista é realmente lamentável. Mas, naquele momento, com a Mathilde, era diferente. A minha ideia não era só chegar nela. Porque agora posso confessar que pra mim, com a Mathilde, o assunto era amor.

– Que bom que a gente não tem aula amanhã... – continuei pra que o silêncio não durasse muito tempo.

– É.

– A gente ia ficar exausto...

– Hum.

Verdade, o silêncio, quando dura muito tempo, fica desconfortável: parece que todo mundo ouve o que você tá pensando.

– Então, aqui, pelo que eu entendi, é a casa do seu pai.

– É. Enfim, dele e da namorada.

– Ah, ele tem uma namorada?

Aí ela me contou que o pai dela vivia com uma garota meganova. Não tanto quanto a gente, óbvio. Mas mesmo assim. Na minha opinião, devia ser bizarro. Mas ela não falou nada sobre isso. A única coisa que preocupava ela era que ela e a outra não se entendiam nem um pouco. Mas, bom, ela tava meio que cagando. Ela evitava ao máximo a casa do pai. De vez em quando, no fim de semana e só. Depois perguntei o que, afinal de contas, era uma "jornada pedagógica". Ela fez uma careta com a boca pra mostrar que tava surpresa com a ordem das minhas perguntas. Verdade que uma não tinha nada a ver com a outra. Isso porque eu tava sempre pensando na próxima enquanto ela respondia. Então claro que eu não podia sempre acompanhar o que ela tava dizendo. Naquele momento, não sei por quê, pensei na minha mãe. Mas isso também não tinha mesmo nenhuma relação com nada. Na minha cabeça eu tava pensando que, mesmo se não fosse jornada pedagógica, eu não ia poder ir pra aula na manhã seguinte. Por razões estratégicas. Porque se eu fosse, a minha mãe ia me encontrar imediatamente. Ir pra aula um dia depois de fugir era se jogar na boca do lobo. E aí na certa, a partir de segunda de manhã, eu ia era pras *Rochas Negras*. Então eu não podia mais voltar. Nem sábado nem segunda. Nem nunca. Ia ser como se entregar na delegacia trazendo as suas próprias algemas. Eu tava começando a entender que, na verdade, tinha um monte de lugares que agora eu ia ter que evitar. Bom. Mas isso tudo era o que tava na minha cabeça. Eu devia ter guardado tudo lá. Que nem um tesouro. Em vez de começar a contar tudo pra ela que nem uma boia furada.

– Eu, de qualquer forma, acho que vou passar uma semana inteira de jornada pedagógica.

Ela riu. Aquilo me deixou contente. O humor pode render um bocado com as garotas.

– O que você quer dizer? – ela acabou perguntando.

– Ué, que eu não devo ir à aula. Nem segunda.

– Ah é?

– É.

– Por quê?

– Tive uns problemas com a minha mãe. De repente vou até sair do *Instituto*.

O rosto dela mudou de repente.

– Verdade?

– É. Talvez.

– Ah, é? Mas o que houve com a sua mãe?

– É meio complicado explicar. Digamos que a gente nunca se entendeu muito bem. Então de repente eu vou ter que me mudar.

Os olhos dela tavam arregalados. Porque, em geral, ela costumava deixar eles meio fechados. Mas, naquele momento, eles tavam realmente abertos. Senti que ela estava interessada na conversa.

– Vai morar com teu pai? – ela perguntou.

– Não. Não posso, ele já morreu.

Era a primeira vez que eu falava daquilo daquele jeito. Geralmente, eu dava um jeito de escapar do assunto. Não me perguntem por quê. Mas ali, talvez por causa do álcool e também do que eu sentia por ela, eu tava dizendo tudo.

– Faz muito tempo?

– Quando eu tinha nove anos. Ele teve um câncer.

Ela me olhou sem responder nada. Na verdade, toda aquela época era meio vaga na minha memória. Primeiro porque, afinal de contas, eu ainda era pequeno. Mas também porque eu não pensava muito nela. Tudo o que eu sabia era que os meus pais tinham se separado porque não paravam de brigar. Depois, do nada, meu pai ficou doente. Tudo aconteceu megarrápido. A gente mal teve tempo de contar até três. O que eu lembro dessa época, logo antes da doença, é que eu ia pra casa dele todo fim de semana. Ele tinha arranjado um apartamento no mesmo bairro que a gente. Eu ia ficar com ele e dormia no sofá-cama da sala. Daquilo eu me lembro bem, embora tenha sido cinco anos atrás. De noite, a gente costumava ver um vídeo. A tevê dele era ainda maior que a lá de casa. Mas, fora isso, não sei bem o que a gente fazia junto. Ele parecia realmente deprimido de não viver mais com a minha mãe. Porque ele provavelmente ainda amava ela. Uma vez, até peguei ele chorando. Pra vocês verem. Fiquei em choque. Acho que um pai não devia nunca chorar. Mas, bom, não dava pra fazer nada, ele tava triste demais. Os meus pais não se entendiam. Era uma gritaria contínua entre eles. Juro. Então era melhor que cada um vivesse no seu apartamento. Mesmo se isso deixasse o meu pai triste. Mas foi aí que ele ficou doente. Logo depois da separação. Eu diria: após seis meses, algo assim. Depois, foi como um raio. E aí chegamos direto ao dia do enterro, em que fazia um tempo bizarramente megabom. A minha mãe estava usando óculos de sol.

É mais ou menos tudo que eu sei.

– E você, os seus pais? – perguntei pra não monopolizar a atenção.

Aí ela me contou que eles tinham se divorciado há bastante tempo, mas que ela achava que tava bem bom assim. O pior, segundo ela, eram os que ficavam brigando anos sem nunca ter coragem de se separar. Por um lado, eu concordava com ela. Mas, na minha opinião, não era megafrequente. A irmã dela se entendia melhor com o pai. Já que ele também trabalhava com cinema. Ele era produtor. Foi assim que a Émilie conseguiu fazer aquele primeiro filme. Agora dava pra juntar léu com créu. Mas ela, a Mathilde, era mais próxima mesmo da mãe. Enfim, ela tava me contando a vida dela. E eu tava realmente interessado. Mas, na verdade, ela podia me mandar as histórias mais desinteressantes que eu ia ficar megafeliz mesmo assim. Depois ela quis saber o que eu queria fazer. "Da vida?", perguntei. Eu achava bizarro que uma garota perguntasse o que você quer fazer da vida. Pensei que talvez fosse um mau sinal. Como se a gente não tivesse muito a se dizer. Quando a gente não tem muito a se dizer, sempre sobra aquele tipo de papo que funciona com todo mundo. Mas, bom, fingi que não era nada. Hoje em dia, não sei se vocês já repararam, o que todo mundo quer ser é ator ou cantor. Expliquei que eu preferia ser escritor. E no que confessei isso, me senti um panaca. E pretensioso. Mas era verdade. Pelo menos uma vez eu não tava falando qualquer coisa. Mas, bom. É o tipo de coisa que não se diz. Parece contação de vantagem. Então ela perguntou o que eu tava escrevendo. E pra piorar tudo, respondi: "Um romance."

– Você já sabe o título?

Processei a pergunta na minha cabeça numa fração de segundo. Me saí com a primeira coisa que eu consegui pensar.

– Sei. *Morte de Denise* – respondi. – Mas é um título provisório.

Depois precisei explicar que Denise Morozvitch era a minha antiga vizinha e quase uma avó pra mim, sabe. A gente tinha passado um bocado de tempo junto até o filho transferir ela pra um asilo. O romance era aquela minha história. E enquanto eu mandava aquele agá, pensei que era uma puta duma ideia. Mathilde repetiu o título em voz alta, tipo pra avaliar: "Morte de Denise." Fiquei com medo do que ela ia dizer. Talvez ela achasse que era um título horrível. Ou sei lá. De qualquer forma, pra me esquivar, achei melhor mudar de assunto o mais rápido possível.

– Então quer dizer que você conhece bem o Marco – mandei.

– É.

Foi um balde de água fria. Ela disse aquilo como se fosse óbvio.

– De onde você conhece ele?

– Ah, sei lá. Ele é amigo da minha irmã. Eles tavam na mesma turma, faz muito tempo. E além disso a gente mora perto. A duas ruas. É por isso. Mas não conheço ele muito bem.

Enquanto a gente conversava, a maioria das pessoas estava se preparando pra ir embora. A gente não sabia se era pra ir pra casa ou pra tal da boate. Fim de festa, né? Aliás, a gente tinha terminado os nossos copos. E a garrafa que eu tinha levado estava vazia. Não porque a gente tinha bebido feito demente, mas porque ela já tava praticamente vazia quando levei. Ela tava com sede. Eu disse que a bebida tava no banheiro. Levantamos. E fomos pelo corredor. Mas dentro do banheiro só tinha sobrado a morena, que tava fumando aquele cigarro superfino dela. Ela me perguntou onde tava o Marco. Eu disse que não sabia. "Diz pra ele que eu tô esperando aqui", ela acrescentou. Aquilo fez a Mathilde dar um risinho genial. Depois, passando pela porta do quarto dela, ela me fez um gesto com a mão: "Vem ver." Ela aparentemente queria me mostrar uma coisa. Segui ela sem dizer nada. Juro. No quarto onde ela dorme e tal. Bom. Ela fechou a porta. Eu não tava acreditando. E foi aí que eu descobri uma coisa que me deixou no chão.

4.

O quarto dela era normal, menos as paredes, que eram cobertas de pôsteres de cavalos. Sem brincadeira. Que nem a Bénédicte, né? Ela olhou pra uma espécie de relógio em cima da mesa. Eram quase duas horas.

– Você anda a cavalo? – perguntei como quem não quer nada, apesar do desconforto e da surpresa.

– Ando. Toda semana.

– Ah é? É... maneiro.

– Eu adoro.

Bom. Aí confesso que virei um pouco a casaca.

– Eu também.

– Você também?

– É. Cavalo é meu animal de estimação.

Pensei na Bénédicte me ouvindo dizer aquilo. Puta merda. Ia ser um prato cheio pra ela me sacanear. Já que "cavalo é meu animal de estimação" era a frase que eu repetia o tempo todo pra sacanear ela. Em geral, ela ficava bem puta. Ela corria atrás de mim pelo apartamento tentando me acertar com a chibata. A vida é mesmo estranha.

– E você monta onde?

Eu não lembrava mais o nome do clube da minha futura meia-irmã. Preferi sair pela tangente.

– Na verdade, eu monto mais durante as férias. Tenho um tio que mora perto de Nice. Ele tem um prado.

– Ah é?

– É. É bem prático pra pastar.

A verdade é que eu nunca tinha nem tentado subir num cavalo.

– E você? – engrenei.

– Todo sábado. Em Boulogne.

– Boulogne é prático também... Comparado com Nice.

Analisei os pôsteres mais uma vez. Ela deve ter visto que eu achava bizarro uma garota pendurar aquele tipo de coisa na parede. De qualquer forma, ela me explicou, tipo se justificando, o que eu já sabia: ou seja, que aquele não era o quarto dela de verdade. Já que durante a semana ela não morava ali. Ela ia o mínimo possível no pai dela. E por isso ela não tinha realmente decorado o quarto dela naquele apartamento. Aquilo me deixou um pouco aliviado.

Aí ela me fez um outro gesto com a mão. O gesto com a mão era decididamente a marca registrada dela. Me aproximei. Ela abriu a janela.

– Olha.

A vista era alucinante. Por causa da altura. De um lado tinha a torre Eiffel, que já estava apagada. O museu d'Orsay, um pouco mais pra esquerda. E o Sena, com suas curvas até bem longe. Tudo mergulhado no mais completo sono. Era mesmo do cacete ter uma vista daquelas no quarto. Só pra gente.

– Que loucura – comentei.

Aí a janela da frente chamou minha atenção. Porque ela era a única que ainda estava acesa. Mathilde sorriu pra dizer que era aquilo, na verdade, que ela queria me mostrar. Só isso: aquela janela no meio da noite. Um sorriso bastou. Fiquei intrigado. Por causa da luz, era tipo uma janela aberta pra um outro mundo. Parecia uma biblioteca. Ou mais um escritório. De qualquer forma, tinha uma mesa de madeira com um monte de livros pra todo lado. E um mapa-múndi também.

– Essa janela tá sempre acesa de noite.

– Por quê?

– Pois é, não sei. Fico pensando... Ela tá acesa toda noite, mas nunca tem ninguém.

– Bizarro...

– É uma coisa que eu queria entender...

A gente ficou um bom tempo contemplando a janela. Se perguntando o que podia acontecer naquele quarto, de noite. Era tipo um enigma. A alguns metros de nós, apesar do vazio e dos seis andares. Parecia que a gente podia esticar a mão e praticamente tocar aquele escritório. Era suave. A gente tava lado a lado, nossos ombros se tocavam, e fazia um silêncio de igreja. Um ventinho batia nos cabelos dela. Eu ouvia ela respirando. Ali do lado. E, no entanto, eu não tava ali, na janela do quarto dela: eu tava em frente. Naquele escritório deserto. E eu tava pensando que era com certeza um escritório de escritor e que era provavelmente por isso que ela quis me mostrar. Já que eu tinha dito que queria virar escritor. Depois pensei que ela devia olhar bastante para aquele escritório. Talvez toda noite antes de ir dormir. Quando ela estava na casa do pai. E que, a cada vez, ela se perguntava por que ele tava ao mesmo tempo aceso e vazio. Toda noite o mesmo mistério. Com o ventinho no cabelo dela. É, era nisso que eu tava pensando. E eu imaginava ela na janela. Sonhadora e tal, a Mathilde. E fiquei emocionado à vera de ela ter me chamado pra ficar olhando com ela naquela noite. E que a gente pudesse ficar pensando juntos, mesmo sem falar, por que aquele escritório tava aceso, quando parecia que não tinha ninguém escrevendo ali. As palavras tinham se tornado inúteis. Não havia nada a dizer, a não ser que era maravilhoso. Mas até isso a gente não precisava dizer. Porque a gente se entendia. O espetáculo falava por si só. E a gente só tinha que ficar mudo diante daquele mistério. Como toda vez que acontece uma coisa importante. Eu tava até emocionado. Eu tremia na janela do quarto. Porque eu entendia bem que o que ela tinha me chamado pra contemplar com ela era algo megarraro e precioso. E que nada podia diminuir a potência daquele instante. Nada. Foi o que eu pensei. O mundo, naquele instante, podia acabar. Sem brincadeira. Podia desaparecer. Eu tava pronto. Aliás, tudo vai desaparecer um dia. Tudo vai mudar. Não podemos fazer nada, é assim. Mas tem uma coisa que não vai mudar nunca, pensei. Uma coisa que vai resistir à destruição do mundo. É a alegria de ter ficado ao lado dela. Naquele lugar preciso. Naquele instante preciso.

Mathilde era mesmo uma garota sensacional. Se eu tivesse coragem, era isso o que eu ia ter dito, mas eu não tinha coragem, então não disse nada. Mas, mesmo se eu tivesse coragem, de qualquer forma não ia ter dado tempo, já que alguém estava batendo à porta. Ela me olhou como que pra dizer tchau. Aquilo súper me emocionou. Depois ela foi abrir a porta. Era o Marco do Marrocos. E atrás dele, a morena com os mamilos durinhos.

– Ah, vocês tão aí! O que você tá fazendo? – ele perguntou pra Mathilde.

– Oi? Nada.

Aí, depois de lançar um olhar na minha direção, ela acrescentou: "A gente tava conversando."

– E aí? Nós somos os últimos... Todo mundo já desceu!

Mathilde explicou que não ia com a gente. Na verdade, eu tinha reparado que ela não gostava muito dos amigos da irmã. Eu ficaria com ela com prazer, mas ninguém deu a ideia. Eu não sabia o que eu ia fazer. Por um lado, eu preferia não ficar sozinho. Mas, por outro, eu tinha medo de não conseguir entrar na tal boate. E, se eu entrasse, era certo que eu ia ficar loucamente entediado. Já que eu não danço nunca. De acordo com o Marco, o bairro era cheio de boates. A gente não precisava ir até o outro lado do país. Era só andar um pouco prum lado ou pro outro. Mas a Émilie queria porque queria ir num lugar que ficava perto da Bastilha. Não me perguntem por quê. Enfim, parecia que a gente ia pegar um táxi. Um não, vários. Já que tinha um bocado de gente.

– Bom. A gente tem que ir...

Marco virou pra Mathilde pra dar um beijo nela. Na mesma hora, ouvimos uma voz megagrave no corredor. Era o pai dela. Saímos do quarto com jeito de genros. Ela fez as apresentações. Era um sujeito bem impressionante. Os cabelos bem escuros. Ele não parecia estar de bom humor nem nada. A gente sacou que era o momento de dar o fora. E a Mathilde levou a gente até a porta de entrada.

– Bom, então tchau – eu disse.

– Tchau...

Foi bem seco por causa da presença do Marco e daquela garota, que se chamava Alice. Ela só deu um sorrisinho. Eu tava com o coração partido, já que eu não sabia quando ia ver ela de novo. Mas, ao mesmo tempo, eu me sentia bem. Porque o momento que a gente tinha passado junto, na janela, tinha sido um momento bem bacana.

– Até mais – acrescentei mesmo assim.

Depois ela abriu a porta. Naquele instante, o Marco percebeu que tinha esquecido de pegar o casaco. Ele correu até o quarto dos fundos. Logo pensei que ele ia topar com o pai da Mathilde e ficar super sem graça. A gente ficou ali, diante da porta aberta, sem falar nada importante. Eu tava sentindo a maior pressão. Várias vezes pensei em me aproximar pra beijar ela, mas eu tava com o maior cagaço, embora eu achasse babaquice essa história de cagaço por conta de um beijo. Mas era por causa da Alice. Aquilo me deixava inseguro. Pra beijar uma garota, são necessárias condições particulares. Eu pensava: conto até três e parto pra cima. Mas no três eu voltava pro zero. Enfim. Perdi a chance, e o Marco voltou.

– Tem certeza de que você não quer vir?

– Tenho, tenho.

– Bom, azar. Tchau.

Marco deu um beijo nela. Depois a Alice. Depois eu. E os nossos lábios, ali no cantinho, se tocaram um pouco. Só um pouco. Aquilo me deixou doido. Mas eu não sabia se eu tinha sonhado ou sei lá. Ou se aquilo queria dizer alguma coisa. De qualquer forma, na hora acreditei. Não um beijo. Não. Mas quase. Ela sorriu de um jeito estranho. E a porta se fechou entre nós. Eu não sabia o que pensar, a não ser que eu tava feliz. Pelo menos eu acho.

5.

Era pra galera da Émilie esperar a gente na calçada. Mas, quando chegamos ao térreo do prédio, na rua Pierre-Charron, não tinha ninguém. Todo mundo já tinha se mandado. Marco ficou maluco. Ele tava meio puto de a gente testemunhar aquilo, a Alice e eu. A minha opinião é que ele era tão orgulhoso que qualquer contratempozinho de nada bastava pra quase deixar ele doente. Ele sacou o celular dizendo que ia resolver tudo. Caiu numa caixa postal. Nenhuma surpresa. Ele ainda tentou outros números. Sem sucesso. Os outros tinham bebido um bocado, esqueceram completamente a gente, e a gente tava ali na calçada feito uns otários. Uma furada, né? Eu não tava dando muita bola praquilo tudo. Tava tentando ver a janela dos Fermat, mas na verdade era impossível, de onde a gente tava, já que o apartamento deles dava pro pátio interno. Pelo que eu tinha entendido, a Alice era uma amiga de infância da Émilie. Elas se conheciam bem. Mas também, quando ela ligou, caiu na secretária. Então sugeri que a gente fosse beber alguma coisa. Não era uma ideia brilhante. Mas, bom. A gente não tinha mais nada pra fazer. Os dois deixaram mensagens. Eles achavam que iam ligar de volta rapidinho. E não adiantava nada esperar no meio da rua. Eu, o que eu mais temia era que cada um fosse pra casa e eu ficasse sozinho. Pegamos o rumo da Champs. E a história é que a gente não viu ninguém. Nem no ponto de táxi. Dava pra ver que o Marco tava um pouco chateado. Porque, na verdade, tenho certeza de que ele estava pensando se eles não tinham deixado a gente pra trás de propósito. Do meu ponto de vista, era melhor assim. Eu não tava lá com muita vontade de passar a noite cercado de babacas. Foi por isso que comecei a falar um pouco mal deles. Pra consolar o Marco. Três minutos depois, ele estava concordando comigo: a galera da Émilie era um bando de gente patética. Até as garotas.

Subimos um pouco a avenida até o Arco do Triunfo. "Me espera", não parava de gritar a Alice, que tava seguindo a gente apesar do salto alto. A gente sempre tinha que parar pra esperar. Uma hora eu disse pro Marco que eu tinha que pegar dinheiro. Fui no caixa automático e peguei logo mil euros. Juro. Era o máximo que a máquina podia dar. Senão eu tinha pegado uns dez mil. Botei o maço de dinheiro no bolso de dentro da jaqueta. Aquilo me deu uma coisa. Um pouco que nem no dia da minha primeira comunhão. Depois eu disse pro Marco que tudo certo, a gente podia ir. Ele não tinha visto nada. Perdido no decote da Alice. Eu tava bem contente com a minha jogada. A cara que ele ia fazer quando eu mostrasse pra ele.

Mas, ao mesmo tempo, eu tava estressado. A Champs tava meio sinistra. Naquela hora, era um antro de marginais. Aliás, o Marco começou a contar uma história alucinante. Juro. Parece que um amigo da mãe dele tinha tentado tirar dinheiro na Champs no meio da noite, justamente. Bom. E de repente ele sentiu o cano frio de uma arma na nuca. Juro. Nada menos que uma arma na nuca. Não era no Paraguai! Na França, tô dizendo! E um cara disse pra ele entrar no carro dele, que tava tipo parado do lado. O tal amigo da mãe do Marco não pôde fazer nada. Ele foi obrigado a entrar no carro pra não levar chumbo nos cornos. Enfim, ele tava mesmo numa situação de merda. Com um maluco armado e aterrorizante que dirigia a toda e mandava ele calar a boca mal ele tentava saber pra onde tava sendo levado. O cara armado não queria ouvir a voz do amigo da mãe do Marco. Dizia que, se ouvisse a voz dele mais uma vez, ia ser a última, porque ele ia matar ele sem hesitar. E aí não se ouviu mais aquela voz até o fim da viagem, embora ela tenha durado mais de meia hora. Direção periferia. O outro, o cara armado, devia estar meio alterado de acordo com o Marco. Porque ele tava meganervoso e tal. De qualquer forma, depois de uma meia hora horrível, ele disse pro outro sair do carro. Eles tinham chegado. Era uma espécie de terreno baldio. No meio do nada. No duro. O amigo da mãe do Marco tava realmente achando que iam matar ele. Senão por que iam ter levado ele pra um terreno baldio? Ele suplicou, mas o outro não queria nem saber. Disse pra ele se ajoelhar no meio do terreno, mãos na cabeça e parar de chorar que nem uma mulherzinha. Eles estavam esperando alguém. Foi o que o cara armado disse. Eles estavam esperando dois camaradas dele. Pra fazer o quê? Ninguém sabia. Certamente umas coisas nada bonitas.

Eles esperaram. Mas os dois sujeitos que eles estavam esperando não deram as caras. E ficar esperando no frio uns sujeitos que não apareciam deixou o cara armado ainda mais nervoso. Ele começou a falar sozinho, dizendo umas coisas incompreensíveis. Um louco, né? Mas aterrorizante. E o amigo da mãe do Marco tremia, tava com medo de mijar nas calças. Rezava. Aquilo durou pelo menos meia hora. Um suplício completo. Mas, pra terminar, o cara disse pra ele se levantar e se mandar. "Vai, some da minha frente", ele mandou. A verdade é que ele tava de saco cheio de esperar, ele tinha entendido que os camaradas dele não iam aparecer mais. Ele não pegou nem as moedas do outro. O que quer dizer que não foi nem um pouco por dinheiro que ele fez aquilo. Mas então por quê? Ele sempre se perguntou isso, o amigo da mãe do Marco. Mas hoje em dia ele tá bem feliz de não saber a resposta. Tem algumas coisas que a gente prefere passar a vida sem saber. De qualquer jeito, pensar naquilo dava um frio na espinha.

– Por que você tá contando isso pra gente? – perguntei, acelerando um pouco o passo, mas discretamente.

– Por nada.

Por nada. Fiquei bolado.

Depois de algumas dezenas de metros, viramos à direita, numa ruazinha que ainda tava iluminada. Ali tinha uma espécie de pub que o Marco conhecia. Dizia ele. Era uma das últimas coisas abertas nas redondezas. Ou então a gente ia ter que ir a uma boate, mas nós dois, o Marco e eu, não estávamos com muita vontade. A gente preferia se sentar numa mesa e beber entre amigos. Quando abrimos a porta, a música veio pra cima da gente. Fomos nos sentar numa mesa. O clima do bar era maneiro. Uma garota veio na hora falar com a gente. Juro. Mas era uma garçonete. O Marco queria pedir cerveja. Garoto, né? Então cortei ele, tipo seguro de mim e tal, e disse: "Champanhe!"

– Três taças? – a garçonete perguntou pra ter certeza.

Corrigi na hora:

– Não, não. A garrafa!

Ela pareceu surpresa, o Marco também.

– Por minha conta – expliquei.

A garota esperou a reação do Marco como se tudo dependesse da opinião dele e fosse ele quem decidisse. Uma panaca. Aí ele disse ok e ela finalmente deixou a gente em paz. As garçonetes, em geral, são todas panacas. De tanto ficar servindo qualquer um, elas não sabem nada da vida. Especialmente que cerveja, quando a gente tem catorze anos, tudo bem. Mas depois não dá mais. Tem que passar pra outra coisa. Champanhe é maneiro. Aliás, foi o que eu disse pro Marco: "Champanhe é maneiro!" Mas ele não ouviu nada. A gente não conseguia falar por causa da música. Pra dizer uma coisa tinha que gritar. Então gritei de novo: "É melhor ficar no champanhe!"

Olhei ao redor. Praticamente nenhuma garota. Só cueca. E a maior parte era de fazer pensar de onde eles tinham saído. Vestidos que nem caipiras e tal. O tipo que bebe cerveja, se é que vocês me entendem. Enfim, um lugar meio mais ou menos. E a Alice, sobretudo, parecia estar se perguntando que porra ela tava fazendo ali. Com nós dois. Ela olhava ao redor com olhos atordoados. E, no entanto, quando lembro tudo que aconteceu depois, fico pensando que ali no pub ainda tava tudo tranquilo. Foi depois que deu tudo errado.

A garota levou a garrafa pra gente com todo mundo olhando. A galera vip é por aqui. Ela ainda me pediu pra pagar logo, pra gente não sair correndo depois, como às vezes deve rolar. Mas eu não me importava de pagar logo, já que fazia dez minutos que eu só tava esperando pra fazer aquilo: pagar bem na cara do Marco. Então peguei uma nota de cem euros, direto, mas ela pegou sem nem tchuns, tipo situação cotidiana, então pra impressionar completei:

– Pode ficar com o troco...

Que nem nos filmes, né? Eu não tava acreditando. Nem o Marco. Ele tava bolado. Nós dois estávamos alucinados na verdade. Aquilo sim era estilo. Naquele mesmo momento, a Alice se levantou pra ir ao banheiro, e ficamos os dois sozinhos. Entre homens. O Marco ainda estava pensando naquela coisa da gorjeta. Então, pra ele entender que aquilo não era nada, mostrei meu maço de notas, mas megadiscretamente. Ele ficou no chão.

– Puta merda. Onde você descolou isso tudo?

– No Marrocos – respondi pra irritar ele.

Confesso que eu tava me sentindo muito bem. Por causa da Mathilde. Mesmo se eu não soubesse se estava imaginando coisas ou não sobre a história do beijo. Às vezes, tem coisas que a gente não sabe se foram verdade ou se a gente inventou só porque a gente tem megavontade que seja verdade. Mas, bom, o que era certo é que eu sentia uma coisa bem forte dentro de mim.

– Então? O que você acha dela?

– Da Mathilde? – perguntei.

– Não, pô. Da Alice...

– Sei lá.

– O problema, vou te falar, é que ela já tem namorado. E que parece que ela gosta dele... Passei a noite toda tentando, mas...

Eu não tava ouvindo mais nada. Tava viajando. Pensando de novo naquele papo do beijo. Acho que na verdade nossos lábios não chegaram a se tocar. Mas quase.

– Você tá me ouvindo? Tá pensando em quê?

O Marco começou a ficar putinho. Com certeza era porque ele tava envergonhado de ter sido esquecido pelos outros. E também por causa da Alice, que pelo visto não queria beijar ele. E agora era eu que tava dando um fora nele não ouvindo o que ele tava dizendo. Era que nem um cantor abandonado. O Marco era do tipo que sempre precisa estar no centro das atenções. Esse tipo de gente me deixa bolado. Mas foi ele que ficou mais agressivo do que nunca, quando era pra ser eu. Ele voltou a falar da minha história da Charlotte. A garota com quem eu fingi que tinha um encontro. De acordo com ele, era tudo baboseira. E depois ele começou a falar da Mathilde, e aí acabou a graça de vez. Como eles tinham pegado a gente, ela e eu, conversando no quarto, ele começou a se animar. Mas o principal era que, pelo que ele dizia, parecia que ele já tinha saído com ela e que ele deixava eu ficar com ela com prazer, de tanto que ela parecia ter doze anos de idade. Eu não tava acreditando.

– Você tá falando merda – contra-ataquei. – A Mathilde não faz nem um pouco o meu tipo.

O negócio é que eu não queria que ele se metesse naquela história.

– Ah é?

– É. Nem um pouco.

– E qual é o teu tipo?

– Meu tipo de mulher?

– É. Qual é o teu tipo de mulher?

Olhei ao redor pra encontrar um exemplo. Mas ali só tinha cueca, tirando a garçonete, que era uma panaca. Dei de ombros. O Marco continuava rindo da minha cara, e eu tava ficando puto. Então enchi as nossas taças de champanhe, tipo pra ganhar um pouco de tempo pra responder. Depois pedi pra ele me mostrar o celular dele. A princípio era só pra ele se acalmar. Eu não tinha nem pensado no que ia acontecer. Ele me passou o celular, tipo achando graça, sem entender, e eu mostrei o número que estava na tela dele, a última ligação atendida, e disse:

– Tá vendo, taí o número da garota que faz o meu tipo...

– Ah é?

Ele não tava acreditando. Então mandei ver:

– Aliás, você conhece ela. Você conhece ela bem.

– E quem é?

– A sra. Thomas.

Ele levou um tempo antes de sacar o que eu tinha dito.

– Claro – ele finalmente reagiu.

– Tô dizendo.

– Ah, para...

– Eu tava com ela quando te liguei mais cedo. Antes de ir te encontrar...

– Você tá achando que eu tenho cara de babaca?

– É o nome dela, Charlotte, da sra. Thomas. Ela se chama Charlotte Thomas.

Ele fez uma cara esquisita. A gente falava bastante da sra. Thomas. Segundo ele, ela era sublimíssima.

– Você quer que eu acredite que a Charlotte de quem você tava falando mais cedo, com quem você disse que tinha um encontro, era a professora de francês?

– No começo eu não queria te dizer, mas bom, agora que você tá com o número dela, eu tenho que confiar em você.

– Que mentirada...

– Mas você tem que prometer não contar pra ninguém.

– Contar o quê? Que você tá dormindo com a professora?

– É megaimportante que você fique quieto, porque ela é casada e entre mim e ela, você sabe, é a clandestinidade total.

Eu tava me embalando sozinho.

– Sei, sei...

– Até porque ela pode estar grávida...

Ele começou a rir de novo como se eu tivesse contado uma piada. Aquilo me deixou irritado. Justo quando eu tava falando a verdade.

– Você não acredita?

– Não.

– Você não acredita?

– Acabei de dizer que não.

Pensei por um segundo. Ao mesmo tempo, a Alice tava voltando do banheiro. Ela terminou a taça dela olhando pra gente de um jeito bizarro, como se tentasse sacar qual era o assunto da nossa conversa. Mas, ao mesmo tempo, ela tava meio que cagando.

– Bom. Então vai fundo – continuei –, liga pra esse número. Você vai ver quem vai atender.

– Para...

– Vai fundo, tô dizendo... É só pedir pra falar com o Julien Parme. Ela vai entender. Já que eu liguei mais cedo com o celular dela. Você vai ver...

– Mas tá megatarde...

– Tá vendo, deu pra trás...

– Não...

Ele lançou um olhar pra Alice, que deu de ombros, porque ela não tava entendendo nada, a não ser que tava rolando tipo um desafio. Ela devia estar pensando que a gente tinha dez anos de idade. Aí o Marco apertou o botão pra ligar de volta. Ele parecia nervoso de repente. A verdade é que ele tava bancando menos o esperto. E ele ainda não tinha visto nada. Eu tava adorando.

– Tá tocando...

– Ué, claro que tá tocando...

Ele esperou um pouco.

– Vocês tão ligando pra quem? – a Alice perguntou.

Mas ninguém respondeu de tanto que a gente tava concentrado.

– Ah. A caixa postal... – ele diagnosticou, aliviado.

Ele ouviu a gravação. De repente ele ficou branco. Tinha acabado de perceber de quem era aquela secretária: da sra. Thomas.

– Puta merda, é ela...

O cara não tava acreditando.

– Claro que é ela.

– Quem? – a Alice perguntou de novo.

Ele ficou viajando por, pelo menos, dez segundos, depois voltou.

– Mas o que vocês fizeram?

– O que você acha...

Olhei pro teto como se fosse óbvio.

– Quando você ligou, vocês tavam na casa dela?

– Isso. Na casa dela. No quarto dela, se você quer saber os detalhes. Depois fiquei com vontade de ver vocês. Mas, bom, aqui entre nós, você fez um cartaz grande à vera daquela festa. Nada mal esse champanhe, não?

Vocês tinham que ver a cara dele.

– Não acredito...

– Vocês tão falando de quê?

– É simplesmente delirante... Ele tá pegando uma das nossas professoras... Acabei de ouvir no telefone. Não tô acreditando... Ele tá pegando a professora de francês!

Eu não disse mais nada. Deixei ele assim, tipo embasbacado, de boca aberta, e me levantei pra ir mijar também. Ele ficou sozinho com a Alice, pulverizado.

Me senti vingado.

Quando voltei, o Marco ainda tava na mesma em que eu tinha deixado ele, olhando pro vazio. A Alice tava puxando conversa, mas eu podia ver que ele não tava escutando. Aliás, mal sentei, ele começou a me bombardear com perguntas. Como eu tinha feito? Como ela era na cama? Fazia quanto tempo? Enfim, ele queria saber tudo. Mas eu desconversava de propósito. Tipo pra deixar ele maluco.

– Mas quem é essa professora? – a Alice perguntou.

Depois chegou a hora de o bar fechar. Eu não sabia que os bares fechavam tão cedo. Deviam ser umas três da manhã. Talvez quatro. E os outros não tinham mesmo ligado de volta. Dane-se. De qualquer forma, a gente não ia ficar suplicando. Mas o que me deixava meio assim era a história de o bar já fechar. Eu queria continuar até de manhãzinha. Mas não. Não dava. O salão foi se esvaziando feito uma banheira, e a gente ficou tipo pelado e sem água: em termos de clima, tava ficando frio. A gente entendeu que era hora de ir. E foi assim que a gente acabou de volta na rua.

– Bom. Você vai pra onde? – o Marco perguntou bocejando.

A questão fatídica.

– E você? Vai pegar um táxi?

– Sei lá...

– Eu vou. Acompanho vocês se quiser.

Um príncipe, né? Mas o principal era que eu não tava com muita vontade de ficar sozinho naquela área. A história que ele tinha me contado, sobre o sujeito com a arma, não podia mesmo me deixar tranquilo. A insegurança é uma realidade. Desde que eu tinha tirado aquela grana do caixa automático, eu tinha reflexos de rico. Eu quase podia votar na direita nas próximas eleições se eu fosse maior. O que ia de fato ser significativo à vera, já que geralmente eu tô mais do outro lado, quer dizer, pela igualdade; e a pior das desigualdades, na minha opinião, é que os que mais precisam de dinheiro são sempre os que têm menos.

A gente não precisou esperar muito. Na Champs, um táxi logo parou diante de nós. E no instante seguinte estávamos os três rodando pelas ruas escuras de Paris. O Marco não dizia mais nada. Eu não sabia se era porque ele estava cansado. Ou se ele estava chateado. Mas acho que ele estava com aquela minha história com a sra. Thomas na cabeça. E nessa, ele estava negligenciando totalmente a Alice. Eu tava com medo do momento em que a gente ia chegar no prédio dele. Ali eu não ia saber o que fazer. Tremi de cima a baixo. Chequei meu maço: eu ainda tinha uma dezena de cigarros. Na verdade, eu não tinha fumado muito aquela noite. Bom. Taí um negócio que eu podia fazer: fumar. Não é verdade que o cachorro é o melhor amigo do homem. O melhor amigo do homem é o cigarro. Mas, bom, eu não ia passar o resto da noite fumando um cigarro atrás do outro. O que eu podia fazer além disso? Eu não tava conseguindo pensar direito. As minhas ideias tavam indo cada uma pra um lado. Quando eu fechava os olhos, ficava com enjoo. Tinha bebido demais.

Durante esse tempo, a Alice ficou conversando sozinha. O fim de noite dela com a gente deve ter sido super-ruim, mas ela parecia estar de bom humor. A Alice era o tipo de garota que sempre estava de bom humor. Uma garota bacana no fim das contas. Enfim. Chegamos ao prédio do Marco. De volta ao ponto de partida. Ele apertou minha mão. "Tenho que falar contigo amanhã..." "Te ligo", respondi. Depois acrescentei: "Cuidado pra não fazer muito barulho quando entrar. Por causa da tua avó..." Era só pra sacanear. Mas eu vi pela cara dele que ele ficou sentido. Porque ele ficava fingindo pra gente que vivia sozinho, tipo que nem um estudante de faculdade. O Marco, de qualquer forma, nunca dizia a verdade. Nunca. A Alice saiu do táxi. Eu tava imaginando o que ia acontecer. Eles se deram dois beijinhos na calçada, tipo friamente, normal e tal, depois ela sentou de novo do meu lado. Achei aquilo bizarro. Vimos o Marco desaparecer por trás da porta. Não era a noite dele. Mas não se pode fazer nada. Todo mundo tem bons e maus dias. A Alice deu um sorrisinho. Pra mim, apesar de um mau começo, era um dia mais pro bom. Embora já fosse noite há muito tempo.

6.

E eu tive que responder logo depois a pergunta do taxista, ou seja: "O senhor e a senhora querem ir pra onde?" Sempre acho estranho quando um sujeito me chama de senhor, vocês não? Às vezes levo um tempão até entender que é comigo que estão falando. Mas, bom, naquele caso tinha tipo uma dúvida: ele falou "senhor e senhora" porque eu tava com ela, de repente era ela que ia responder. "Você vai pra onde?", perguntei. Ela deu o endereço pro taxista. Depois comentou comigo: "É no pé da torre Eiffel." Foi bom pra mim ela ter respondido tão rápido. Porque eu, justamente, não sabia pra onde ir. Mas de repente eu ia ter respondido a mesma coisa se o taxista tivesse me perguntado onde podia me deixar: "Na torre Eiffel." Ia ser meio estúpido, já que não tem porra nenhuma pra fazer naquela área. Especialmente no meio da noite. Mas, bom, eu certamente não ia ter nenhuma outra ideia melhor. Na verdade, pra ser sincero, eu não conhecia lá grandes coisas de Paris – apesar de ter passado toda a minha vida lá. Aliás, a maior parte das pessoas que vive em Paris, noventa por cento das vezes, não conhece bem a cidade. Sem brincadeira. E se você pergunta onde você pode deixar elas, quando elas não tiveram tempo de pensar, noventa por cento das vezes elas vão responder como um reflexo: "Na torre Eiffel." É bizarro, eu acho.

O que é bizarro também é que, pra ir pra lá, a gente passou pela minha rua. Aquilo me deu uma sensação estranha. Eu quase contei pra Alice, mas ela não ia ter entendido por que eu não ficava ali, já que era a minha casa. Tentei olhar através do vidro se as luzes da sala estavam acesas. Não consegui ver direito: o táxi tava indo bem rápido. E além disso eu preferia olhar de rabo de olho pros peitos da Alice, cujos mamilos continuavam durinhos. Fiquei pensando em como aqueles dois conseguiam.

Sempre alertas. Bom. Mas uma hora eu tive a impressão de que ela tinha me visto. De qualquer forma, ela mandou:

– Mas, e então, e essa tua história com a professora, é verdade?

Eu não sabia o que responder. Então preferi ficar no meio-termo.

– É. Por quê? Mas é uma história complicada. Ela tá apaixonada demais. Enquanto que, pra mim, sabe como é, é só mais uma namorada...

– Mas quantos anos ela tem?

– Uns trinta.

Eu não tava acreditando. Mesmo eu tava ficando impressionado. Eu teria feito qualquer coisa pra que fosse verdade.

– Deve ser bizarro – ela comentou, pensativa.

– Sabe, hoje em dia a diferença de idade não quer mais dizer grande coisa. Você vê a namorada do pai da Émilie Fermat. Ela tem vinte anos.

– Que isso...

– Juro.

Bom. Mas, enquanto a gente papeava, meus olhos não paravam de voltar pros peitos dela. Era uma loucura como se fosse um ímã. Eu tentava olhar pros olhos dela ou pela janela, mas voltava automaticamente pra eles. Às vezes, eu tinha a impressão de que eles estavam falando comigo ou fazendo sinais pra mim. "Julien, uu-uu, estamos aqui..." E aquilo tava me deixando completamente maluco. Naquele momento, eu queria casar com eles. E construir um relacionamento sério. Ter uma casa e tal. E um carro cheio de peitinhos no banco de trás. Enfim, eles estavam me deixando maluco.

Aquilo me fez pensar naquela história em quadrinhos, não sei mais o nome, que uma livraria do meu bairro tinha exposto na vitrine não faz muito tempo. A capa era justamente uma garota que abria a camisa feito um presente. Dava pra ver os peitos. Na capa, direto. Uma das coisas mais bonitas que eu já vi na minha vida. Aí é lógico que entrei na livraria e comecei a folhear a tal da história em quadrinhos. Encontrei a passagem onde ela mostra os peitos. Eram dois amantes correndo pela floresta porque eles tavam sendo perseguidos por sei lá quem. Depois eles conseguem se esconder num arbusto lá. E é aí que o cara diz: "Mostra eles pra mim uma última vez." E a garota desabotoava a camisa, lentamente, depois afastava ela fechando os olhos. Pra ele poder ver. Era bem bonito, juro. Uma mulher que faz uma coisa dessas. Sem motivo. Por pura generosidade. Naquela época, quando eu voltava da escola, sempre pegava um caminho um pouco mais longo pra passar diante da vitrine. Como se fosse um compromisso importante. O que eu achava engraçado era que toda vez tinha um ou dois velhos fingindo olhar pros romances na vitrine. Tarados, na certa.

Em vários momentos pensei em beijar a Alice. Mas a gente já tava chegando perto da torre Eiffel. E, além disso, e principalmente, eu tava pensando na Mathilde. Voltei a pensar no momento que a gente passou juntos no quarto dela. E naquela história do escritório aceso a noite toda. Então virei pra Alice pra perguntar o que ela achava daquilo.

– Imagina um escritório, tipo no sexto andar de um prédio...

– Tá...

– Bom. Agora imagina que toda noite esse escritório tá aceso. Sabe, como se tivesse alguém trabalhando em vez de dormir...

– Tá...

– Bom. Mas imagina também que nesse escritório nunca tem ninguém.

– Tá...

– Ninguém, sabe... Ele tá permanentemente vazio. Toda noite.

– E daí?

– O que você acha que isso quer dizer? Por que esse escritório tá aceso toda noite se ninguém trabalha lá dentro?

Ela pensou por um tempinho. Depois, quando o táxi parou na beira da calçada pra ela descer, ela disse:

– Você faz muita pergunta tipo essa?

Ela não entendeu a poesia da coisa. Era meio evidente que eu esperava uma resposta de verdade. Então ela acrescentou: "Não tenho a menor ideia. De repente o sujeito que trabalha lá sempre esquece de apagar a luz quando vai embora..." Não era uma má ideia. Embora, na minha opinião, não fosse isso. Depois ela me deu dois beijinhos. A gente se disse até logo. Mas, dando os dois beijinhos, não sei o que é que deu em mim, mas botei a mão em cima do peito esquerdo dela, o do coração. Juro. Ela congelou no ato, mas não recuou. Pelo contrário. Então fiz ainda mais carinho nele. Como um doido que tivesse três minutos pra tomar posse da beleza do mundo. Depois eu disse: "Você vai pra casa agora?" E ela simplesmente respondeu que sim. Como se fosse óbvio. Tudo isso sorrindo. Ela abriu a porta do carro. O negócio é que eu tinha que ter saído com ela. Mesmo se ela não deixasse eu subir. Só pra tentar. Mas não tive coragem. E vi ela desaparecer por trás da porta do prédio.

– O que a gente faz agora? – perguntei pro taxista.

– Ué, sei lá. O senhor é quem manda.

– Então vamos pra estação Montparnasse – respondi sem saber por que pra lá e não pra outro lugar qualquer.

Eu tava com tanto fogo por causa dos peitos da Alice que tava a dois passos de dizer pro taxista que, no fim das contas, eu queria voltar pra perto do portal Dauphine. Lá onde eu tinha cruzado com umas garotas mais cedo. Tipo pra me liberar daquela ideia invasora. Mas, no fim das contas, a ideia da estação era boa. Porque os trens começavam o dia bem cedo. Pensei: "Daqui a duas horas a vida continua. Não vai ser o fim do mundo esperar duas horas..." Eu já tinha passado por coisa pior. Até porque ao redor de uma estação a maioria dos cafés devia abrir assim que amanhecesse. Olhei no painel do táxi. Quatro e pouco da manhã. Através do vidro, eu observava o desfile das calçadas desertas. Na rádio tava tocando *Que reste-t-il de nos amours?*. Era legal. Pensei que no dia seguinte eu ia ligar pra sra. Thomas pra dizer que tava tudo acabado entre nós. Eu tinha conhecido outra mulher. Ela se chamava Mathilde. E eu queria casar com ela. Enfim, eu tava maluco. E a música continuava melancolicamente e tal. Era legal. Eu podia ficar duas horas naquele táxi, rodando pela cidade. Meio dormindo por causa do álcool. Ou então podia perguntar quanto custaria pra eu ir até o mar. A Normandia, por exemplo, ficava a mais ou menos duas horas. Eu ia chegar quase na hora de o sol nascer. Ia ser legal também

Eu ia me deixar ninar pela música durante todo o trajeto. Eu tinha dinheiro. Em seguida, eu ia andar pela praia. Antes de comer um café da manhã gigantesco num super-hotel. Depois eu ia mandar uma mensagem pros peitos da Alice pra eles irem me encontrar rápido no quarto que eu tinha reservado com vista pro mar. Mas não tive coragem de pedir pro taxista. O cara ia ter me olhado de um jeito esquisito. Principalmente porque não ia ser difícil entender que eu tinha fugido de casa. E aí não dava pra prever a reação dele.

Fechei um pouco os olhos pra imaginar o oceano. O que mostra que eu tava começando a me sentir cansado. Na verdade, o mar que eu preferia não era o da Normandia, e sim o da Bretanha. Com as gaivotas e tal. Porque antigamente meu pai me levava lá todo verão. Eu já não lembro muito bem o que a gente fazia. Me lembro de algumas imagens, claro, mas elas são um pouco vagas. Como tudo o que tem a ver com o meu pai. Às vezes, tenho vontade de recuperar a memória precisa de tudo que eu já vivi. Mesmo na minha idade já é um bocado de coisa. Tenho certeza de que isso ia quase bastar pra eu ficar feliz. Eu ia fazer que nem as avós que passam metade do dia se lembrando. O que eu entendi, com a sra. Morozvitch, é que na maior parte do tempo as avós são bem felizes. Do outro lado das pálpebras delas, elas guardam imagens que ninguém mais pode ver. Que nem tesouros. Elas viajam pra lá, pras memórias, isoladas do mundo. Elas ressuscitam pessoas que estão mortas faz séculos. Na verdade, vivem com elas. E, do meu ponto de vista, a gente não precisa ser uma avó pra viver com os mortos. Eu, por exemplo, uma coisa que eu lembro é que pra ir pra Bretanha, meu pai e eu, a gente sempre saía da estação Montparnasse e, antes de pegar o trem, a gente sempre ia na banca de jornal, onde ele comprava milhares de revistas, entre elas o *Super Tio Patinhas Gigante*, que era pra mim. O taxista me deixou perto da estação. Pra mim foi bizarro, embora seja uma ideia meio idiota, pensar que eu já tinha ido com meu pai àquele mesmo lugar. Os lugares não mudam quase nunca, no fim das contas. A gente se agita. Mas o mundo, quando a gente para pra pensar, quase não se mexe.

Saquei uma nota de cinquenta euros. O taxista arregalou os olhos. Ele não tinha troco. Ou disse que não tinha. Dei de ombros, querendo dizer pra ele ficar com tudo. Eu tava cagando. O cara não conseguia acreditar. Senti que ele tava pensando se ia me dizer uma coisa, mas no fim das contas não, ele não disse nada. Só deu a partida e foi embora. De noite era tanta gente que não tava na rua que deu pra ouvir o motor dele por pelo menos um minuto. Como se a gente estivesse no campo, na verdade. Mas a gente tava no coração de Paris. Andei um pouco pela praça. Era uma sensação meio bizarra. Dava pra pensar que era o dia seguinte de uma catástrofe gigante. Em que a maioria dos parisienses tivesse sido exterminada... Imaginei que eu era o último homem vivo. Porque eu tinha construído um abrigo nuclear debaixo da minha cama. Fico pensando que porra que eu ia fazer. Na minha opinião, eu ia ficar deprimido à beça depois de alguns dias. E ia começar a sentir saudade das pessoas, menos da minha mãe, óbvio. Bom. Fui sentar num banco. Acendi um cigarro. Eu tava bem. Fiquei olhando a torre Montparnasse, que parecia imensa vista de baixo. Mas, depois de três minutos, pensei que não era uma boa ideia ficar ali. Eu não conseguia ficar parado. Então decidi inspecionar a região. Tipo pra matar o tempo. Era estúpido fugir de casa pra ficar sentado num banco fazendo porra nenhuma. Devia ter alguma coisa naquela área. De noite tem agitação por todo lado, mas escondido. Basta procurar um pouco e abrir as portas certas.

Meu plano era ser guiado pelo acaso das ruas. Foi assim, depois de pelo menos duas horas andando em círculos, que aterrissei na rua da Alegria, não muito longe da estação. É um nome foda, eu acho. Adoro ele. Eu ia curtir morar naquele endereço: "Julien Parme, rua da Alegria, nº 1." Um apartamento pequeno que eu ia dividir com a Mathilde. Além de um quartinho no último andar pra eu escrever. Ninguém ia ter autorização de entrar naquele quarto. Ele só ia ter uma mesa, uma lâmpada e milhares de livros. E ia ser lá, por exemplo, que eu ia compor meus maiores romances. E meus poemas. Logo antes de morrer, certas personalidades importantes do mundo das artes fariam o caminho até a rua da Alegria pra me encontrar. E os que tivessem baleados demais pra poder viajar iam pedir no leito de morte, tipo último desejo: "Leia para mim mais algumas linhas de Parme..."

Eu tava nesses devaneios quando constatei que a rua da Alegria, na verdade, tava simplesmente infestada de bares pornô. Juro. E ainda por cima foi totalmente por acaso que fui parar naquela rua. Às vezes penso que eu tenho mesmo faro pra essas coisas. Mas eu não conseguia entender que tipo de bares eram aqueles exatamente. De qualquer forma, era a única coisa que parecia animada em toda a área. O resto tava mesmo dopado de sonífero. Então me aproximei das luzes. As únicas que ainda tavam acesas naquela hora. E foi assim que saquei que, na verdade, todos aqueles lugares suspeitos também estavam fechados. Só que eles deixavam as luzes acesas a noite toda. Não me perguntem por quê. O que me permitiu olhar bem. Como se eu tivesse ido ao museu do sexo. Mas, bom, o negócio é que não dava pra ver grande coisa. Só algumas fotos de mulher pelada, mas com fita durex nas partes interessantes. Pena. Mas fiquei imaginando francamente o que acontecia lá dentro, se tinha também garotas que tiravam a roupa e mostravam os peitos, e principalmente se a gente podia fazer alguma coisa com elas ou se era só pra olhar. Pensei que uma boa ideia talvez fosse ir pra Pigalle, onde certamente ainda teria algumas coisas abertas. Não sei o que rola comigo e com peito de mulher, mas é uma coisa que me alucina. Por peitinhos, eu podia atravessar Paris inteira. Mas pensei de novo na Mathilde, e foi mais eficaz que uma ducha de água fria. Eu pensava: de repente ela estava esperando que a gente se beijasse mais cedo. Talvez eu tenha decepcionado ela. Como ter certeza? De qualquer forma, não entendo nada de mulher. Às vezes até entendo, mas é sempre tarde demais. Sou que nem um cego. Ainda que às vezes eu tente fingir que vejo no escuro.

O que também tinha naquela região eram milhares de creperias. Deve ser pros bretões, pensei. Pra antes de eles pegarem os trens deles. Bretão come muito crepe. É fato. Isso também não me perguntem por quê. Uma hora, vi uma massa disforme estendida no chão. Era tipo um mendigo, e fiquei meio sem jeito de passar bem na frente dele. Ia ser melhor mudar de calçada. Mas não tive tempo. Aí, enquanto passava, dei uma boa olhada. Ele tava dormindo, simplesmente enrolado num saco de dormir bem nojento. Fiquei com pena. Até que me toquei de que eu tava um pouco na mesma situação. Sério. E que de repente ele tinha começado que nem eu: andando pela noite sem saber pra onde ir. Pensar naquilo me deu um frio na espinha. Juro. Principalmente porque logo depois o cachorro dele, que no começo eu não tinha visto, levantou as orelhas e depois se levantou e começou a me seguir. No começo, fiquei estressado. Alguns cachorros são agressivos à vera. Conheço um sujeito que levou uma mordida de sair sangue de um cachorro daquele tipo. Então acelerei um pouco, mas ele também começou a acelerar. Eu não sabia mais o que fazer. Então parei. E ele parou também. Enfim, ele tava me imitando em tudo. "Volta pro teu dono!", cochichei pra ele. "Vai! Fora! Me deixa em paz!" Mas ele ficou lá parado me olhando. Na verdade não era difícil sacar que ele era um vira-lata simpático. Ou pelo menos ele não tinha cara de que ia morder você até sair sangue. "Vai, cai fora..." Mas era inútil. Ele não me ouvia. Então decidi fingir que ele não existia. E segui em frente. No fim da rua, logo antes do bulevar, me virei. Ele ainda tava atrás de mim com aquele olhar que dizia me leva. Eu não sabia mais o que fazer. Fiquei com pena do mendigo. Ele já não tinha muita coisa. Se ainda por cima acordasse e descobrisse que o cachorro tinha abandonado ele... Pensei: de repente é porque ele tá com fome e o dono não tem mais comida pra ele. O verdadeiro tirano é sempre o estômago. O que ouvi dizer é que os mendigos, quando têm um cachorro, tudo que eles ganham mendigando é pro cachorro que vai. Juro. Na verdade, na maioria dos casos, os mendigos são os sujeitos menos egoístas que vocês podem imaginar. Generosos, até. Gentis.

Depois o cachorro passou pela minha frente e atravessou o bulevar Montparnasse sem nem olhar. Sorte que não tinha quase nenhum carro passando. Lá também estava quase tudo deserto. Mas mesmo assim era perigoso. Não sei bem o que ele tava procurando. De qualquer forma, ele parava pra cheirar coisas a cada dez metros. Fiquei inquieto de ver ele borboleteando daquele jeito no meio do bulevar, então assoviei e na mesma hora ele voltou. Aquele era um cachorro esperto. Conseguia tudo o que queria. Depois ficou se esfregando em mim como se a gente tivesse em lua de mel. Eu queria mesmo era dar uma coisa pra ele comer, mas naquela hora eu não sabia o quê. Aí segui meu caminho e peguei a rua de Rennes. Ele também. Eu tinha a impressão de que estava cada vez mais frio. E também tava sentindo cada vez mais cansaço. E aí a rua de Rennes me pareceu interminável. Realmente interminável. Uma rua que não acabava nunca. Como uma esteira rolante. Ou um pesadelo. Você anda, anda, anda, mas nunca chega ao fim. E uma hora você entende que não tem fim. É um golpe duro, óbvio. Então você para de se cansar, você desiste, e a esteira rolante te leva direto pro lugar de onde você veio. Vira e mexe a vida é assim.

Não sei dizer pra vocês por quanto tempo fiquei andando daquele jeito. Mas, quando virei pra trás, o cachorro tinha desaparecido. Ele deve ter voltado pro dono. Melhor assim, pensei. Eu tava bem surpreso de ver a que ponto aquela área da cidade tava morta. Na minha cabeça, eu tinha a impressão de que aconteciam coisas incríveis de noite enquanto todo mundo tava dormindo. E ali, bizarramente, a única impressão que eu tinha é que, de fato, era isso, todo mundo tava dormindo. Ao mesmo tempo, eu pensava que isso, sem dúvida, era porque eu não tava no lugar certo. O que eu tinha que fazer era continuar andando até achar alguma coisa. Não posso nem definir pra vocês o que eu tava procurando exatamente. Continuei pelas ruas à beira do rio, passando pelo bairro de Saint-Michel. Era triste pra cacete. Menos uma hora em que eu vi que tinha um bar aberto. Na verdade não era um bar, e sim uma "taverna". Juro, tava escrito na fachada. Eu achava que taverna era uma coisa que só existia na Suíça. E mesmo assim no século passado. Mas não. Tinha uma bem ali, na beira do Sena. Achei aquilo engraçadão. Olhei através do vidro pra ver como era o lugar. Mas não dava pra ver nada. De qualquer forma, na maior parte dos lugares não dá pra ver como é de fora. Assim os clientes são obrigados a entrar. Malandragem.

Hesitei muito em abrir a porta. Eu tava com vontade. Mas, ao mesmo tempo, eu pensava no que iam achar de mim naquele lugar. O problema é o meu tamanho. Eu bem que ia gostar de ser mega-alto e tal. Porque você pode ir pra onde quiser se você for grande. As pessoas não conseguem saber qual é a sua idade. Taí uma coisa que eu ia curtir. Ser alto e forte. Na minha opinião, isso facilita a vida. Pelo menos trinta vezes por dia, eu ficava com a sensação desagradável de ter a minha idade estampada na cara. Especialmente pela forma como as pessoas falam com você. Com um tom todo particular, como se você ainda chupasse o dedo. Isso é o tipo de coisa que me deixa bolado. Eu, quando for velho, com os caras de catorze, quinze anos, eu vou falar normalmente. Como se fossem adultos. Tudo isso pra dizer que abri a porta.

7.

Fiquei surpreso quando vi que o lugar estava quase vazio. Deprê, mais uma vez. Eu tava mesmo sem sorte. A solução é que eu devia ter ido pra uma boate. Deve ser a elas que as pessoas que saem vão. De qualquer forma, não era nas tavernas. Fui sentar direto no balcão. Do meu lado tinha um sujeito de cabelo amarelo. Não era louro, não. Amarelo. Eram cabelos grisalhos que tinham desbotado. O tipo de cara que seca os cabelos com uma cueca velha, se é que vocês me entendem. E os olhos dele eram simplesmente translúcidos. Juro. Tenho certeza de que, no meu lugar, uma mulher ia dizer que ele tinha olhos maravilhosos. Meio que nem um lobo. Tinha um copo vazio na frente dele. E ele contava as moedas que restavam pra poder pagar mais uma dose. Um alcoólatra, pensei. Mas a questão é que, com aqueles cabelos, ele ficava com uma cara extraordinária. Ele podia ser ator se quisesse. Acendi um cigarro sem parar de olhar pra ele. A cara dele era mesmo extraordinária à beça. Fiquei fascinado.

Ele acabou reparando em mim. É um dos meus poderes mágicos. Quando quero que alguém olhe pra mim, começo a olhar fixo pra pessoa, tipo megaintensamente, e não paro mais. Me concentro, me concentro, envio ondas invisíveis e fatalmente, num dado momento, o cara se vira como se tivesse sentido minhas ondas invisíveis fazendo cócegas nele. Juro. É um dos meus poderes mágicos, que aprendi com uma velha cigana. Sacanagem. Enfim, ele acabou reparando em mim. Pegou o copo vazio, como se a gente tivesse brindando junto, e me fez um sinal. Uma forma de dizer oi, né? Eu bem queria saber como era a vida de um sujeito que nem ele. Com aquele cabelo. E principalmente por que os olhos dele eram daquele jeito. Parecia que aqueles olhos podiam começar a chorar, sem motivo nenhum, só por poesia, de tanto que eles eram translúcidos.

Uma hora estiquei meu maço de cigarros pra oferecer um pra ele. Mas ele não quis. Depois fiz um sinal pro barman, que ainda não tinha reparado em mim, e que fez uma cara bem bizarra quando me viu, e perguntei pro sujeito amarelo o que ele queria beber por minha conta. Ele não tava acreditando que um cara novo que nem eu se oferecesse pra pagar uma bebida pra ele. Ele e o barman se olharam pra decidir se eu tava brincando ou não, e, no fim das contas, ele respondeu: "Bom, mais uma, então..." O barman virou pra mim. E eu disse: "Também." Sem saber o que eu tava pedindo. Mas eu tava cagando. Não tava nem pensando em tocar no meu copo. Já tinha bebido demais. Embora eu tivesse bem mais sóbrio depois de andar tanto.

Depois, a gente ficou sem saber o que se dizer, o sujeito amarelo e eu. Não era fácil começar uma conversa. O barman trouxe os dois copos. Eu tava surpreso à vera de ele não ter perguntado a minha idade nem nada. Ele devia achar que eu tinha mais de dezesseis anos. Pelo menos uma vez na vida aquilo me deixou contente. Dava pra ver de cara que aquele barman tinha classe. O amarelo começou a entornar. Fiquei olhando pra ele. Ele tinha experiência. Quando botou o copo de volta no balcão, ele viu que eu tava olhando pra ele, ele deve ter ficado constrangido, porque a gente ainda não tinha falado nada e eu ainda nem tinha tocado no meu copo, então ele me disse: "Parece que as coisas vão mal..." Fiz uma cara triste. De sacanagem. Se ele tivesse dito que parecia que as coisas tavam indo bem, eu ia ter começado a sorrir. "Não, a coisa tá feia", respondi. E do nada senti vontade de morrer. "Ah, a vida...", ele se limitou a responder, tipo como se faz quando a gente não tá com muita vontade de conversar. Aí, depois de um silêncio, ele continuou: "O que que aconteceu com você?" Eu disse: "Só aborrecimentos." Mas sentia que ele não tava lá muito interessado. Então, quando o barman voltou, fiz um sinal pedindo a conta. E saquei meu maço de dinheiro bem à vista. Aquilo chamou a atenção deles. Depois eles se olharam, tipo pra tentar entender de onde eu tinha tirado toda aquela grana. E botei a grana de volta no bolso fingindo não ter reparado que eu tinha impressionado eles à beça. Juro. Depois que o barman se afastou, o sujeito amarelo recomeçou a conversa. Agora eu tinha deixado ele intrigado. É horrível como o dinheiro pode mudar qualquer alma.

"Então, qual é o seu problema?" E aí comecei a contar tudo pra ele. Verdade que até ali eu não tinha conseguido falar com ninguém sobre o que tinha acontecido comigo. E quando acontecem coisas importantes, você tem vontade de dividir com os outros. É natural. Mesmo se for com alguém que você não conhece. Então foi o que eu fiz. Comecei contando que eu tinha fugido de casa. Mas, pra ele me entender direitinho, expliquei logo que não era por causa do meu pai que eu tinha feito aquilo, já que ele estava morto. Era por causa do sujeito que estava querendo substituir ele. E da minha mãe, claro.

Aquilo foi um banho de água fria, eu contar que o meu pai estava morto logo de cara. Mas o que me deu pena foi que contando aquilo eu tinha a impressão de estar dizendo uma coisa megabanal, enquanto que até então eu sempre tive a impressão contrária, de que o que tava acontecendo comigo era extraordinário, um pouco que nem a cara dele.

– Seu pai morreu de quê?

Aí não sei o que deu em mim. Em vez de dizer a verdade, comecei a distorcer. Só um pouco, mas mesmo assim. Era pra ele não ficar entediado, acho.

– Oficialmente, ele tava doente. Do pulmão. Mas a verdade é que a minha mãe matou ele.

Ele desviou os olhos translúcidos que nem num filme de terror. Depois tomou uma bela golada. A gente tem que se pôr no lugar dele. Você tá num bar, tranquilo, bebendo uma coisa, e aí um sujeito aparece e oferece outra dose. Bom. Depois disso ele começa a conversar e, na terceira frase, conta que a mãe dele matou o pai. É de dar medo... Depois ele botou o copo de volta no balcão e me olhou com aqueles olhos translúcidos. Eu tava quase com medo de ele conseguir ler meus pensamentos. Algumas pessoas conseguem. Juro. Enfim. Ele me olhou nos olhos e finalmente fez a pergunta que eu tava esperando. Ou seja: como a minha mãe tinha feito aquilo. Contei que o cara com quem ela passou a viver depois era médico, e que tinha sido ele que declarara que meu pai morrera da tal doença nos pulmões, quando na verdade era óbvio que a minha mãe tinha envenenado ele. Eu tinha encontrado as pílulas que ela usara e tudo. Uma espécie de veneno de rato. Pra ele entender bem, eu disse que tinha sido eu que tinha encontrado meu pai morto na sala quando voltei pra casa um dia depois da escola. A língua dele tava saindo da boca. Tipo um cachorro que tivesse sido estrangulado. E foi aí que pensei em dizer que, além dos remédios, ele fora estrangulado. E que isso, por outro lado, não podia ser obra da minha mãe porque ela não era forte o bastante. E que, portanto, havia um cúmplice. E que pra mim o cúmplice era justamente o médico com quem ela passou a viver depois e com quem ela queria que eu vivesse. Dizendo aquilo, lógico, eu tava pensando no François.

O sujeito tava com uma cara de quem tava completamente alucinado. De tudo que tinham contado pra ele na vida, talvez aquela fosse a coisa mais delirante. Eu vi que ele tava refletindo um bocado. Por exemplo, sobre a questão de saber por que ele tinha sido estrangulado depois de ter sido envenenado. Em geral, quando a gente envenena um sujeito é pra não ter que ainda por cima estrangular. A não ser que as pílulas não funcionem rápido o bastante e que a gente fique com medo de que o sujeito tenha tempo de chamar a polícia ou algo assim. É o que ele devia estar pensando, o cara amarelo. De qualquer forma, ele parecia chocado com a minha história. E também com o fato de o copo dele já estar vazio. Então ele fez um sinal pro barman, que imediatamente serviu mais um pra ele. Já que era por minha conta. Eu ainda nem tinha tocado no meu copo. "Tô tentando parar", eu disse pro garçom. Depois continuei a impressionar ele com a minha vida. Tava me fazendo um bem danado contar tudo aquilo. "Então, depois, o que eu fiz?" Ele deu de ombros. Ele não sabia o que eu tinha feito depois. Nem eu, aliás. "Eu não podia viver com eles sabendo o que eu sabia. E você pode imaginar como eu detestava a minha mãe." Ele fez que sim com a cabeça. Ou então tava coçando o nariz, fiquei na dúvida. "Francamente, ela era a pior mãe do mundo... Só a ideia de dividir um apartamento com ela me fazia sofrer. Sofrer mesmo. Eu odiava ela até a morte. Era bem tenso entre mim e ela. Porque ela sabia que eu sabia. E aí a gente não parava de brigar. Ela tava sempre gritando comigo. E o principal é que eu tinha a impressão de que o meu pai tava me olhando através das paredes e me acusando de ter traído ele, se é que você me entende... Eu não conseguia esquecer o meu pai. Ele tava sempre lá, atrás de mim. Ou em cima, variava. E eu tinha medo de que ele pensasse que eu ainda tava vivendo com a mulher que tinha matado ele, sem que aquilo fosse um problema pra mim. Eu tinha medo de que ele me visse como um cúmplice, entende? Era horrível. Então o que eu podia fazer?" De novo, ele não sabia. Mas não dei tempo de ele falar. Continuei direto: "Comecei a fugir. E fugi tanto que eles decidiram me meter num pensionato. Assim, pelo menos, eles ficavam tranquilos. Mas não era um pensionato como os outros... Não. Ele se chamava *As Rochas Negras*. Você já ouviu falar?"

– O nome não me é estranho – ele respondeu, mas eu vi que era só pra não dar uma de inculto. Ou então porque ele não queria me contradizer, depois de tudo que eu tinha passado...

– Era uma coisa horrível. *As Rochas Negras* é pra onde vão os caras mais escrotos da terra quando ninguém sabe mais o que fazer com eles.

Mas como ele não tinha muito jeito de quem conhecia o assunto, contei alguns episódios que eu tinha vivido por lá, e que vinham do que tinha me contado o meu amigo Ben e também de outros detalhes que eu tinha ouvido falar. Por exemplo, contei que o problema dos dormitórios nas *Rochas Negras* é que o colégio inteiro ficava no mesmo prédio. Do primeiro ao último ano. E que os do último ano vira e mexe apareciam na área dos do primeiro pra tirar um sarro. Eu, quando cheguei, tava no primeiro ano e passei por situações horríveis durante muito tempo. Às vezes eles te enfiavam a porrada. E se você dedurasse eles era pior ainda da próxima vez. Aí ninguém dizia nada. Mas o horror dos horrores era no banheiro. Se você fosse mijar de noite, no banheiro do dormitório, e cruzasse com eles, eles te obrigavam a fazer umas coisas muito nojentas, que te deixavam com vontade de morrer. Todo domingo de noite, antes de voltar pro pensionato, eu tremia de tanto medo. Foram dois anos assim. Várias vezes quase pulei pela janela, de tanto que eu tinha medo quando ouvia eles chegando ao dormitório. Principalmente porque os bedéis não falavam nada. Nunca entendi por quê. Enfim, era megaviolento. Mas o mais violento de todos, ele era tipo o líder do grupo, se chamava Yann Chevillard. Um grande escroto. Que me fez viver horrores durante mais de dois anos, sempre te batendo, te humilhando na frente de todo mundo e te forçando a fazer coisas nojentas no banheiro do dormitório...

O cara amarelo não tava acreditando. A minha vida não tinha sido fácil. É verdade. Eu tava me dando conta, contando tudo aquilo, de que a minha vida não tinha sido fácil. E aí fiquei meio que emocionado. Tudo somado, foi dureza. Mas eu tinha me saído bem. Embora não tivesse sido fácil. Ele me olhava de um jeito bizarro. Acho que ele tava bem impressionado. Eu era um pouco o herói dele. Bom. Fiz uma pausa pra ter outras ideias, mas também pra atacar o meu copo. Despejar toda a minha vida na frente dele tinha me dado vontade de beber. Mas também era uma forma de parar de mentir. Porque eu podia continuar daquele jeito até o infinito. E alguma hora eu tinha que parar. Então comecei a beber. Mas ele disse: "E depois?" Então continuei. A culpa é dele.

– Depois, me mandei do pensionato. Não dava mais pra mim. Eu tava muito infeliz. Mas a minha mãe não queria saber. Ela não queria entender que eu não tava feliz lá. O que interessava pra ela era ter o mínimo de chateação possível. E de me ver o menos possível. Enfim, ela não queria que eu ficasse no pé dela. Principalmente porque ela e o novo homem dela tavam tentando ter um filho.

– Ah é?

– É. Aliás, eles tiveram um. No ano seguinte. E deram o meu nome pra ele. Como se eu não existisse.

– Nada bacana isso. E que nome é esse?

– John – respondi –, por causa do Jean de La Fontaine.

E nos apertamos as mãos. Mas rápido, porque eu queria continuar a história da minha vida. Eu tava embalado, não tinha mais como parar. Tava me fazendo um bem danado revelar aquilo tudo pra alguém. "Então me mandei do pensionato. Foi justamente numa noite em que o bando do Yann Chevillard tinha me prendido no banheiro. Eles tinham me deixado pelado à força. Segurando os meus braços e as minhas pernas. Eu tava à mercê deles. E um dos caras tinha uma faca. Juro. Ou melhor, era um facão. E ele queria que eu achasse que ele ia cortar meu pau. Mas o pior é que ele era bem capaz de cortar mesmo. Era um bando de malucos. Ele aproximava a lâmina e eu berrava, mas tinha um outro que tava com a mão na minha boca, então ninguém podia me ouvir. Eu realmente achava que aquele filho da puta ia cortar meu pau. E então depois ele tirou a mão, a que tava tapando a minha boca pra eu não gritar, e aí o Yann Chevillard, que tava em cima de mim, começou a mijar em mim, na minha cara, então fui obrigado a fechar a boca, não podia pedir ajuda. E um dos caras, o do facão, me disse pra eu abrir a boca se eu não quisesse perder o pau. Eles queriam que eu desse uma de mictório, né? E que depois eu engolisse tudo. Enfim, foi um horror."

Aí, na mesma noite, eu decidi ir embora. "Como?" Deixei passar um tempinho pra fazer suspense. E também pra ele participar. Mas ele não reagiu. "Pulando o muro, simples assim. Fui até a estação de trem a pé, tava nevando, e peguei o primeiro trem pra Paris. Eu não tinha dinheiro. E passei a viagem toda escondido no banheiro. Eu temia que um inspetor de passagem me pegasse e me denunciasse pra polícia. Depois, em Paris, encontrei uns conhecidos que tiveram a gentileza de me permitir recomeçar do zero e de me esconder. Porque todo mundo tava me procurando por tudo quanto é canto. Nas estações, tinha foto minha colada nas paredes. A coisa tava preta pro meu lado. Se você quer saber como eu consegui virar o jogo, é só ler a biografia que fizeram de mim. Você vai ver que, pra minha sorte, encontrei uma mulher incrível. Foi ela que me fez recuperar o gosto pela vida. Ela me escondeu no quarto dela. Ela era bem mais velha que eu. Devia ter uns trinta anos. A profissão dela era professora de francês. Enfim, foi isso que aconteceu..."

Ele tava boladaço. O copo dele tava vazio. E o barman serviu mais uma sem nem pedir a opinião dele. Depois ele também me serviu mais uma, ao lado da minha, que eu ainda não tinha terminado. Que nem a minha história. Então continuei: "Mas eu tinha que fazer alguma coisa, então comecei a escrever. Quando digo isso, os jornalistas do mundo todo acham que é modéstia. Pra eles, o tédio não pode ser a origem do gênio. Eles sempre acham que deve ter uma razão melhor. Mas pra mim é só isso mesmo. O tédio. E também pra eu revelar o segredo que só eu conhecia. Ou seja, que a minha mãe tinha matado o meu pai... E que ele tava enterrado no jardim da nossa casa!"

Eu tava começando a perder totalmente a noção. Mas ele nem se dava conta. Tudo o que eu dizia ele engolia. A prova é que acrescentei: "Debaixo da macieira!", e ele nem nada. E, no entanto, ele não tinha cara de burro.

Naquele momento, o barman se aproximou. Ele colocou as duas mãos sobre o balcão, tipo pra dizer que ali quem mandava era ele, e me perguntou:

– E então? Você tá na faculdade?

Aquilo me irritou, que ele cortasse a minha onda. Principalmente pra me fazer uma pergunta tão cretina.

– Na verdade não – respondi. – Sou escritor.

E baixei os olhos por modéstia literária.

– Escritor? Como assim? Mas quantos anos você tem?

Ele franzia as sobrancelhas como se não fosse possível que eu fosse escritor, mas ao mesmo tempo lisonjeado de eu ter ido na taverna dele, apesar da minha notoriedade e da minha carreira internacional. Felizmente, o sujeito que tava do outro lado do bar chamou ele e ele foi ver. Me virei pro amarelo. Ele tava penando pra matar a última dose. Tava certamente esperando o fim da minha história. Bom. Mas eu não queria dar uma do sujeito que só reclama e tal. Porque, afinal de contas, eu tive um bocado de sorte depois. Publiquei meus livros. Eles venderam bem. Até mais que bem. E, afinal de contas, é bastante raro ter tanto sucesso tão jovem. Viajei pra vários países por conta das minhas traduções. Em geral, me consideram um dos melhores escritores da minha geração...

– Então tá tudo bem – ele concluiu.

É verdade que eu tava me enrolando um pouco com aquele papo do meu sucesso. Porque, afinal de contas, eu tinha começado dizendo que a coisa tava feia pro meu lado. Mas bom. Eu não queria deixar de lado a minha história de sucesso. Mas agora eu tinha que encontrar uma coisa pro clímax. Uma coisa animal.

– Tudo *tava* bem – corrigi. – Tudo tava bem até que eu estraguei tudo...

Bebi um golão do meu copo, era cerveja, enquanto me perguntava o que eu tinha feito, afinal, pra estragar tudo. Mas o outro não me pedia detalhes. Ele tava quase dormindo. "Porque a minha ideia fixa", continuei, "era encontrar aquele filho da puta do Yann Chevillard. O líder do grupo do último ano. Depois de todos aqueles anos. E, justamente, o Yann Chevillard agora tava vivendo em Paris. Ele tava com vinte anos. Não foi difícil descobrir onde ele tava. O disque-informação até que serve pra alguma coisa! Então descobri onde ele tava. Ele morava ali perto da estação Montparnasse. Na rua de la Gaîté, pra ser mais preciso. Quando fiquei sabendo que ele morava ali, logo pensei que eu ia fazer uma grande besteira. Comecei a andar pela região. E uma noite cruzei com ele. Reconheci na hora. Yann Chevillard. Segui ele. E quando ele abriu a porta do prédio, entrei junto, ele não me reconheceu nem nada. O que prova que ele não era lá muito culto. Mas, bom, enfim. Ele subiu a escada. E eu segui ele de novo. Eu tava meio nervoso. Porque eu sabia que eu ia fazer uma grande merda. Aliás, olha só, as minhas mãos ainda tão tremendo. Ah, é, esqueci de dizer que isso foi agora há pouco... Logo antes de eu vir pra cá."

Mostrei as mãos, sacudindo elas pra ele entender como aquele episódio tinha me marcado.

"Então eu tava bem atrás dele. Na escada. Seguindo ele. Deixei ele abrir um andar de distância. De dia, eu tinha pegado uma faca que eu tinha encontrado na cozinha da sra. Thomas. A mulher com quem eu vivo. Eu sentia a tal faca no meu bolso. Sentia aquele peso atroz. Pra me dar coragem, pensei em todas as coisas horríveis que ele tinha feito comigo. E que ele sem dúvida também tinha feito com outros caras da minha idade. Meu plano era fazer ele pagar. Fazer ele pagar por tudo que ele tinha feito. Uma punhalada nas costas. Era a conta. Esperei a hora em que ele parou na frente da porta. Ele botou a chave na fechadura. E eu parei bem atrás dele. A alguns metros. Eu podia acertar ele a qualquer momento. Ele tava à minha mercê. Ele ficou surpreso com a minha presença. Ele se virou..."

De repente o barman voltou e me interrompeu, eu que tava totalmente envolvido na história, com o Yann Chevillard na porta da casa dele e a minha faca na mão direita.

– Mas então, sem brincadeira, você é mesmo escritor?

Fiz uma careta.

– Deixa ele – disse o meu amigo amarelo, que parecia ter acordado de um longo sono. – Dá pra ver que ele tá sofrendo por amor!

Sofrendo por amor.

Aquilo me deixou bolado.

– Ah é? Perdão.

– Não, não – falei fazendo cara de quem tá sofrendo por amor. – De qualquer forma, é a vida... A gente tem que aprender a viver com ela.

Fez-se um silêncio. O barman deve ter pensado que aquele sofrimento por amor devia ser brabo. Pela cara que eu tava fazendo. E é verdade que, do nada, eu comecei a sentir o tal sofrimento. De repente a vida me pareceu um empreendimento estúpido, uma prisão inútil, uma promessa quebrada. Eu tava com vontade de morrer.

– Você sabe qual é a diferença entre jogar tênis e fazer amor? – ele me perguntou, sem dúvida pra me animar.

– Qual?

Eu não via qual era a relação entre as duas coisas.

– Você sabe qual é a diferença entre jogar tênis e fazer amor?

– Não.

– Então continua jogando tênis! – ele respondeu quase sufocando na própria risada. E na do amarelo.

Não acreditei. Tinha alguma coisa de pesado no riso deles que achei inconveniente comparado com o meu sofrimento por amor. Inconveniente e constrangedor. Como é que eles podiam dar gargalhadas daquele jeito enquanto eu tava na beira do abismo? De qualquer forma, ninguém me leva a sério por aqui. Achei melhor ir embora daquele lugar onde as pessoas caçoam do seu sofrimento por amor. Larguei o dinheiro e me mandei, irritado e suicida.

Eu tava meio deprimido. Eu bem que ia ter gostado se acontecesse alguma coisa meio extraordinária. Mas não acontecia nada. O sol tava perto de nascer. Ou pelo menos dava pra meio que sentir o começo de um novo dia. Ainda não era a hora. Mas dava pra sentir que ia ser dali a pouco. Continuei pela beira do Sena. E aí parei na parte baixa da rua, beirando o rio. Um belo esconderijo. Eu nunca tinha sentido tanta vontade de dormir. Tava exausto. E aí quase deitei num banco. Perto de um salgueiro chorão. Dormi um pouco, acho. Mas também acordei bastante. Enfim, eu tava entre os dois. Acho que não tem nada mais agradável. Às vezes, eu ouvia umas gaivotas gritando. Porque, não sei se vocês sabem, mas na beira do Sena tem um monte de gaivotas que vêm do Havre e que seguiram os barcos até Paris. Depois, quando acordei de verdade, fui procurar um bistrô pra tomar um café. Porque eu não queria muito que me vissem. Já era dia. Eu podia ser identificado. Especialmente por conta da minha idade. Felizmente, sábado de manhã não tem nem fantasma na beira do rio. Mas, bom. Não tive que procurar muito pelo café. Entrei numa coisa que se chamava La Frégate, do outro lado da rua, e pedi um café da matina pra recuperar as forças. Aquilo me fez um bem danado. Mas depois fiquei com mais vontade ainda de dormir. Já tinha um pessoalzinho, embora fosse supercedo. Porque sábado as pessoas não trabalham. A maioria acorda bem mais tarde. E pensando nisso me toquei de que, pronto, era sábado. Minha primeira noite em claro, ou quase. Bom. Mas o negócio é que eu tava com uma megador de cabeça. Eu não conseguia pensar de tanta dor. Por causa do que eu tinha bebido. Era quase tão horrível quanto a minha primeira bebedeira. Isso posto, eu não lembro a minha primeira bebedeira: eu tava bêbado.

Depois perguntei pro garçom se tinha um hotel barato por perto. Pelo motivo de que eu tinha acabado de chegar em Paris. Ele me indicou um lugar a dois minutos dali. O Hotel du quai Voltaire era o nome. Fui pra lá, minha dor de cabeça cada vez mais forte. Pro garçom, eu também tinha perguntado se eles, por acaso, não teriam uma aspirina pra me dar. Mas ele disse que eles não podiam dar aspirina pros clientes. Não entendi bem por quê. Mas, bom. O Hotel du quai Voltaire não era lá grandes coisas, como costumam dizer, mas eu tava cagando. Tudo o que eu queria, juro, era dormir por uma ou duas horas. Fui falar com o cara da recepção. Ele me olhou de cima a baixo. Também, dá pra imaginar a cara que eu tava. Perguntei se tinha algum quarto livre. E não esperei a resposta: saquei direto meu cartão. Enfim, o do François. Senti que o cara ficou balançado. Ele verificou o registro ou sei lá o quê. Eu tava vendo aonde ele queria chegar. Por causa da minha idade e tal. Então me senti obrigado a dizer alguma coisa pra ele. Que eu tinha acabado de chegar a Paris. Pra conhecer o meu futuro editor. Era só pro fim de semana. Depois eu tinha que voltar pra Bordeaux. Por causa da escola. Ele me olhou de um jeito estranho. Depois disse: "Você escreveu um livro?" Senti que o cara tava me olhando de outro jeito. Impressionado de ter diante dele Julien Parme. Em carne e osso. Ele me disse que eu tinha cara de ser bem novo. Dei de ombros por humildade.

Depois ele me passou um número de quarto e especificou que ele dava pra rua, mas que os vidros eram duplos. Eu disse perfeito e passei o cartão pra ele. Naquele instante, pensei que de repente o François já tinha ligado pro banco pra bloquear o cartão. Que estresse. Digitei o código. O sujeito ainda tava me olhando de um jeito bizarro. Mas fingi que eu não tinha percebido. Pra não dar razão pra ele. Felizmente o cartão passou. Ele pareceu aliviado. Depois me deu a chave.

Subi pro segundo andar. O interior do hotel não era nem um pouco bacana. O papel de parede do corredor dava a impressão de que você tava na casa de uma avó do interior. Uma com o pé na cova, se é que vocês me entendem. Mas eu tava cagando, eu não tava lá pela decoração. Abri a porta do meu quarto, que era pequenininho. Fui direto pro banheiro pra passar uma água no rosto. Aí o que eu fiz depois foi deitar direto na cama, sem tirar a roupa nem nada. E apaguei.

Terceira parte

Os elefantes

1.

Quando acordei, não tinha mais ideia de onde eu tava. Fiquei assim por um bom tempo. Depois levantei num pulo e me lembrei de tudo. Não tinha me dado ao trabalho de fechar as cortinas, e a luz do sábado me fazia piscar os olhos. Era quase agradável. Parecia férias. A primeira coisa que fiz foi tomar água da torneira do banheiro. Pelo menos dois litros de uma vez. Depois acendi o último cigarro do maço, que também era o primeiro do dia. Aí abri a janela. Tipo pra fumar ao ar livre. O barulho da rua subiu até onde eu tava, mas meio atrasado por causa da minha dor de cabeça. Naquela hora, tinha carro pra cacete. Era engarrafamento pra todo lado. Diante de mim, eu tinha vista pro Louvre e pra uma ponte. No fim das contas, era bem maneiro. Fiquei ali, olhando aquilo tudo e pondo ordem nas ideias. Que horas deviam ser? Liguei pra recepção com o telefone da mesinha de cabeceira. Eles me disseram que eram quase duas da tarde. Não acreditei. Duas da tarde, já! Na verdade, eu tinha dormido um bocado. E de cara pensei na minha mãe. Voltei pra janela pra não deixar o quarto todo fedendo a cigarro. Minha mãe. A essa hora ela devia estar me procurando em tudo quanto é canto. A primeira coisa que ela devia ter feito era ligar pro Marco. Pra saber onde eu tava. Pensei em ligar pro Marco, tipo pra ele me contar as novidades. Voltei pra perto da mesinha de cabeceira e disquei o número dele, mas ele não atendeu. O Marco não atendia noventa por cento das vezes. Aquilo acabava dando nos nervos. Pensei: "Espero que ele não conte pra minha mãe a minha história com a sra. Thomas."

Depois tomei uma ducha pra afastar o sono de vez. Era bom ficar ali debaixo da ducha sem fazer nada. Infelizmente tinham se esquecido de me dar sabão. Bom. Mas não guardo rancor. Fiquei pelo menos vinte minutos debaixo d'água. Depois me sequei e me enrolei numa toalha branca antes de ir deitar na cama. Tava difícil começar o dia. No quarto, também tinha uma mesinha com papel de carta e envelopes. Gostei daquilo. Os escritores sempre gostam de ver uma mesinha com papel de carta e envelopes. Por outro lado, não tinha tevê. Dane-se. Aí pensei em escrever uma carta pra minha mãe. Pra explicar pra ela. E dizer adeus. Era uma boa ideia. Depois disso ela ia parar de me procurar. Ia entender que eu queria seguir o meu rumo sem ela. Fechei os olhos e pensei que a minha mãe devia estar arrancando os cabelos. Porque, afinal de contas, é apavorante acordar de manhã e não ver o seu filho. Tentei imaginar o que eu faria no lugar dela. Ela obviamente ia pensar em falar com os meus amigos. E também com a Émilie Fermat. Ela devia suspeitar que, na verdade, eu tinha fugido pra ir à festa. Aquilo me deixou meio chateado. Eu não queria que a Mathilde ficasse sabendo daquele jeito. Ela não ia entender. E além disso, ela ia pensar que eu não tinha sido honesto com ela ontem à noite. Especialmente se ela ficasse sabendo da história da sra. Thomas. Foi principalmente isso, pra ser sincero, que me deixou estressado. Talvez eu devesse eu mesmo falar com ela. E, ainda por cima, era um pretexto pra ver ela de novo. Porque eu precisava acima de tudo encontrar um pretexto. Se eu quisesse ver ela de novo um dia.

Fiquei remoendo essa ideia um bom tempinho. De manhã eu não sou lá muito ativo. Mas, de qualquer forma, eu não tinha o telefone dela. Nem o celular. Nem o da casa. Nada. O Marco devia ter o da casa. Então tentei falar com ele mais uma vez, mas ele não atendeu. Merda. Aí do nada lembrei que ela tinha dito que andava a cavalo todo sábado em Boulogne. Talvez eu pudesse dar uma passada discreta pra ver ela. E falar com ela. E finalmente beijar ela. Ou então escrever uma carta pra gente se encontrar no bar do Hotel du quai Voltaire. Aquela também era uma opção. E parecia a melhor. Levantei e sentei na mesinha. Um panfleto convidava o hóspede a pedir coisas pra comer que seriam trazidas diretamente pro quarto. Dei uma olhada. Só tinha sanduíche. Mas, de qualquer forma, eu tava sem fome. Eu seria incapaz de comer o que quer que fosse. Minha garganta tava fechada feito uma torneira entupida. Peguei o papel de carta, com cabeçalho, coisa fina. Assim ela ia saber onde me encontrar. Quai Voltaire, 19. Do cacete. Uma carta que ia explicar pra ela que eu tive que sair de casa, que eu ia em breve pra Itália, mas que eu tinha que ver ela antes. Era isso mesmo. Depois pensei nas frases pra dizer isso. Mas não era fácil explicar tudo em algumas linhas. Mesmo pra um escritor. Levantei, disquei mais uma vez o número do Marco, em vão. Depois voltei a sentar diante da página em branco. Eu tava com ainda mais dificuldade do que de costume. Depois teve uma hora em que arrisquei: "Querida Mathilde..." Não. Parecia carta pra prima. Tinha que ser só "Mathilde". Rasguei a folha e peguei outra, também com cabeçalho. "Mathilde..." Fui pra janela pra me inspirar olhando o Louvre. Que palavras escrever depois? E pensar que teve uma época em que o Louvre era tipo a casa do rei. Naquele tempo, ser rei não era nada mau. Eles tinham uma bela duma vida. Eu, de qualquer forma, sou monarquista. Lembrei que, quando era criança, o que eu queria, acima de tudo, era virar príncipe. Não sei por quê. Tem umas coisas que ficam na sua cabeça sem que você saiba bem por quê. Na maior parte do tempo, são coisas estúpidas.

Voltei a sentar na mesa. Concentração total. "Mathilde..." No fundo, não era necessariamente uma boa ideia mandar uma carta. O tempo das cartas já era. Agora a gente ainda tem tempo de escrever, mas não o de esperar que as cartas cheguem, então ninguém escreve mais. "Mathilde, Eu gostaria que você soubesse..." Não. Oficial demais. O melhor era uma forma megacurta, mas precisa, para ela entender bem que ela devia obrigatoriamente ir me encontrar ali. Senão eu ia pra Itália sem ver ela de novo. Comecei a sonhar com a Itália. Veneza e tal. Depois voltei pra minha história. Rasguei a folha e peguei outra. Copiei o começo: "Mathilde..." Li várias vezes. Por enquanto era isso, eu tinha encontrado o tom certo. Carta é tudo questão de tom. "Mathilde, preciso falar com você." Fiz uma pausa pra reler. "Mathilde, preciso falar com você." Porra, eu tenho mesmo talento literário. Não? "Mathilde, preciso falar com você. Por razões muito complicadas, tive que sair de casa. Não voltarei." Rapaz... Me levantei de tão fascinado que eu tava com a força dessas três frases. Diante da janela, repeti três vezes: "Não voltarei. Não voltarei. Não voltarei..." Aí de repente acrescentei em voz alta: "Nunca."

E corri pra mesa pra escrever logo meu "nunca mais" antes de esquecer. Com as boas ideias é sempre a mesma coisa: se a gente não registra quando elas aparecem, elas caem no esquecimento. Então: "Por razões muito complicadas, tive que sair de casa. Não voltarei nunca mais." Bem bom. Mas aí fiquei com uma dúvida imensa. Se alguém topasse com aquela carta, com cabeçalho, podia descobrir meu esconderijo. Talvez não fosse muito esperto deixar um registro escrito. E além disso, pra ser sincero, o que eu mais temia era o que ela ia pensar da minha carta.

Aquilo me fez pensar no que tinha acontecido com a Bénédicte, a imbecil da minha meia-irmã, no dia em que eu fiz ela ler um conto que eu tinha escrito. Tenho que contar a história toda pra vocês entenderem o problema. Foi há mais ou menos uns três meses. Eu tinha escrito um conto. Quinze páginas sem rasura. Quase um romance, né? Reli umas trinta vezes antes de chegar à conclusão objetiva de que ele era uma pequena joia. Era a história de um sujeito que acordava um dia sem memória. Sério. E ficava maluco quando descobria como era a vida dele antes. Uma coisa bem original, eu acho. Ele se chamava *Mil anos de solidão*. O que mostra como ele era realmente bom. Eu tava megaorgulhoso. Aí fiquei com vontade de saber qual seria a opinião da Bénédicte sobre aquilo. A opinião dela não era megaimportante pra mim. É só que eu pensei que ela podia ter alguma coisa a dizer. Tipo um elogio.

A Bénédicte, claro, não era uma garota ultraculta. Ela não leu La Fontaine, a título de exemplo. Mas com aquele conto literário, *Mil anos de solidão*, eu também queria alcançar o grande público. No começo, até pensei em chamar ele de *Cem mil anos de solidão*. Pra vocês verem. Enfim. Deixei o conto na sala esperando que ela topasse com ele. A minha técnica era a da falsa negligência. Eu sabia muito bem que ela ia ler. Era muito do estilo dela ler as coisas dos outros. Até as cartas que não são pra ela, ela é capaz de abrir.

Foi na lata. Naquela mesma noite, meu conto desapareceu. Eu já imaginava a cara dela. Num instante, ela ia perceber que vivia com um gênio da literatura francesa fazia quase dois anos e que nunca tinha suspeitado de nada. Sob o mesmo teto, ainda por cima. Eu já podia ver ela vindo chorar nos meus braços e me pedindo perdão por ter sido tão insuportável naqueles últimos meses. Aí eu diria: "Tudo bem, eu não te odeio nem um pouco."

Mas ela não teve nenhuma reação. O que se tornava cada vez mais bizarro. Uma hora a gente se cruzou na cozinha. Eu tava rondando fazia mais de uma hora, espreitando o momento em que ela ia sair do quarto. Ela tava se servindo de um copo de leite, tranquila, quando me disse de um jeito quase distraído: "A propósito, li o teu conto." Ergui os ombros, digno, pronto pra receber os elogios do povo. "E então?" Ela terminou de beber um gole. Pra ela, me fazer um elogio era meio que engolir um sapo. Ela colocou o copo na mesa, refletindo sobre as palavras adequadas. Porque agora ela sabia que eu era mega-atento à justeza das palavras. "É horrível!", ela finalmente mandou. "O quê?" "É ridícula a tua história. Enfim, não dá pra acreditar. Nem por um segundo. Não, sinceramente, é uma merda..."

Eu sabia... Ela não tinha entendido nada. Enfim, pra variar. É bizarro como aquela garota era irremediavelmente ela mesma. Nunca surpreendente. Ela não tinha nem percebido que o principal aspecto daquele conto não era nem um pouco a história, e sim o estilo. Só o estilo! Mas aí ela acrescentou logo depois: "E, francamente, você não escreve porra nenhuma." Aquilo me deixou bolado. Parti pra cima pra torcer o pescoço dela, mas ela fugiu pro quarto dando uns gritos de cabra. De qualquer forma, ela não conseguia entender. Sem dúvida nunca tinha ouvido falar de poesia. E, além disso, aquele era um texto que exigia demais de uma garota que nem ela. Mas, pra ser sincero, pra falar a verdade, eu tinha ficado meio sentido. Enquanto artista, quero dizer. E eu não ia gostar se a Mathilde pensasse a mesma coisa quando lesse a minha carta – tipo que as coisas que eu escrevo, ainda que você dê várias vezes a descarga, vão ficar sempre boiando.

De repente eu tive a ideia do próximo século. E do que vem depois também. Peguei mais uma vez o telefone e liguei pro disque-informação. O que eu tava procurando era o número do clube de cavalo de Boulogne. Eu preferia falar com ela pessoalmente. Era menos arriscado que uma carta. O nome da parada era Clube do Jardim. Porque ficava dentro do Jardim de aclimatação. Parece. A atendente me perguntou se eu queria que ela transferisse a ligação. Eu disse que sim. Depois caí numa mulher com a voz bem rouca, como se ela tivesse acabado de acordar, e perguntei pra ela que horas era a aula da Mathilde Fermat hoje. Expliquei que eu era o irmão dela e que ela tinha esquecido de me dizer a hora que eu tinha que pegar ela. "Às cinco horas", a mulher respondeu. E desliguei, orgulhoso da minha jogada.

Depois saí do meu quarto. Eu precisava fazer algumas compras pra me preparar pro que ia acontecer. Minha primeira ideia foi voltar pra rua de Rennes, onde eu tinha visto um montão de lojas de telefone. O que eu queria era comprar um. Ia ser mais prático. Desci os dois andares torcendo pra não topar com o recepcionista da manhã. A cara dele não me passou muita confiança. Pra não chamar a atenção, passei diante dele sem parar. Ele só disse: "Tenha um bom dia, senhorita." Fiquei bolado. Mas era porque na verdade era um outro recepcionista e ele não teve tempo de me olhar bem de tão rápido que eu ia.

Senão ele nunca ia ter dito aquilo.

Andar ao ar livre me fez bem. Mas ao mesmo tempo eu tinha totalmente a sensação de ser um fugitivo. Juro. Cada vez que um carro passava, eu ficava com medo de que fosse a minha mãe ou sei lá, e na mesma hora eu virava a cara. Era um reflexo idiota, confesso, já que, afinal de contas, a probabilidade de a gente se cruzar por acaso era bem pequena. Paris é um labirinto. Mas, bom, eu não podia fazer nada, eu só pensava naquilo. Continuei assim, tipo incógnito, até o começo da rua de Rennes. E, ali, adivinha com quem eu cruzei: não a minha mãe, por sorte, mas aquela garota que eu esqueci o nome e que eu tinha visto na véspera na casa da Émilie Fermat. A loura enorme que tinha gentilmente deixado eu matar a taça de champanhe dela. A Everest. Ela passou pela minha frente sem parar. E, no entanto, nossos olhares se cruzaram. Com certeza, ela não me reconheceu nem nada. Mas o que pensei foi que a gente nunca está a salvo de encontrar seja quem for.

Aí entrei numa loja. Tinha um bocado de gente, já que era sábado. Os vendedores usavam todos a mesma jaqueta vermelha.

Só isso já me impedia de trabalhar nesse tipo de loja. É muita vergonha. Mas, bom. A mulher na minha frente não sabia nada de nada. Ela fazia todas as perguntas mais imbecis do mundo. Às vezes, até parecia que ela tava fazendo de propósito. Era quase do nível de saber de que lado a gente segura o celular. Juro. Uma verdadeira idiota. Com certeza era o primeiro celular que ela tava comprando. Ela era mesmo muito idiota. E ainda por cima gorda. Francamente, tem gente que é difícil entender como consegue viver. Depois outro vendedor se aproximou de mim. Expliquei o que eu precisava. Ou seja, um celular com chip pré-pago. Já que a minha identidade não tava comigo nem nada. Em três minutos eu tinha escolhido, enquanto a outra, a gorda, ainda tava perguntando por que o celular dela não tinha fio. Juro. Passei por ela pra pagar com um sorrisinho irônico. Mas eu não era o único: eu sentia que o outro vendedor, o que tava atendendo ela, também tava com vontade de rir. Mas ele não podia, já que, afinal de contas, o trabalho dele era ajudar ela a comprar um telefone. Enfim. Entreguei o meu cartão. Digitei o código. Mas rolou um barulho bizarro. "Não tá passando", ele disse. Fingi que eu tava surpreso. A gente tentou mais uma vez, mas deu na mesma. Então paguei com dinheiro. Puta merda. Na certa, pensei, o François ligou pro banco e bloqueou o cartão. Aquilo me deu o maior cagaço.

Já na rua, liguei imediatamente pro Marco. Dessa vez ele atendeu. Quase fiquei surpreso.

– Marco? É o Julien.

– Porra, o que você tá fazendo?

Ele tinha reagido na hora.

– Tudo bem?

– Você tá sabendo que tá todo mundo te procurando? Eu não tô entendendo nada. Você tá onde? Você vazou, tua mãe me disse. É isso mesmo? Porra, você podia ter me contado...

– Relaxa...

– Ela me ligou de cara hoje de manhã. Me acordou. Ela tava achando que você tava na minha casa.

– Pô, até parece que eu sou idiota.

– Mas é, justamente, você é um completo idiota. O que te deu? Mas conta... Você tá onde?

– Não tô sozinho – respondi pra botar a imaginação dele pra funcionar.

– Você tá na casa da sra. Thomas, é isso?

– Como é que você sabe?

– Espírito dedutivo, meu caro. Mas por que você vazou desse jeito? Tá maluco? A gente tem que se ver. Vem pra minha casa. A gente conversa com calma...

– Perigoso demais. A gente pode se ver num bar se você quiser.

– Quando?

– Pode ser às sete. Antes não dá.

– Sete da noite, você quer dizer?

– É.

– Antes não dá? Bom. Ok. Onde?

Eu achava melhor a gente não se encontrar numa área muito conhecida. Tipo pra não cruzar com ninguém. O melhor era encontrar com ele não muito longe do meu hotel. Olhei ao meu redor.

– Escuta só, tem um lugar chamado Le Marché. Na rua de Rennes. Pode ser?

– Le Marché... Beleza. Então até mais...

– Ok. Tchau.

E desligamos. O Marco tava meio bizarro no telefone. Imaginei que na verdade ele tava do lado dos meus pais e tal, de repente até na presença da polícia, e que eles tavam tentando fazer ele falar. Aquela ideia me deu frio na espinha. E logo pensei que talvez fosse perigoso encontrar com ele. O que eu fiz depois foi tirar dinheiro com o cartão do François. Tipo pra entender se ele tava mesmo bloqueado ou se era só o vendedor que era ruim de jogo. E naquela área, justamente, o que mais tinha era caixa automático. Parei num do banco dos correios. Não me perguntem por que esse e não outro. E, como eu suspeitava, não consegui tirar dinheiro. Merda. Eu devia ter tirado mais dinheiro de manhãzinha. Antes que a minha mãe descobrisse que eu não tava lá, né? Pensei um pouco. No sábado, geralmente, a Bénédicte não tinha aula. E, no meu caso, era jornada pedagógica. Então ninguém tinha nenhum motivo pra se levantar com as galinhas. Aliás, quando paguei o meu café no La Frégate, o cartão tinha funcionado. Fui muito burro de não prever aquilo. Mas na minha cabeça o François ia levar mais tempo pra descobrir que eu tinha pegado o cartão dele. Era como se a primeira coisa que ele fizesse depois de levantar fosse sair correndo pra ver se o cartão tinha dormido bem.

Depois entrei numa farmácia. Comprei uma coisa de cheiro bom feita de plantas. E também uma escova de dentes. E uma caixa de aspirina. Depois saí da loja e andei até o meu hotel. A ideia era recarregar o celular. Porque desde o começo ele só fazia bipar pra me avisar que a bateria tava acabando. No caminho, parei numa livraria que ficava bem no bulevar. Às vezes, quando o tempo tá sobrando, gosto de passear nas livrarias. Não sei por quê, me deixa relaxado. Olhei um pouco o que tinha pra comprar. E se por acaso não tinha um livro meu. Mas não fiquei muito tempo. Eu tava com uma vontade bisonha de mijar. Peço desculpas por ser tão direto, mas é verdade: eu simplesmente tinha que voltar pro hotel. O negócio é que na maioria dos romances é como se os personagens nunca fossem ao banheiro. Como se fosse desagradável. Acho isso bizarro e inacreditável. O romance que eu vou escrever, de qualquer forma, não vai fingir que os personagens são puramente espirituais. Não. Eles vão ter corpo também. Por exemplo, um negócio que eu acho um bocado engraçado é que faz séculos que a gente vê em cena todos os personagens clássicos, os de Racine e tal, e eles nunca vão se aliviar. No fim das contas, isso deve acabar fazendo mal. Eles devem até se contorcer de dor. É por isso que eles declamam, de tanto ficar segurando. Séculos segurando. Não dá mais, uma hora eles vão ser obrigados a botar alguma coisa pra fora. Questão de pressão. Então eles declamam. E depois a gente fica espantado porque eles não sabem atuar e nada parece com o jeito como as pessoas falam na vida real. Enfim, saí da livraria e imediatamente peguei a esquerda na direção do Sena, pra voltar pro hotel.

Quando cheguei lá, não tive tempo de subir pro quarto. De tanto que eu tava apertado. Fui direto pro banheiro do bar, que era no térreo. Senti um arrepio subindo pelas minhas costas. A felicidade total. Depois, como eu já tava ali, perguntei pro sujeito do bar se eu podia beber alguma coisa. Ele me perguntou o quê, mas de um jeito realmente mal-educado, então respondi um suco de pêssego. Tipo pra encher o saco. Depois fui sentar numa poltrona de couro e comecei a folhear o jornal que tava por ali. Claro que antes eu tinha tomado o cuidado de ligar meu celular numa tomada que tinha por perto. E aí deu pra ligar ele de novo. Já eram mais de quatro horas. Depois do meu suco, eu tinha que ir se não quisesse me desencontrar da Mathilde no Jardim de aclimatação. Mas pra dizer o quê? Que ela me comove, por exemplo. Que quando vejo ela me sinto ao mesmo tempo feliz e infeliz. E também um pouco envergonhado. Como se eu não fosse bom o bastante pra ela. Ou ela fosse boa demais pra mim. Sei lá. E até que às vezes, quando vejo ela, eu penso que eu precisava tomar um banho.

Mas será que ela ia entender do que eu tava falando?

2.

Passei na frente do sujeito da recepção pra ir pro meu quarto. Ainda era o mesmo, com aquela cara de fuinha e um começo de careca. O tipo que paga mulher pra transar, se é que vocês me entendem. Sorri amarelo pra ele e imediatamente subi a escada. O que eu menos queria era começar uma conversa com ele. Não ia ser legal. Quando cheguei ao quarto, larguei minhas coisas. Arrumei meu cabelo com água. Me perfumei. E escovei os dentes. E taí, eu tava pronto. Desci de novo. Reparei que o recepcionista, de tanto me ver desfilando na frente dele, tava se perguntando se eu não tava preparando alguma tramoia. Saindo do hotel, pensei em que direção seguir pra chegar à estação de metrô mais próxima. O táxi era pra mais tarde. Eu não podia mais ficar esbanjando toda hora. Tinha que prestar atenção. Sobre a direção, me enganei e é claro que fui parar diante da estação Rue du Bac, que, na minha opinião, não era a mais próxima, mas tudo bem, sou jovem, ainda consigo andar.

Depois fui até a Concorde, onde eu tinha que pegar a linha 1 pra poder ir até Neuilly. Nos corredores pra fazer a troca, vi uma cena simplesmente inacreditável. Uma coisa que eu talvez nem tivesse percebido se visse outra hora. Quero dizer, num dia qualquer. De tanto viver normalmente, não sei se vocês já repararam, a gente fica com o espírito de observação anestesiado. Não sente mais nada. Só vai de um lugar pro outro, os olhos no vazio. Mas, nos dias em que a gente se sente frágil, a gente fica com uma sensibilidade maior, a atenção ligada na tomada, e percebe coisas bem mais sutis. Taí o que eu acho. É por isso que, na minha opinião, é bom sofrer de vez em quando. Pra te forçar a abrir os olhos. E, ao contrário, o pior de tudo pra mim é não saber mais sofrer. Algumas pessoas são assim. Só de ver a gente saca que elas são incapazes de sofrer, de se sentir mal, de tombar no abismo do padecimento. Elas ficam sempre na superfície das coisas como uma boia triste que nunca vai conhecer as profundezas marinhas, os peixes, os tubarões. Elas ficaram tão habituadas com a vida que atravessam dias idênticos sem nunca mostrar um mínimo de sensibilidade. Não consigo entender gente assim. Porque, nessas condições, não sei por que continuar vivendo.

Enfim, a cena que eu vi foi um cara caindo. Ele tava andando normalmente. E do nada, pá, caiu no chão. Eu tava atrás dele. Foi bizarro ver alguém cair. No começo, achei que ele tava morto. Tipo de ataque cardíaco e tal. Na verdade, o que ele tinha era só um mal-estar. Mas um mal-estar que parecia sério. De qualquer forma, na hora em que ele caiu no chão, todo mundo juntou em torno dele. Teve até uma velha que soltou um gritinho. E um segundo depois uma dúzia de pessoas tava em volta do cara, tipo pra ver se ele tava morto ou sei lá. O problema é que não tinha sinal pros celulares. Então um rapaz disse que ia chamar o socorro. E a gente viu ele sair correndo. Parecia que ele era corredor profissional, de tanto que ele partiu que nem um raio. Bom. Até aí tudo tava mais ou menos normal. Mas o que aconteceu dentro de mim naquela hora foi que lembrei outra coisa que eu tinha visto uma vez no metrô e que tinha me marcado à vera. Vou contar. Então eu tava no metrô. E no fim do vagão tinha uma velha feiosa, uma espécie de mendiga que tava megafedendo e descalça. Ninguém queria sentar do lado dela por causa do cheiro. Porque quando eu digo que ela tava megafedendo não tô fazendo uma metáfora: ela fedia no sentido literal do termo, de tanto que tava suja. Enfim, ela tava com uma extremidade do vagão só pra ela. Eu, de onde eu tava, fiquei olhando pra ela e imaginei o que ela podia estar pensando. Pra ser sincero, ela parecia meio maluca. Aí de repente, mesma coisa, ela teve um mal-estar. Começou a gemer e a babar. Juro. Que nem num filme de horror. E, no entanto, é isso que eu queria contar, ninguém se mexeu. Ninguém. Nem um músculo. E não só por causa do cheiro. Talvez as pessoas pensassem que era normal, ela devia ficar sempre gemendo e babando, e que, de qualquer jeito, aquilo não era problema delas. Mas o problema é que aquilo era problema delas, sim, e aquilo olhava com olhos que suplicavam e diziam socorro, me ajudem...

Mas todo mundo fechava as pálpebras. Tipo isso não existe. Eu queria fazer alguma coisa, mas sinceramente não sabia o quê. Olhei ao meu redor e, como todo mundo parecia achar aquilo normal, me deixei convencer. Enquanto ela podia estar morrendo, na minha opinião. Mas não pude verificar, já que a estação seguinte infelizmente era a minha, e eu tive que descer.

Bom. A comparação que eu queria fazer é que, pro cara do corredor, todo mundo tinha juntado na mesma hora ao redor dele. Então o que eu tava pensando era: por que numa hora todo mundo age como se o mal-estar não existisse e no outro como se só ele importasse? A resposta é óbvia, vocês já sacaram, mas merece desenvolvimento. É por causa dos sapatos. Porque a verdadeira diferença entre o cara do corredor e a velha do metrô é que um tinha sapatos bacanas e tal, enquanto a outra estava descalça. Na minha opinião, pra entender alguém, praticamente basta olhar os sapatos. É a minha teoria. Agir diante do mal-estar do cara de sapato bom, ou seja, um sujeito do nosso mundo, era só agir diante de um mal-estar. Só isso. E isso não perturba ninguém. Ao contrário. Mas agir diante da velha era muito mais que isso. Era se arriscar ao confronto com aquela realidade: tem gente que anda pela rua sem sapatos. E andar sem sapatos é um sintoma de uma realidade ainda mais complicada e medonha. Não sei se vocês tão entendendo o que eu quero dizer. Agir diante do mal-estar da louca era se obrigar a olhar, a aceitar a ideia de que ela existe, a lembrar dela, da sua presença, do seu caos, da sua solidão. As coisas que a gente não tem vontade de ver, a gente não vê. Essa também é uma teoria minha. É por isso que a maioria das pessoas no metrô, não sei se vocês já repararam, mas parece que elas são cegas. Elas não podem cruzar com nenhum olhar que não seja o delas. Porque os olhos delas tão virados ao contrário como se elas tentassem ver o interior delas mesmas. Parecem fantasmas. Juro. Elas podem passar por um cadáver sem nem prestar atenção. Enquanto que, quando você diz que tem gente morrendo do outro lado do mundo, elas estão prontas a assinar todas as petições que você quiser e a dizer pra todo mundo que aquilo é um escândalo.

Eu fico escandalizado com essas coisas.

Desci na estação Sablons. Saindo das profundezas, reparei que o dia tava megabonito. O céu estava todo azul. E a luz quase ofuscava os olhos. Ainda tive que andar dez minutos antes de chegar à entrada do Jardim de aclimatação. Fazia séculos que eu não ia lá. Que eu me lembrasse, da última vez tinha sido justamente com o meu pai. Mas não lembro mais muito bem. De qualquer forma, lembro que uma vez eu tinha ido ao carrossel, mas não pude fazer o resto, tipo ir aos estandes de tiro e tal, que era o que mais me interessava. O carrossel, aqui entre nós, no fim das contas, só fica rodando sem sair do lugar. Montar a cavalo já me enche, se é um de mentira, então melhor meter uma bala na cabeça. De mentira, lógico.

Pra entrar no jardim tinha que pagar. Fiquei bolado. Mas, bom, eu não ia pechinchar por três merréis. Paguei o que era devido, cavalheiresco, e aproveitei pra perguntar onde era o tal do Clube Hípico. Uma mulher com os dentes afastados que nem um roedor me indicou o caminho, mas não escutei a resposta de tão fascinado que eu tava por aquela cara de quem nunca ia no dentista. Não devia ser fácil pra ela. Mas, bom, eu queria encontrar alguém pra quem é fácil. Sério. Depois não tive coragem de perguntar de novo, pra não deixar ela irritada, e segui em frente pensando que, de qualquer forma, eu ia acabar encontrando o tal do Clube Hípico. Olhei no celular: eram quase cinco horas. A Mathilde ia terminar em breve a aula de cavalo. Meu plano era esperar e depois convidar ela pra passear comigo no parque. Depois, se ela quisesse, eu podia comprar algodão doce. E de repente pegar na mão dela. Passar a segunda marcha, né?

No parque, prefiro dizer logo, estava cheio de gente. Especialmente famílias. E um monte de crianças pra tudo quanto é lado. Passando correndo. Chiando. Brigando. Num certo sentido, era uma supercreche. Mais pro lado também tinha tipo um riozinho, mas bem minúsculo. Mais pra um riacho. Andei pela beira dele por pelo menos dez minutos. O que é bacana naquele parque são as árvores, todas imensas. E aí pensei de novo que, na época em que eu fui lá com o meu pai, aquelas árvores já estavam ali e que pra elas era como se fosse ontem, do ponto de vista delas nada tinha mudado de verdade. E aí fiquei com a impressão de que somos todos minúsculos. Formigas com algumas preocupações a mais na cabeça.

De repente meu celular começou a tocar. Tomei um susto, porque não tava acostumado com aquele toque. A única pessoa que podia estar me ligando era o Marco. Ele certamente ia mudar a hora do nosso encontro. Ou então me avisar que ia chegar atrasado. O Marco era fisicamente incapaz de chegar na hora. Mesmo se tentasse com todas as forças, ele ia ser incapaz de chegar na hora num compromisso. Era uma espécie de doença. Que nem a mitomania. Atendi fazendo voz de quem já sabe o tipo de desculpa que vai ouvir.

– Fala...

– Julien. Sou eu...

Quase tive um ataque cardíaco. Juro. Era a voz da minha mãe. Não acreditei. Desliguei a ligação na hora. Depois o celular, pra ela não poder ligar de volta. E por pouco não joguei ele no chão como se ele estivesse queimando a minha mão. Puta merda. Como ela tinha conseguido o meu número? A única possibilidade era o Marco. Eu não conseguia pensar em outra forma. E isso queria dizer que aquele filho da puta tinha contado tudo. Eu não tava acreditando. Como se ele tivesse preparado uma armadilha pra mim. Rapaz, pensei. A gente pensa que os amigos são amigos, mas na primeira oportunidade eles te traem como ninguém mais poderia trair. Na hora aquilo me deixou furioso. O escroto. No fim das contas, a gente não pode confiar em ninguém. Era a vingança dele. O negócio é que eu certamente tinha humilhado ele na noite anterior. Com a minha história da sra. Thomas. Com certeza. Imaginei a cena: minha mãe aparece na casa dele pra falar com ele, ou então a polícia, e aí ele se borra todo e conta tudo. Traidor. Por outro lado, o que me fez rir, mas um riso estranho, foi pensar que de repente ele tinha contado a história da sra. Thomas. Tipo que eu tava dormindo com ela escondido. Rapaz... Aquela história tava mesmo virando qualquer coisa. Imaginei a polícia aparecendo na casa da sra. Thomas pra ver se eu tava lá. A cara que a sra. Thomas ia fazer quando dissessem pra ela que todo mundo sabia da nossa história de amor. Sem sacanagem, comecei a rir sozinho. Mas era certamente por causa do estresse. De qualquer forma, eu podia esquecer o encontro com o Marco. Porque o que ele marcou foi menos um encontro e mais uma armadilha.

Finalmente cheguei na frente do clube, meio bolado com aquelas coisas. Reconheci o clube na hora por causa do cheiro de bosta. É meio bizarro, mas a única coisa que eu curto nos cavalos é o cheiro da bosta deles. Na minha opinião, é o único animal que não caga uma coisa que fede. A gente tem que reconhecer. O que me surpreendeu, por outro lado, é que só vi pôneis. As crianças que tavam montadas neles pareciam meio em pânico. Como se na verdade fossem os pais que quisessem que elas montassem, pensando que elas iam gostar. Tinha até uma chorando em cima do minicavalo. Ela tinha uma microcabecinha, o capacete na cabeça. Dava vontade de pegar ela no colo pra acalmar. Em vez disso, os pais tavam do lado, tirando foto. Juro. Os pais às vezes são mesmo bem idiotas.

Mas eu não tava vendo a Mathilde por ali. De repente eles ainda não tinham voltado do passeio. Então sentei num banco, bem em frente, e esperei. Vocês tinham que ver: eu tava estressado à beça por causa da história do telefonema. Pra me acalmar, pensei que aquilo não mudava nada. Ninguém sabia que eu tava ali. Naquele parque. Uma hora levantei pra comprar uma coisa pra comer. Eu não tava com muita fome, embora não tivesse comido nada o dia todo, mas era pra passar o tempo. Por perto, justamente, tinha um sujeito com um carrinho que preparava crepe, churros, esse tipo de coisa. Eu queria mesmo era um sorvete. Em geral, nem sou muito de sorvete, mas, naquela hora, não sei por quê, tava com vontade. Cheguei perto. Tinha quatro pessoas na fila na minha frente. Aquilo me desanimou, especialmente por um sorvete, então sentei de novo. Preferi esperar a Mathilde pra comprar esse tipo de coisa depois. Era mais bacana. Mas eu não tava vendo ninguém voltando de um passeio a cavalo. Eram quase cinco e dez. Tive medo de que ela não aparecesse. Ou que eu tivesse me enganado. Mas me lembrei do telefonema que eu tinha dado do hotel. A mulher no telefone disse que tinha um curso reservado no nome dela. Então tava tudo certo. E, além disso, a Mathilde tinha me dito a mesma coisa na véspera. Ela andava a cavalo todo sábado. De repente fiquei com medo de que fosse domingo. Fui atacado pela angústia, tipo quando a gente percebe, num dia de prova de matemática, que esqueceu a calculadora em casa. Mas, não, era mesmo sábado, tudo nos conformes, era só esperar. Aí, pra zoar um pouco, comecei a imaginar que pra ganhar dinheiro eu ia comprar um carrinho que nem o cara na minha frente. Eu iria pra saída dos colégios, por exemplo. E ia vender coisas que a gente tem mesmo vontade de comprar. Porque na maioria das vezes os caras que vendem coisas não têm a menor ideia do que a gente quer comprar. Eles vendem qualquer coisa. No metrô, por exemplo. Todos aqueles caras vendendo pôster e tal. Sinceramente, é ridículo. Mas, de qualquer forma, eu não conseguia me ver vendendo coisas. Prefiro escritor.

Atrás de mim, ouvi um barulho bizarro no mato. Me virei, mas não vi nada. E no entanto eu tinha certeza absoluta de que tinha um bicho ou sei lá o quê se mexendo por ali. Então dei alguns passos na direção do riacho. Não sabia se a gente podia andar pelo mato daquele jeito. Na minha opinião, não, mas eu tava cagando. Até porque eu tinha ouvido o barulho de novo, que era de um animal, agora eu tinha certeza. Me aproximei mais um pouco. E aí, do nada, surgiu um pato megapirado que literalmente pulou na água soltando um grito de morte. Pensei que aquele pato tava maluco. Ele me deu um medo danado. Mas depois entendi: na beira da água tinha um menorzinho, filhote mesmo, que não sabia o que fazer. Achei ele lindo demais. A mãe tava se agitando loucamente na água, fazendo quém quém. Eu não tava entendendo por que ela tava angustiada daquele jeito. E aí de repente ela saiu voando, não muito alto, só rasando a água, mas de qualquer forma ela se mandou. Achei muito babaca. As mães são sempre emotivas demais. E aí fiquei sem saber o que fazer.

Primeiro pensei em voltar pro meu banco. Mas eu tinha ficado com a impressão de que talvez a mãe tivesse abandonado ele por minha causa. Eu tava me sentindo culpado. E ele, todo pequenininho, soltava uns piozinhos de partir o coração. Eu tava com medo de ter feito merda me aproximando tanto. Recuei um pouco pra ver se a mãe voltava, mas não, ela tinha mesmo se mandado, a piranha. Então fui de novo ver o pequenininho. Peguei ele na minha mão. Primeiro ele ficou agitado, depois se acalmou e fiz carinho nele, bem de leve. A maior loucura. Eu tava sentindo o coração dele batendo. E eu pensava: se eu fechar a mão, esmago ele. Pensei em como ele ia fazer pra sobreviver agora. Mas depois me toquei de que eu certamente tava exagerando um pouco. A mãe dele tinha acabado de ir embora. Mas ela na certa ia voltar. Era da lei da natureza a mãe cuidar do filho. Se eu deixasse o filhote tranquilo, com toda certeza a mãe ia aparecer em três minutos. Então deixei o filhote onde eu tinha pegado ele. Com delicadeza e tal. E desapareci pra voltar pro meu banco.

Depois entrei direto no clube. Tipo pra perguntar e não ter que esperar décadas à toa. E foi nessa que vi a Mathilde: ela tava saindo das cocheiras. Fiquei emocionado só de ver ela. Juro. Ela já tinha trocado de roupa. Pelo menos, ela não tava vestindo calça de andar a cavalo. De repente, no momento em que os nossos olhares se cruzaram, ela congelou, com um jeito trágico, como se tentasse entender o que eu tava fazendo ali, depois sorriu pra mim, o que me deixou aliviado, e veio falar comigo. Meu coração tava pegando fogo.

– Oi.

– Oi. O que você tá fazendo aqui?

– Ah, nada. Eu tava por perto, então pensei em vir te ver.

– Ah é? Legal.

– Você disse que andava a cavalo em Boulogne todo sábado, então pensei que era uma boa. Enfim, eu tava passeando.

– Engraçado. Você já tinha vindo nesse clube?

– Não exatamente. Algumas vezes passei pela frente, mas só.

– Eu até podia te mostrar como é, mas tô meio atrasada.

– Ah é?

– É. Meu pai tá me esperando.

– Ele tá aí?

– Não, não.

– E o cavalo que você monta, qual o nome dele?

– Titan.

Titan. Cavalo tem sempre um nome idiota.

– Ah. Mas então você tem que ir agora?

– É.

– Tudo bem se eu te acompanhar até a saída?

– Claro. Se você quiser...

Saímos do clube andando lado a lado, mas sem dizer mais nada. Eu não sabia por onde começar. E tava apavorado de pensar que, de qualquer forma, ela ia embora em breve. O pai dela estava esperando, ela tinha dito. Diante da recepção, ela fez um gesto com a mão pra uma garota. Pensei que era certamente a mesma com quem eu tinha falado por telefone do hotel. Já lá fora, pra gente não ir embora logo, contei pra ela a minha história com o pintinho. Falei que eu podia mostrar pra ela. Ela aceitou. Eu tinha sacado que a Mathilde gostava bastante de animais. Indiquei o matagal. Quando viu ele, ela soltou um gritinho maravilhado que me deixou feliz. "Ele é muito fofo", ela não parava de dizer.

– Qual você acha que é a idade dele?

– Não sei. Na certa alguns dias.

Me aproximei de novo, mas ela fez um sinal com a cabeça pra me dizer não.

– Você não quer pegar ele na mão?

– De jeito nenhum – ela respondeu.

– Por quê?

– Não é pra fazer isso nunca. Porque senão você deixa o seu cheiro nele. E depois a mãe não reconhece mais. Pegar um pintinho é deixar ele sem mãe pra sempre. E um pintinho sem mãe tá condenado a morrer.

– Ah é?

– É.

Aquilo que ela disse me deixou bolado.

– Mas você tem certeza?

– Absoluta.

Merda. Eu tinha feito uma cagada. Mas achei melhor não contar pra Mathilde. Ela ia me achar um grande imbecil. Na minha cabeça, pensei que eu ia cuidar do pintinho mais tarde. Saímos do mato. Depois andamos na direção das atrações do parque.

– Então, foi legal ontem à noite? – ela perguntou.

– A gente acabou não indo pra boate com os outros.

– Por quê?

– Ah, sabe, eu não sou muito de boate, não.

– Nem eu.

– A gente foi beber alguma coisa. E depois a gente foi pra casa. Mas megatarde...

– Hoje de manhã eu tava pregada. Até porque tive que ajudar a minha irmã a arrumar tudo. Teve um cara que vomitou no quarto de hóspedes.

– Sério?

– É.

– Que nojo. E vocês sabem quem foi?

– Não.

Passamos diante dos carrosséis. O que eu queria era sugerir que a gente desse uma volta. Assim, à toa. Pra zoar. E principalmente pra adiar o momento em que ela ia me dizer tchau. Mas fiquei com medo de ela pensar que eu era imaturo. E aí não disse nada. Depois começamos a falar do professor de alemão. A coisa não tava avançando. Ela também me contou uma história escabrosa da amiga de correspondência dela, que morava em Berlim ou sei lá onde. Enfim, a gente tava falando por medo do silêncio, mas sem dizer nada de realmente importante. O que eu queria é que a gente se dissesse coisas importantes, mas eu não sabia como fazer pra isso acontecer. Principalmente com uma garota. De qualquer forma, as garotas são incompreensíveis. Parece que tá cientificamente provado.

Às vezes, eu me aproximava um pouco dela. Só um pouquinho. Os nossos corpos se tocavam, e era tipo um choque elétrico. Eu pensava: Rapaz... Mas na verdade a gente mal se roçava, e além do mais nunca era voluntário. Depois chegamos na frente do grande dragão. Como eu não sabia mais o que dizer, perguntei se ela já tinha ido. Ela disse não. Então eu disse que ela simplesmente tinha que ir, que ela devia pelo menos experimentar uma vez antes de morrer. Ela riu do jeito como eu tinha me animado de repente, e aceitou. Não acreditei. Mas ela tava sem dinheiro.

– Sem problema – mandei. – É por minha conta.

E corri até o lugar onde a gente compra os ingressos. Comprei logo uma cartela inteira. Era caro demais, mas eu tava cagando: se precisasse, eu daria todo o meu dinheiro pra ficar um pouco com ela. Depois voltei correndo pro dragão. Pra quem não sabe nada de nada, explico que o dragão é tipo uma montanha-russa, só que não é russa, e sim chinesa. A Mathilde tava com um sorriso enorme. Juro. Imagino que ela tenha achado graça de me ver me agitando pra todo lado por uma coisa que teoricamente era meio coisa de criança. Enfim, ela parecia animada. E eu também, aliás. Entramos os dois no carrinho. Duas crianças entraram atrás da gente. Elas deviam ter uns dez anos. Acho que eram irmãos. Porque a cara deles era meio parecida. O menor não tava conseguindo botar o cinto de segurança, então ajudei ele. Depois tocou uma campainha. E o bicho começou a se mexer.

– Parece que no ano passado teve um pessoal que morreu nesse brinquedo – mandei pra Mathilde na hora da partida.

– Mentira!

– Juro. Uns sujeitos que caíram na hora em que ela vira de cabeça pra baixo...

– Você tá de sacanagem?

– Tô.

Ela começou a rir, e logo depois o riso dela se transformou num grito porque a gente ganhou velocidade do nada numa descida animal. Os dois moleques atrás também começaram a gritar. Aquilo nem era mais grito, era urro. Então também entrei na onda. O mais alto que eu podia. Aquilo criava um clima, nós quatro gritando sem parar que nem histéricos. A gente tava indo tão rápido que não tinha tempo de ver nada. Os nossos cabelos voavam pra tudo quanto é lado. Especialmente os da Mathilde, já que eles eram bem mais longos que os meus. Aquela velocidade toda era alucinante. O pior era a última curva: ela era tão inclinada que te revirava as tripas – ou pelo menos o que tivesse lá dentro. Mas ainda não tinha acabado. Porque a gente passou por onde tinha começado e continuou direto pra outra volta.

Depois de um tempo, quando você se acostumava com a velocidade e tal, era quase agradável. Era como abrir a janela de um carro na autoestrada e botar a cabeça pra fora. Toda aquela pressão na cara te deixava doido. Era a liberdade, ainda que a gente tivesse todo amarrado. Mas, depois de um tempo, juro, a gente tinha a impressão de estar voando. Aliás, foi o que eu disse pra Mathilde. “Tamo voando, tamo voando!” E os gritos viravam risadas, e vice-versa. Depois chegamos não muito longe da curva da morte, a última. A toda velocidade. Dava um medo da porra. E a Mathilde, gritando cada vez mais alto, pegou na minha mão. Que nem alguém com medo que procura alguma coisa pra se tranquilizar. Só que ali eu senti que o medo era só um pretexto pra pegar na minha mão. E o que ela fez, ela fez não como um reflexo, e sim como uma coisa sobre a qual ela tava pensando há alguns minutos. Não acreditei. Nem eu nunca teria coragem de fazer aquilo. As garotas às vezes te deixam bolado.

Na curva da morte, urrei de felicidade.

Depois o carro freou até parar completamente. Ela logo largou a minha mão. Saímos do dragão. Fingindo que nada tinha acontecido. Mas eu ainda podia sentir a pressão dos dedos dela na minha palma. E, embora eu já tenha feito várias coisas com garotas, até coisas sexuais, naquele instante confesso que eu tinha a impressão de que aquilo era a parada mais excitante que tinha acontecido na minha vida. Juro.

3.

Como a gente não sabia muito bem o que fazer depois, sugeri que a gente fosse comprar uma coisa. A Mathilde de repente não parecia mais nem um pouco apressada. Fomos até um dos carrinhos. Ela pegou um crepe. E eu também. Depois a gente sentou num banco. Ficamos ali um bom tempo, e era quase a definição da felicidade, mas era bem mais frágil que uma definição, não dava pra escrever e colocar num dicionário como uma coisa definitiva sobre a qual todo mundo tá de acordo. Pelo contrário, era frágil como uma bolha de sabão, uma frasezinha de nada podia fazer ela estourar.

– Eu tenho que ir – a Mathilde disse.

– Você vai encontrar o seu pai, é isso?

– É. A gente vai fazer compras juntos. Eu prometi pra ele. Que horas são?

– Se você quiser, eu vou voltar de táxi. Vem comigo. Aí você ganha tempo.

Ela pareceu surpresa. A gente não tava na idade de pegar táxi.

– Beleza – ela finalmente respondeu.

O que eu teria adorado fazer era ir ao cinema com ela. Mas eu não sabia como dar a ideia. Por outro lado, ela tinha pegado a minha mão. Afinal de contas, é um sinal, não, quando uma garota pega a tua mão? E, além disso, eu tinha medo de que ela topasse, mas pra dali a uma semana. Sábado que vem, pra mim, parecia do outro lado do calendário anual. Um pombo se aproximou da gente. Mathilde arrancou um pedaço do crepe e jogou pra ele. No mesmo instante, apareceram quatro ou cinco. Eu detesto pombo. Se dependesse de mim, eu ia exterminar todos, eu acho. Jogando pedra na cara deles. Puta merda. Eu não podia esperar. Era capaz de dali a uma semana eu estar nas *Rochas Negras*. Ou então na Itália. Mas com toda certeza eu não estaria mais me escondendo em Paris.

– Você conhece a Itália? – perguntei.

– Fui uma vez pra Roma.

– Você achou bonito?

– Bastante. Por quê?

– Porque talvez eu tenha que ir pra lá.

– Pra Itália?

– É.

– Que maneiro. Por quê?

Não sei por quê, certamente por causa da situação peculiar e tal, da minha emoção, e também do fato de ela ter pegado a minha mão durante o dragão, mas comecei a contar pra ela tudo que tinha acontecido comigo. Evitando os detalhes, claro. Eu li Balzac. Mas fiz um resumo da história do casamento da minha mãe. Da Bénédicte, que me detestava. Do fato de que eu tava totalmente sozinho. Abandonado no mundo. Em plena fuga. Contei tudo. Ela ouviu tudo em silêncio. Francamente, eu tava me perguntando o que ela ia pensar daquela história toda. Quando terminei, ela só me perguntou:

– Você tá pensando em voltar pra casa?

– Não posso mais.

– Você acha?

– Acho. É impossível. Tarde demais.

– Mas vão te encontrar uma hora ou outra.

– Eu sei. Por isso que antes eu ia gostar de ver a Itália.

Ao dizer tudo aquilo pra ela, fui tomado pela emoção. Senti que o meu queixo tava começando a tremer. Mas me controlei rapidinho. Acho que ela não viu nada. De qualquer forma, ela ficou um bom tempo sem dizer nada. Depois levantou. Achei que eu ia morrer. E começamos a andar na direção da saída do parque. Eu segui ela, obviamente. Fiquei com medo de ter feito uma besteira ao dizer a verdade pra ela. Mas enquanto andava ela me contou uma história. Parece que teve uma época em que a irmã dela, a Émilie, tinha fugido várias vezes. Especialmente durante as férias. E teve um ano, quatro anos atrás, que aconteceu uma coisa especial. Pelo que ela me contou, os pais dela ainda não eram divorciados naquela época. E eles tinham ido todos juntos pra ilha de Ré. Em família, né? Eles ficaram num hotel. As duas irmãs num quarto, os pais em outro. Naquela época, o pai delas era bem mais rígido que hoje em dia. A Émilie e ele não conseguiam se entender. Principalmente porque ele proibia ela de sair de noite enquanto todos os amigos dela tinham direito. E aí ela vira e mexe encontrava eles em segredo, depois da meia-noite. Mas ela, a Mathilde, não sabia de nada, já que a Émilie esperava que ela estivesse dormindo. Enfim, ela saía. Era no mês de julho. O nome do lugar onde todo mundo ia de noite pra dançar era La Pergola. Uma boate, mas a céu aberto. Bom. E então uma vez a Mathilde acordou no meio da noite e descobriu que a irmã não estava mais lá. Ela começou a ficar com medo. A primeira coisa que ela pensou foi que talvez tivesse acontecido alguma coisa com ela. Ela esperou um tempo. Pra ver se ela voltava. Depois, como ela não sabia mais o que fazer, e também porque ela tinha dez anos, ela foi bater na porta dos pais. E foi aí que começou o drama. O pai delas se vestiu. Pegou o carro. E fez a ronda das boates. Ele estava furioso. E depois de um tempo, óbvio, ele chegou à La Pergola. Era lá que ele achava que ela tava. E ele não tava errado.

A Émilie tava dançando quando viu ele, de longe, procurando por todo lado. Ela deve ter tido um choque. De ver o pai que ela achava que estava dormindo tranquilamente no hotel. Ela sem dúvida nunca ficou com tanto cagaço na vida. Mal teve tempo de fugir antes de ele ver ela. Foi se esconder no banheiro. Mas o pai reconheceu alguns dos amigos da filha e quis saber onde ela tava. Eles todos disseram que não sabiam. Amigos de verdade, né? Ao contrário do Marco. Ele, no lugar deles, ia ter dito: "Ela tá no banheiro, tá se escondendo, é lá no fundo à direita e, se você quer o novo celular dela, tá aqui o número." Eles mentiram e o pai acreditou neles. A Émilie não tava naquela boate. Por isso ele finalmente voltou pro hotel, o pai, apavorado pensando em tudo que podia ter acontecido com a filha mais velha. Ele esperou a noite toda no quarto de hotel. A Mathilde nunca tinha visto o pai daquele jeito, de tanto que ele tava estressado. Bom. E, de sua parte, a Émilie não tinha mais coragem de voltar pro hotel. Já que ela sabia que ia tomar um esporro. "Vão me matar", ela devia estar pensando. E ela não tava errada.

Naquela história, de qualquer forma, ninguém tava errado.

Uma das amigas dela disse que ela podia dormir na casa dela, e ela aceitou na primeira noite. Mas na manhã seguinte era a mesma história, ela não tinha coragem de voltar. E quanto mais o tempo passava menos coragem ela tinha. O pai foi à polícia. Eles começaram uma investigação. Até porque um ano antes teve uma história de uma garota estuprada na ilha de Ré. Tudo começou a tomar proporções delirantes. E a amiga disse que ela ia ter que ir embora. A Émilie passou a noite seguinte na praia. Bom. E finalmente, na manhã seguinte, voltou chorando pro hotel. Os cabelos sujos e tal. E envergonhada. Mas no momento em que o pai viu ela chegando, em vez de dar um tapa ou gritar com ela, como a gente poderia imaginar, ele abraçou e beijou ela. Chamou ela de "minha querida". Até chorou apertando ela bem forte e dizendo: "Nunca mais faz isso comigo..." Segundo a Mathilde, foi a partir dali que eles começaram a se dar bem, a Émilie e o pai. E até a se amar.

Fiquei pensando em por que ela tava me contando aquela história. Talvez fosse pra me dizer que eu tava enganado quando dizia que não podia mais voltar pra casa. Pra me dizer que, ao contrário do que eu pensava, ninguém ia me matar nem nada. É possível. A não ser pra quem conhece a minha mãe, que é realmente dura e rígida e tal. Porque, afinal de contas, é difícil pensar na minha mãe no papel de quem chora nos seus braços dizendo coisas bacanas.

– E como é que você vai fazer? – ela me perguntou de novo.

– Não sei.

– Mas você tá dormindo onde?

– Num hotel.

Tirei uma folha em branco do meu bolso. Como se eu precisasse de uma prova. Ela olhou: era o papel com cabeçalho do quai Voltaire. Ela refletiu mais um tempo.

– Mas você tem dinheiro?

Pensei em dizer que eu tinha afanado o cartão de crédito do François, mas me segurei no último momento: talvez aquilo fosse uma coisa pra manter em segredo.

– Tô me virando.

Em resumo, a gente tava finalmente falando de coisas importantes, e era bem legal. O problema é que a gente já tava chegando à saída do jardim. Na vida, as coisas que a gente acha bonitas nunca duram muito tempo. Meu coração tava apertado diante da ideia de ter que dizer tchau pra ela em breve, sem saber se eu ia rever ela um dia ou sei lá. Um táxi livre tava parado bem diante da saída. Tipo uma ironia do destino. Mas, mal a gente entrou nele, ela soltou um gritinho, tipo um grito de marmota.

– Que foi? – perguntei.

– Esqueci minha bolsa.

– Onde?

– No clube. Puxa vida! Deixei no boxe. Vou ter que voltar lá.

– Você não pode pegar ela da próxima vez?

– Não. É importante. Eu sou uma idiota! Meu dinheiro tá lá dentro...

– Espera, fica no táxi. Eu vou correndo. É um minutinho.

– Tem certeza?

– Sem problema.

A verdade é que eu tava feliz de fazer um favor pra ela. E, além disso, aquela ideia era bem agradável, que uma garota estivesse me esperando num táxi na entrada do bosque de Boulogne. Enfim. Saí do táxi. Expliquei pra mulher da entrada, a roedora, que eu tinha esquecido minhas coisas lá dentro. Ela me deixou passar. Depois comecei a correr feito um doido. Imaginei o que podia ter na bolsa dela. Uma calcinha, de repente. Eu não tava acreditando em todas as aventuras extraordinárias que estavam acontecendo comigo. Cheguei ao clube. Ela tinha me explicado que o boxe era o do Titan.

Titan.

Perguntei pra uma menina onde ficavam os boxes. Ela me mostrou vagamente com o dedo. E, no instante seguinte, eu tava procurando os nomes dos cavalos. Titan. Abri o boxe. Felizmente ele tava vazio. Em cima do feno, num canto, imediatamente reconheci a bolsa da Mathilde. Peguei ela, brincadeira de criança, quando do nada senti uma mão no meu ombro. Aquilo me fez pular de susto. Me virei.

Era a Bénédicte.

Eu quase tive um ataque cardíaco. De tanto que ela me deu medo. Ela tava vestida em roupa de andar a cavalo, a babaca. E numa fração de segundo entendi que ela também era daquele clube. Puta merda.

– O que você tá fazendo aqui, Julien?

– Nada.

Eu devia estar todo pálido. Eu tava sentindo a cor do medo ocupando o meu rosto.

– Mas onde é que você tava? Tá todo mundo preocupado! Você é retardado? Por que você desapareceu assim? Tua mãe tá ficando maluca... Você dormiu onde?

Ela tava andando na minha direção. E fui recuando na direção da parede. Eu tava tipo preso numa armadilha.

– Não chega perto de mim.

– Você tem que voltar pra casa agora.

Ela tava com um olhar de assassina.

– Não chega perto, já falei.

– O que você tá fazendo aqui? No clube?

Quase respondi "Vim te ver". Mas eu não tava pra brincadeira.

– Me deixa. Me deixa passar!

Tentei empurrar ela, mas ela não arredava pé.

– Não. Você vai ficar aqui. Vou ligar pros nossos pais.

– Se fizer isso, eu te mato.

– Mas você não entende?

– É você que não entende nada.

– Para, babaquinha.

– Sai fora.

Dei um encontrão nela. Mas ela se segurou em mim, que nem uma louca. Juro. Ela não queria mais me largar. E, com o chicote que ela tinha na outra mão, ela começou a me dar um golpe. Como se eu fosse um cavalo. Doeu pra cacete. Recuei. Eu tinha a impressão de que a armadilha tava se fechando. Puta merda. E pensar que a Mathilde tava me esperando num táxi a dois minutos dali. Tentei me acalmar, apesar da raiva que ela despertara em mim.

– Pronto, você tá contente? Você me deu uma chicotada. Tá melhor?

– Você tá mesmo maluco, meu amigo.

– Claro...

– De qualquer forma, eu sempre disse, você vai acabar que nem o seu pai. No hospício.

A velha ladainha da Bénédicte era sugerir que o meu pai não tinha morrido de câncer, como a minha mãe tinha me contado, e que ele tava tipo num asilo. Eu sabia muito bem que era uma arquimentira, mas na hora aquilo me deixou maluco. Então dei outro encontrão nela pra poder passar. Ela gritou. Muito. Depois me deu uma segunda chicotada que pegou em parte na minha cara. Senti que ela tinha feito tipo um corte. De qualquer forma, doeu pra cacete. Principalmente porque ela ia continuar, eu tava vendo. Ela podia ficar me chicoteando daquele jeito até eu me acalmar e me algemarem. Então, pra ela me largar e parar de alertar todo mundo com gritos, dei um soco no nariz dela, mas tipo megaforte. Foi bem eficaz. Ela caiu no chão. E ficou ali, sem se mexer, soluçando e segurando o nariz, que escorria sangue. Peguei imediatamente o chicote dela. Fiz o gesto como se eu tivesse me preparando pra dar um golpe, sinceramente eu tava a dois passos, eu dizia: "Repete o que você acabou de dizer. Repete...!" Eu podia ouvir a minha respiração, era a de um bicho, de um cavalo de corrida, nervoso e tal, as minhas narinas estavam completamente dilatadas, e eu tava me concentrando pra não bater nela, porque eu sentia que eu tava a dois passos de dar mais um grande golpe, mas no fim das contas baixei os braços e só acrescentei: "Agora você me deixa em paz. Ok? Você me deixa viver em paz." Ela ainda tava chorando. Virou de frente pra mim. Ela não conseguia mais nem dizer uma frase normal, de tanto que tudo tava misturado: o sangue, a respiração, a falta de ar, os soluços, os insultos. Ela dava pena de ver. Depois recomeçou: "Você vai acabar no asilo, escuta o que eu tô dizendo. Com o teu pai. Porque é lá que ele tá, o psicopata do teu pai..." Não consegui suportar. Dei outro soco na cara dela. Alguma coisa quebrou. Fiquei com medo de ter batido forte demais. De ter realmente arrebentado a cara dela. Pensei em avisar alguém. Ou ajudar ela a levantar. Mas acabei indo embora. De medo. Só pude ouvir os gritos atrás de mim. Cada vez mais altos. Gritos atrozes. Como uma mulher dando à luz. E sendo estuprada pela dor.

Depois comecei a correr, correr, correr. Não sabia que era possível correr tão rápido. E quanto mais eu corria mais eu me tocava do que eu tinha acabado de fazer. Puta merda. Eu tinha ido longe demais. O táxi tava lá. Entrei e disse direto pro motorista ir pra Champs. A Mathilde me olhava de um jeito bizarro. Eu devia estar com uma cara apavorante ou sei lá.

– O que houve?

– Nada. Nada.

Me virei pra olhar pelo para-brisa se alguém tinha me seguido ou não. Ninguém. Meu coração tava batendo a toda. Como se eu tivesse matado alguém. Juro. Era a mesma sensação. Infelizmente, o táxi tava bloqueado. O carro da frente tava impedindo a passagem.

– Rápido – disse.

Me virei de novo. Dessa vez vi dois caras correndo na nossa direção.

– Merda.

– O que houve, Julien?

– O que essa porra desse carro tá fazendo?

– Eu não posso passar por cima, posso? – disse o imbecil do taxista.

– Não houve nada – respondi pra Mathilde com um falso sorriso tranquilizador e entreguei a bolsa dela.

Mas vi o olhar del se demorando no meu punho. Depois na minha bochecha que tava ardendo um pouco. Ela viu o sangue.

– Você se machucou? O que aconteceu com você?

– Te conto mais tarde.

O carro da frente começou a se mexer devagar. Na verdade, ele queria era estacionar. Mas a mulher que tava dirigindo parecia uma anta.

– O senhor podia buzinar!

– E isso vai mudar o quê?

Atrás, os dois caras já estavam saindo do parque. Um dos dois olhou na minha direção. Aquilo me encheu de medo. Então simplesmente me deitei. Coloquei a cabeça sobre os joelhos da Mathilde. Ela se virou. Viu os dois sujeitos. Ela sacou, eu acho.

– O senhor pode ir agora – ela disse pro taxista.

– Um momentinho, um momentinho...

O carro da frente não tava conseguindo mesmo fazer a baliza. E aí acabou desistindo. O que finalmente deixou o caminho livre. Quando começamos a andar, me ergui de novo. Vi os dois sujeitos que procuravam por todo lado, à direita, à esquerda, mas eles ficaram cada vez menores até não existirem mais. Juro, não tô inventando. Foi assim que aconteceu.

4.

Eu não sabia mais o que fazer. Me acalmei um pouco com o carro andando. É importante que vocês entendam que toda aquela história rolou a toda velocidade. Porque agora eu conto tudo pra vocês com calma e tal, mas o jeito como aconteceu de verdade foi megarrápido. Sem tempo de respirar nem nada. A emoção aos poucos baixou. Que nem poeira. O taxista ligou o rádio. Sorri amarelo pra Mathilde. Ela me interrogou com o olhar. Eu não tinha ideia se devia contar a verdade pra ela. Preferia não contar. Embora eu me desse conta de que ela ia ficar sabendo de qualquer forma. Já que certamente iam falar daquilo no clube, do que tinha acabado de acontecer. Em uma semana, na melhor das hipóteses, ela estaria sabendo tudo, e ia me achar um brutamontes. Eu tava meio com vergonha. Mas ao mesmo tempo ela tinha ficado no meu caminho, a Bénédicte, e tinha me chicoteado a cara. Era um perigo pra sociedade aquela garota. Passei minha mão pela bochecha, que não parava de arder. Eu sentia que devia ter ficado uma marca. O que eu acho mais estranho, agora que tô pensando de novo nisso tudo, é que eu nunca desconfiei de que a Bénédicte pudesse frequentar o mesmo clube que a Mathilde. Pra mim, a Bénédicte, eu sempre imaginava ela num outro clube aonde eu tinha ido com ela uma ou duas vezes bem no comecinho, e aquele clube, que eu me lembrasse, não era em Boulogne. Enfim, faltou prudência da minha parte.

Me lancei numa explicação rocambolesca. A minha ideia inicial era dizer que, no momento em que eu cheguei ao boxe do Titan, um sujeito já tinha aberto a bolsa e tava pronto pra roubar ela. E como ele não queria devolver a gente teve que sair na porrada. Mas, bom, era médio crível e, principalmente, quando comecei a contar tudo aquilo pra ela, uma outra ideia me veio à mente, uma bem melhor, incontestável. Eu disse que no caminho eu tinha cruzado com o sujeito com quem eu sonhava cruzar há anos, ou seja: Yann Chevillard. Juro. Então tive que explicar resumidamente que era um cara que tinha me feito comer o pão que o diabo amassou quando eu era adolescente, aos dez-onze anos. Ele tinha me sadificado tanto naquela época que, às vezes, eu tinha vontade de morrer. Sem sacanagem. Por isso reconheci a cara dele, e não resisti: chamei ele pelo nome, pra ter certeza que era ele, ele se virou e aí eu mandei o soco mais bonito da minha vida. Em lembrança do passado, se vocês me permitem. Mas como ele era osso duro, aquilo não foi o bastante. Era Aquiles contra Heitor. Especialmente porque ele tava com um chicote na mão. Ele tava saindo do clube. E a gente brigou de verdade. Uma luta que podia fazer parte de um filme proibido pra menores de dezoito anos, eu disse pra ela.

Ela parecia convencida. Aliás, eu também. Enquanto contava tudo aquilo, quase cheguei a acreditar que era verdade. E foi me subindo uma alegria intensa, como se, depois de todos aqueles anos, eu tivesse enfim feito ele pagar pelas humilhações que ele e os colegas me fizeram passar. Naquela história toda, era eu quem ria por último, embora tivesse levado tempo. Eu tinha me vingado, mas não pra satisfazer um mau sentimento ou sei lá o quê. Apenas com a ideia de consertar o que tinha sido quebrado. De fazer justiça, né? É verdade: eu sentia tudo aquilo como se fosse verdade. Mas agora eu acho que certamente era verdade, era só que a Bénédicte tinha servido de intermediária e que o soco que eu dei nela na verdade foi, em algum lugar da minha alma, dirigido contra o Yann Chevillard.

Subimos a avenida toda, aquela que cai direto na praça do Arco do Triunfo. Eu me sentia como um herói, depois da minha história. Mesmo num sonho, não teria como ser melhor. Embora eu ainda estivesse chocado pelo que eu tinha acabado de fazer. De verdade. E que todo o meu corpo estivesse tremendo em segredo. Mas o meu consolo era sentir que a Mathilde tinha ficado bem impressionada. Eu me sentia totalmente confiante de novo. De repente eu até teria sido capaz, na praça do Arco do Triunfo, de fazer ela acreditar que o Soldado Desconhecido, na verdade, era o meu pai. Juro. Naquele momento, a diferença entre verdade e mentira não tinha mais nenhuma importância. Era uma fronteira que não queria dizer mais nada. A única coisa que interessava era que eu tava num táxi com a Mathilde, que a gente tava a alguns centímetros um do outro e que, um pouco mais cedo, ela tinha pegado a minha mão.

Quando chegamos à Champs, ela pegou a folha em branco que eu tinha dado pra ela. Ela leu em voz alta.

– Hotel du quai Voltaire. Por que esse?

– Por acaso.

– Você tem tevê no quarto?

– Não. Mas, de qualquer forma, eu odeio tevê. Na tevê só tem idiota.

– A que altura na Champs? – se meteu o taxista, que, sinceramente, era um pentelho.

– Rua Pierre-Charron – Mathilde respondeu.

– A gente tá quase chegando.

– Eu sei.

Vi a pizzaria da véspera. Ela me deixou nostálgico como se eu me lembrasse de uma coisa megadistante no tempo.

– O que ia me deixar bem triste – tive a coragem de dizer – é se a gente não pudesse se ver mais.

Ela ficou refletindo um bom tempo.

– Você tava falando sério quando disse que queria ir pra Itália?

– Acho que sim. Tava.

– E você iria quando?

– Amanhã, de repente.

– Amanhã, já?

Juntei toda a minha coragem.

– E você acha que a gente pode se ver mais tarde, depois das suas compras?

Ela ficou de novo pensando um bom tempo. Eu disse que a gente podia ir ao cinema, por exemplo. Ou pra qualquer outro lugar. Depois ela disse que ia tentar. Já que era a única opção pra gente se ver de novo. Mas antes ela tinha que acertar tudo com o pai dela.

– É melhor não dizer pra ele que a gente se encontrou – acrescentei.

Eu sabia bem que a minha mãe tava fazendo uma investigação nos bastidores. Ela não era do tipo que ia esperar sentada até que eu voltasse. E de repente já tinha avisado o pai da Mathilde. A última vez que me viram, afinal de contas, fora na casa deles. Enfim, a gente tinha que ser totalmente prudente. Ela me explicou que isso não era um problema: o pai dela deixava ela sair fácil. Ele não era do tipo autoritário.

– É só a gente se encontrar no meu hotel. É mais fácil.

– Que horas?

– Não sei. Nove horas, por exemplo.

– Beleza – ela concluiu com um sorriso maravilhoso.

– Que número?

Eu bem teria apagado o taxista da cena.

– No 13.

– Então chegamos. É aqui.

– Eu vou continuar – disse.

Mathilde me olhou nos olhos por um bom tempo. Uma garota que você ama e que olha você daquele jeito é uma coisa que pode matar você na hora. Depois ela pediu meu número, caso tivesse algum problema. Ela gravou ele na memória do celular. Pensei que, no fim das contas, aquilo era um superbom sinal. E depois disso, ela se mandou. Que nem uma gazela. Eu não sabia mais o que pensar, além de que eu estava loucamente apaixonado. Já tinha acontecido antes, claro, mas nunca naquela intensidade. Aquele dia, se vocês pensarem bem, tava tomando um rumo incrível. Eu tava ao mesmo tempo bem nervoso, diante da ideia de ver ela de novo de noite, mas realmente excitado. Num hotel, ainda por cima. Eu não tava acreditando. Passei de novo a mão pela bochecha. Tava ardendo pra cacete.

Pedi pro taxista me deixar no hotel. No caminho, imaginei o que devia ter acontecido no clube depois que eu fui embora. E aquilo me revirava o estômago. Na minha opinião, eles deviam ter várias coisas por lá pra cuidar dela e daquela cara de santinha. As garotas que montam a cavalo vira e mexe se machucam. Por causa das quedas. Eles devem ter um estojo de primeiros socorros incrível. Previsto pra casos bem mais graves que um socão na cara. De repente eu tinha arrebentado o nariz dela. O osso, quero dizer. Senão ela não tinha sangrado tanto. Espero que não, pensei. Falando de estojo de primeiros socorros, uma vez a Bénédicte me contou uma história que, na minha opinião, realmente aconteceu. No clube dela, uma menina tava pegando uma coisa do chão e um cavalo simplesmente pisou na mão dela. E cortou um dedo da menina. Não sei se vocês conseguem imaginar. Ela berrou até não poder mais. E mandaram ela direto pro hospital. Mas o mais nojento é que o responsável do clube disse pra todo mundo que eles tinham que encontrar o dedo, que devia estar em algum lugar no meio da lama. Porque parece que dá pra costurar de volta. E então todas as meninas do clube se colocaram de joelhos em busca do dedo, e quem encontrou foi justamente a Bénédicte.

Se eu tô contando tudo isso, é pra dizer que eu não tava muito preocupado com o nariz dela. Eles iam cuidar dele por lá mesmo. Por outro lado, ela deve ter pedido pra ligarem pros nossos pais. Eu já imaginava a reação da minha mãe. Lembro a todos que ela tinha dito que eu ia acabar mal, quando descobriu que eu tava fumando. Agora, se ela ficasse sabendo que eu tinha batido na minha irmã de mentira, era capaz de ela mesma me denunciar pra polícia. De qualquer forma, depois daquilo eles iam querer a minha pele. Especialmente o François. Já que o soco que eu tinha dado na filha dele foi, no fim das contas, bem potente. Pra falar a verdade, eu não teria acreditado que eu era capaz de dar um soco tão forte. Mas, na minha mente, eu não tinha realmente decidido o que tinha acontecido. Só aconteceu. Coisa de momento. Se, por exemplo, eu tivesse me perguntado "Você quer dar um soco nela?", eu teria certamente respondido não. Enfim, saiu sozinho. Foi por causa do que ela disse sobre o meu pai. Mas a minha ideia inicial, acreditem em mim, não era nem um pouco arrebentar o nariz dela. Porque, quando a gente para pra pensar, arrebentar o nariz da própria irmã não é uma coisa à toa. Dito assim, dá um medo danado. Na verdade, eu era um cara violento. Eu nunca tinha me dado conta, mas ali, do nada, saquei que eu era um cara violento.

O taxista me deixou em frente ao meu hotel. Eu tava começando a sentir uma séria dor na barriga porque ainda não tinha comido nada o dia todo, tirando aquele crepe de antes. Mas apesar disso eu não tava com fome nenhuma. Pelo contrário. Foi por isso que não fui comprar uma coisa pra comer. Por outro lado, eu bem que tava com vontade de um maço de cigarros. Em vez de voltar pro hotel, dei uma volta pela área pra achar um bistrô que vendesse cigarro. Eu tava estressado demais. Mas levei um tempo pra encontrar o tal do bistrô, já que a região estava infestada de galerias de arte. Nas vitrines a gente só via isso: quadros, quadros e mais quadros. Mas nada de cigarro. No fim das contas, encontrei uma espécie de banca de jornal. Entrei e, como tinha muita gente no caixa, comecei olhando os jornais. Pensei que era uma boa ideia comprar alguns, já que eu tinha que esperar um bocado de tempo. Olhei um pouco o que tinha por lá, e que eu resumiria assim: excesso de opção. Peguei *Entrevue*. A capa era uma mulher bem bonita e quase nua, escrito por cima "O que querem as mulheres". Bom. Instrutivo, né? Ao lado tinha também uma coisa que eu bem que gostaria de comprar, o *Super Tio Patinhas Gigante*. Óbvio, tô com catorze anos. Eu sei. Olhando assim, claro que eu já tinha passado da idade. Eu tinha consciência disso. Não sou nenhum idiota. E não era lá muito maneiro, eu acho, chegar no caixa com um *Tio Patinhas*. A garota ia me achar um retardado. E se tem uma coisa que eu não suporto é que me achem um retardado. A garota, se eu chegasse no caixa com um *Tio Patinhas*, não ia nem imaginar que o sujeito diante dela tinha justamente um encontro aquela mesma noite num hotel com uma garota. E que além disso ele era um sujeito perigoso.

Numa banca de jornal, pra um cara da minha idade, tem duas coisas que são difíceis demais de comprar, o *Super Tio Patinhas Gigante* e revista de mulher pelada. Me aproximei discretamente da estante pra adultos, com cuidado, claro, pra ninguém reparar. Eu tinha a impressão de estar diante de uma mina de ouro. A minha teoria é que, pra ter coragem de pegar uma dessas revistas e levar pra garota do caixa, tem mesmo que ter colhão. Porque a garota, claro, vai te olhar feio, e nos olhos dela vai estar escrito que você é uma espécie de tarado sujo nojento. Quando na verdade, aqui entre nós, não sei o que é que tem de nojento folhear de vez em quando uma revista dessas. Mas, bom. É complicado olhar sem todo mundo ficar na sua cola. O meu sonho era poder olhar de uma vez por todas aquelas revistas. Só pra confirmar que aquilo não me interessava. Porque a verdade, é bom deixar claro pra todas as minhas leitoras, é que esse tipo de revista realmente não me interessa. Nem um pouco, aliás. Juro. Mas, pra ter certeza, a gente tem que se assegurar de tempos em tempos.

Pra concluir, fui até o caixa. Pedi um pacote de mentol. Direto. Não gosto muito de cigarro mentolado. Além disso, várias pessoas me disseram que eles te deixam estéril. Mas, bom, também ouvi dizer que ainda é o que tem de melhor pro hálito. Não se esqueçam que eu tinha um encontro com a Mathilde e que, quando o assunto era hálito, era melhor eu me prevenir. Se é que vocês me entendem. Depois dos cigarros, o que eu fiz foi colocar as revistas no balcão. Tipo na maior segurança. Primeiro *Entrevue*. A revista com a mulher nua na capa. Depois, por cima e pra disfarçar, *Super Tio Patinhas Gigante*. Depois, pra dourar a pílula, ou seja, pra eu não parecer um moleque debiloide, também perguntei se eles tinham o *Le Monde*. E, justamente, tinham. Tava ao lado. Peguei um rápido e botei no topo da pilha.

– Isso é tudo? – a garota me perguntou então.

5.

Voltei com aquilo tudo. No caminho, liguei o celular pra saber que horas eram. Eu sabia muito bem que precisava esperar um bocado antes de ela aparecer no meu hotel. Mas achava melhor verificar. Imediatamente, meu telefone tocou. Puta merda. Tem umas coisas na vida que realmente não são agradáveis. Era a secretária eletrônica. Escutei o começo: "Você tem quatro novas mensagens..." Depois desliguei. Sinceramente, eu não tinha a mínima intenção de escutar as mensagens. Minha mãe devia estar me ameaçando de morte. E o Marco, talvez, se perguntando por que eu não aparecia no Le Marché. Pior pra ele, ia ter que esperar muito. Mas com certeza aquele sacana nem tinha se dado ao trabalho de ir lá. Pensando que eu ia ser pego pela polícia ou sei lá quem. Aliás, todo esse pessoal que estava me esperando não estava tão longe assim: a quatro ou cinco ruas dali, quando a gente para pra pensar. Então, pra não pensar mais em nada daquilo, decidi desligar de novo meu celular.

Na recepção, estava de novo o sujeito com quem eu tinha cruzado um pouco mais cedo e que tinha achado que eu era uma garota. De costas, não custa lembrar. Ele me deu um sorriso de idiota. Depois perguntou se o dia tinha sido bom. Respondi: "Incrível." Mas logo em seguida ele fez uma cara esquisita, e entendi que era por causa da ferida no meu rosto. Pela expressão dele, não devia estar nada bonito. Peguei minha chave rápido e subi sem demora. Já no quarto, acendi um cigarro com um fósforo do hotel. É isso o que eu curto nos hotéis, eles sempre botam milhares de caixas de fósforos em tudo quanto é canto. Sem contar os cinzeiros. Em seguida, fui passar uma água no rosto. O corte era grande e tava ardendo cada vez mais. Depois deitei na cama pra refletir sobre como eu ia fazer pra organizar a noite. Aí peguei o telefone fixo e pedi pro disque-informação o telefone da empresa de trens. Completaram a ligação e, quase imediatamente, fui atendido. O que eu queria eram os horários dos trens pra Itália. A mulher me perguntou pra qual destino. Ao acaso, respondi "Roma". E ela fez a pesquisa no computador. Depois perguntou quando eu queria partir. Eu disse: "Em torno de meio-dia. Amanhã." Tinha um, justamente, meio-dia e vinte. Na estação de Lyon. Com uma correspondência em Lausanne. E um trem-leito, depois, até Roma. Eu disse ótimo, anotando no bloco de notas do hotel o horário de partida. Meio-dia e vinte, estação de Lyon. Ela sugeriu que eu comprasse a minha passagem diretamente online. Mas achei melhor não. De qualquer forma, eu não tinha mais cartão de crédito. E, de qualquer forma, eu nunca ia fazer aquilo. Pra que não pudessem encontrar a minha pista.

Em seguida, o que eu fiz foi abrir o minibar pra ver o que tinha lá dentro. Mas era um miniminibar: quando o assunto era champanhe, ele era bem mão de vaca. Então desci pra pedir uma garrafa e também dois copos. Taças, especifiquei. Pra botar na conta do meu quarto. O sujeito me prometeu que ia subir com todas as coisas. Adoro hotéis. E voltei pro meu quarto, cada vez mais descontraído. Mas ao mesmo tempo cada vez mais tenso, diante da ideia de que em breve eu ia me encontrar com a Mathilde. Dali a só uma hora e meia. Pensei de novo na noite anterior, que eu tinha passado andando pela rua sem saber aonde eu ia. Comparando com a que se anunciava, era o horror dos horrores. Abri a *Entrevue*. Então, diz tudo pra mim, o que as mulheres querem que a gente faça com elas? Procurei em todas as páginas a resposta pra pergunta da capa. O que mais tinha ali era um monte de mulher pelada, mas de leve. Não de um jeito safado, eu quero dizer. Por outro lado, eu ia ter que esperar sentado pela resposta. De qualquer maneira, não vejo como alguém pode dizer pra você o que você tem que fazer com uma mulher. Porque, pra começar, depende da mulher. E depois, depende também da idade dela. Por exemplo, tem umas coisas de que eu tenho certeza que algumas mulheres gostam e outras não. É por isso, na minha opinião, que não vale a pena tentar entender. Eu, em todo caso, não entendo nada de mulher. A única coisa que eu sei é que elas conseguem entender a gente muito bem. Até porque não é difícil.

Teve uma hora em que alguém bateu na porta. Fiquei estressado. Pensei imediatamente na minha mãe. E escondi minha revista debaixo do travesseiro. Débil mental, admito. Mas, bom. Fui abrir. Era o sujeito do bar. Ele tava me trazendo a garrafa. E ele tinha até pensado em meter ela num balde com gelo e tudo. Simplesmente irado. E as duas taças como eu tinha pedido. Ele colocou tudo em cima da mesa. Agradeci dez vezes, prometendo pra mim mesmo que eu ia ser generoso na gorjeta dele antes de deixar a França. Depois voltei pra minha leitura, mas a verdade é que era bem menos legal que o *Tio Patinhas*. Por isso depois preparei um banho de banheira e, quando ela tava cheia até a borda, entrei nela com a minha história em quadrinhos. O que eu mais gosto na revista é a grande aventura do meio, com Tio Patinhas, Pato Donald e Huguinho, Zezinho e Luisinho. E mais aqueles ladrões que nunca conseguem nada. Imbecis, né? Ri muito. Não sei por quê, mas ler aquilo no banho me deixou feliz. Não é culpa minha, sou um cara nostálgico.

Quando saí, a água tava fria e eu tinha terminado a leitura. Uma vez na vida eu tinha caprichado no sabonete. Nunca se sabe. Depois botei de novo as roupas que eu tinha usado durante o dia. O que era meio caído é que a Mathilde já tinha me visto vestido daquele jeito na véspera, e depois de tarde. Enfim, ela ia pensar que eu não trocava de roupa nunca. Mas ao mesmo tempo ela sabia da minha situação peculiar. Eu tinha uma boa desculpa. O *Tio Patinhas* tinha ido pra uma gaveta com a *Entrevue*, bem escondidos, e deixei o *Le Monde* à mostra. Em cima da mesa. Em seguida, abri a janela pra deixar o ar fresco entrar. E aproveitei pra fumar outro cigarro olhando o Louvre. O meu rosto ainda tava doendo, o que me fez relembrar o escroto do Yann Chevillard. Nossa luta mortal na porta da casa dele... E imediatamente tive a ideia de ligar pro disque-informação. Só pra ver. Ele ainda devia estar vivendo com os pais, o sacana. O que me levou a simplesmente perguntar pelo "senhor Chevillard". Me deram três endereços em Paris. Com toda certeza, ele morava num deles. Anotei sem saber bem por quê. Um dia, pensei, vou encontrar ele e arrancar aquele couro. Fechei os olhos e me imaginei quebrando a cara dele. Ia sofrer o Yann Chevillard. Porque eu era um cara violento. Mas eu tava pensando aquilo só por pensar mesmo. Eu sabia bem que nunca ia fazer nada daquilo. Agora eu tava cagando pro Yann Chevillard. Ele era parte de outra vida. Da época em que eu era martirizado por babacas.

Em seguida, liguei meu celular pra ver que horas eram. A secretária eletrônica ligou de novo. Dessa vez eu tinha cinco mensagens. Fiquei com medo de a última ser da Mathilde. Sem sacanagem. Então decidi ouvir, mas pulando sistematicamente as outras. Na quinta, reconheci a voz da minha mãe. Mal dei tempo de ela pronunciar meu nome e apaguei a mensagem apertando a tecla 2. Não queria nem ouvir o som da voz dela. Eu tava com muito medo do que eu ia ouvir. Ela devia estar sabendo da minha história com a Bénédicte. Mas, bizarramente, eu tava aliviado que aquela mensagem fosse dela. O meu pior pesadelo era que a Mathilde desmarcasse por uma razão qualquer. Eram quase oito e meia.

Deitado na cama, imaginei ela se arrumando. As garotas, não sei se vocês já repararam, mas elas adoram se emperiquitar. Às vezes até demais. Na minha opinião, ela não ia aparecer com a mesma roupa de antes. Por isso que eu imaginava ela na frente de um espelho, experimentando vários vestidos. E até, de repente, vendo qual sutiã deixava o peito dela mais bonito. Não sei se eu já disse isso, mas peito de mulher me deixa quase maluco.

Liguei meu celular. Oito e trinta e seis. Desliguei de novo.

Depois pensei mais uma vez na Itália. A primeira pessoa que me falou da Itália foi a sra. Morozvitch. Pelo que ela tinha me contado, ela tinha passado vários anos lá. Por causa do marido, que trabalhava com não sei mais o quê, mas na Itália. Eu ia gostar era de descer até a beira do mar. Não muito longe de Capri, se é que vocês me entendem. Eu podia pensar fácil num plano pra ganhar um pouco de dinheiro. E ia ficar lá, onde o tempo é sempre bom. De tanto pensar naquilo tudo, tive a ideia de ir ver a sra. Morozvitch. Ela tava num asilo perto de Versalhes. Pensei se a gente podia ir visitar no domingo. Certamente que sim, já que pras famílias era principalmente no fim de semana que elas podiam ver os velhos delas. Embora eu já tivesse ouvido falar que a maioria não ia muito visitar. Era justamente pra isso que serviam os asilos. De qualquer jeito, é uma coisa que me deixa totalmente triste. Eu chegava até a achar a morte mais atraente que os corredores de um asilo. De qualquer jeito, quando chegar a minha vez, espero que eu tenha a coragem de ir embora antes de terminar que nem um vegetal num morredouro cheirando a mijo.

Oito horas e quarenta no celular.

Levantei da cama e fui sentar na escrivaninha. Eu tinha acabado de ter uma ideia. Na verdade, eu não ia ter tempo de passar no asilo. Já que o meu trem era meio-dia e vinte, e que eu certamente não ia acordar cedinho no dia seguinte. Não adiantava nada ficar lá dois minutos. Até porque Versalhes não ficava ali do lado. O melhor era escrever alguma coisa pra ela. Então sentei na mesa, afastei o *Le Monde* e comecei com a intenção de explicar pra ela que eu tava indo pra Itália e também agradecer por ela ter me ensinado a gostar de livros e tal. No fundo, nessa história toda, ela tinha sido a pessoa mais bacana. Hesitei um pouco em dizer que eu tava devendo um bocado de dinheiro pra ela. Até pensei em mandar pra ela um pouco do que eu ainda tinha. Assim, pelo menos eu teria acertado as minhas contas antes de ir embora. Mas eu sabia muito bem que não ia fazer aquilo. Era só uma ideia. Pra me dar a impressão de ter pensado nela. E além disso, de qualquer forma, é muito perigoso mandar dinheiro pelo correio. Conheço um sujeito que se deu mal por causa disso. Sinceramente, os carteiros não deixam nada passar. Antes de entregar uma carta, eles sempre olham contra a luz do sol pra ver pela transparência se não tem uma nota lá dentro. Todo mundo sabe. Peguem uma nota de dinheiro, botem ela num envelope. Se vocês mandarem ele pelo correio, pode ter certeza de nunca mais ver ela. Então eu não podia pagar ela de volta. Além disso, ela não ia poder fazer nada no asilo. E certamente ia ser o filho dela que ia ficar com tudo. E isso não, muito obrigado. Ele era um grande babaca. Não entendia a sorte que tinha de a sra. Morozvitch ser a mãe dele. Ele devia ter ido fazer um estágio de três meses na minha casa pra sacar isso. Reli várias vezes a minha carta. Ela me emocionou à vera. Porque eu tava dizendo até a próxima como se não tivesse próxima vez. Depois desci, porque tava quase na hora. Imaginei um volume inteiro com a minha correspondência, e a primeira carta, a primeira página, seria justamente aquela que eu tinha acabado de escrever pra dizer adeus pra sra. Morozvitch.

Não tinha ninguém no bar. Mas, do pouco que eu tinha visto, nunca tinha ninguém no bar. A tevê tava ligada. Pedi pro barman alguma coisa pra beber. Eu achava que podia pedir tudo o que eu quisesse. Já que eu tinha passado o cartão quando cheguei. Eles não tinham por que desconfiar de nada. E aí era só pedir uma coisa que eles topavam sem pensar em se perguntar se eu tava passando a perna neles ou sei lá. A única coisa que eles pediam em troca era uma assinaturazinha. Sem problema. Por isso eu podia pedir até as coisas mais caras. Tipo a garrafa de antes. Pensei na reação da Mathilde vendo aquilo. Enquanto esperava, pedi um suco de pêssego, porque é o meu preferido. Ele me respondeu com um sorriso malandro, o garçom. E fiquei ali, no balcão. Óbvio, eu não podia esperar direto no meu quarto. Era meio grosseiro. A técnica era se encontrar aqui, no bar, e depois falar do que ela queria fazer naquela noite. Me arrependi de não ter comprado uma revista com a programação cultural pra olhar as sessões de cinema. Mas, bom, era só passar pela frente deles. Em geral, tinha centenas de sessões lá pelas dez horas. A gente decidiria na hora. E além disso, de repente ela não ia estar com vontade de ir ao cinema.

Oito e quarenta e seis.

O sujeito serviu meu suco. Mas, no fim das contas, pedi também uma taça. Pra dizer a verdade, eu não era muito fã de champanhe. No entanto, eu gostava muito era da ideia de beber champanhe. Acho que é a parada. Mas geralmente eu não bebia quase nunca. Preferia suco de pêssego ou vinho. Cerveja eu detestava. Enfim, comecei a bebericar meu suco. O sujeito bem gente boa me deu um pratinho com petiscos. E perguntei pra ele onde ficavam os cinemas mais próximos. Ele me explicou que o melhor era ir pro Odéon. Lá o que não faltava era cinema. Depois pensei se na verdade ela não ia preferir ir a um restaurante. Tipo pra um jantar a dois. Nesse caso eu tinha que pensar numa coisa bem bacana. Nada no estilo pizzaria. Algo mais no gênero dos lugares onde você experimenta o vinho antes de ser servido de verdade. Pra mim, aquilo é que é chique. Mas ela certamente ia ficar entediada. Era melhor o cinema. Além disso, no cinema é escuro. Depois a gente ia voltar a pé no meio da noite. E eu ia sugerir que ela fosse beber um último copo de champanhe no meu quarto. Ela talvez hesitasse um pouco, só pra constar, e porque ela é uma garota. Então eu ia dizer logo que ela não tinha que fazer nada que não quisesse, que era só pra ficar mais um pouco com ela, e aí ela ia topar.

Na tevê tava passando uma sucessão de idiotices: comerciais, depois o tempo, depois mais um monte de coisas desinteressantes. Eu sempre me questionei quem são as milhões de pessoas que ficam vendo tevê toda noite. O que eu acho é que o cérebro das donas de casa, a julgar pelo que a gente vê na tevê, tá clinicamente morto. Juro: clinicamente morto. Por exemplo, tinha um comercial em que uma mulher contava que tinha passado um creme pra pele e que desde então o rosto dela tinha mudado à beça. Tem que ser muito burro pra acreditar nisso. Já que com toda certeza aquela mulher nunca tinha ouvido falar naquele creme antes de fazer o comercial. É só que ofereceram um bocado de dinheiro pra ela dizer aquilo pra dona de casa. Aí a dona de casa logo pensa: se essa mulher tá dizendo é porque deve ser verdade. E compra o creme na mesma semana pra lambuzar a cara toda com ele. Mas a cara dela vai continuar parecendo a cara de uma dona de casa. Não é um creme que vai fazer isso mudar. Lógico. Então óbvio que, quando você vê a tal mulher na tevê dizendo que desde que começou a passar aquele creme ela rejuvenesceu dez anos, você pensa que o pessoal da televisão realmente acha as donas de casa umas antas. E, mais, você pensa que eles provavelmente têm razão, já que eles devem ter feito vários estudos pra saber o que dizer. Enfim, é deprimente. Liguei de novo meu celular. Ainda com aquela inquietude no estômago. Nenhuma mensagem. Aquilo me tranquilizou. Se a Mathilde por algum motivo não pudesse ir, ela ia ter me avisado. Mas, dada a hora, ela já devia estar a caminho. Então não tinha mais perigo de ela cancelar. Me arrependi de não ter pedido o número do celular dela. Aí eu ia poder mandar uma mensagem. Enquanto esperava, mexi no meu celular pra mudar o toque, que era medonho.

Uma hora ouvi o ding da porta de entrada. Levantei. Ela tinha chegado. Tava na hora.

Infelizmente, não era ela, e sim um homem que imediatamente entrou no bar, cumprimentou o sujeito atrás do balcão e foi sentar numa mesa perto da janela. O garçom desligou a tevê pra botar uma música. Tipo jazz. Depois, na sequência, ele logo encheu um copo grande. Acho que era uísque. E foi servir o homem que acabara de chegar. Olhando bem, eu tinha a impressão de já ter visto aquele homem em algum lugar. Ele tinha um jeito triste. Dada a cena, pensei que era um frequentador do lugar e que o que ele bebia era sempre a mesma coisa. Aí era prático, o garçom nem precisava mais perguntar o que ele queria.

– Mais uma? – ele me perguntou.

Nesse meio-tempo, eu tinha secado a minha taça, quase sem perceber. O garçom queria me servir mais uma. Eu achava melhor não. Apesar de eu aguentar muito bem o álcool. Mas eu não tinha comido praticamente nada o dia todo. Então eu disse não, obrigado. Depois o garçom meio que se inclinou sobre o balcão, tipo pra se aproximar de mim, e como ele viu que eu tinha me interessado pelo sujeito do outro lado do bar, já que desde o começo eu só fazia olhar pra ele, começou a me falar dele. E me contou uma coisa que eu achei bem bizarra. De acordo com ele, o sujeito se chamava sr. Elme. Ele ia lá todas as noites e ficava até megatarde. Mas o principal é que ele bebia um número impossível de drinques. Às vezes, ele chegava a dez uísques. A técnica dele pra parar no momento certo era que, depois de cada copo, ele tirava uma foto que ele guardava no bolso de dentro da jaqueta. Ficava olhando um bom tempo. E depois, ou pedia mais uma dose, ou ia embora. Então é claro que eu perguntei qual era a da tal foto. E o garçom pareceu ficar contente, porque era justamente a pergunta que ele queria que eu fizesse. Ele explicou que também tinha pensado naquela questão, e que um dia tinha simplesmente perguntado pro sujeito o que tinha na foto que ele não parava de olhar entre uma dose e outra. E o cara tinha respondido: “É uma foto da minha mulher. Quando eu acho ela bonita, volto pra casa.”

O garçom ainda tava se divertindo com aquilo. Mas fiquei sem saber se era uma piada que ele teria contado sobre qualquer cliente ou se era realmente verdade. Mas, pra ser sincero, eu tava mesmo era cagando. O que tava me deixando nervoso era que a Mathilde ainda não tinha chegado. Então levantei. Eu podia ver que, se eu ficasse ali no bar, o garçom ia continuar me contando aquele tipo de história, e eu não tava no clima. Por isso subi de volta.

No quarto, voltei a ler *Entrevue*. Eram nove e quinze. Mas, afinal de contas, era normal que ela ainda não tivesse chegado. Quinze minutos de atraso nem pode ser considerado atraso. Especialmente pra uma mulher. Ela devia estar presa no engarrafamento, se ela tivesse pegado um táxi. Ou no metrô, se ela tivesse pegado o metrô. Ou então ela estava procurando o hotel pelas redondezas. Talvez eu devesse ter marcado com ela em algum lugar mais fácil de achar. Porque é verdade que aquele hotel era realmente minúsculo e nem um pouco chamativo. Eu nem tinha certeza se na fachada tava escrito “Hotel du quai Voltaire”. Aí ficava difícil.

Fui olhar a minha garrafa de champanhe. No balde, os cubos de gelo já tinham derretido quase todos. Peguei um e engoli. Eu tava com cada vez mais dor de estômago. O melhor era comer alguma coisa. Mas ainda assim eu tava megassurpreso de não estar com fome. A verdade, que eu preferia não contar pra vocês, mas ela faz parte da história, é que eu tava meganervoso de pensar que eu ia ficar com a Mathilde naquele quarto. Eu tinha medo de ser desastrado ou agir do jeito errado. De repente meu celular tocou. Aquilo despedaçou meu coração. Eu pensava: não, não, não... Tava morrendo de medo de que ela cancelasse. Era um número particular. Achei melhor não atender. Pro caso de ser alguém com quem eu não queria falar. Tipo a minha mãe ou o François... Esperei nervosamente o bip indicando uma mensagem, mas ele não rolou. Nenhuma mensagem. Aquilo me deixou nervosão. E se fosse a Mathilde? Por que ela não tinha deixado uma mensagem? Comecei a dar voltas pelo quarto. Puta merda.

Alguma coisa não tava legal naquela história. Pensei que aquela ligação devia ser a minha mãe de novo ou sei lá, e que eu não devia me preocupar, a Mathilde ia chegar em breve. Pelo que ela dissera, ela ia fazer compras com o pai. Ela provavelmente teve que inventar uma desculpa pra ir me encontrar. E aí claro que ela podia ter se atrasado um pouco. Só isso. Mas ela estava vindo. Aliás, por que ela não viria? Afinal de contas, ela tinha pegado a minha mão no Jardim de aclimatação. Então ela estava vindo. Era só esperar. Pena que eu não tinha tevê. Um quarto de hotel sem tevê é meio que nem uma mulher sem pernas: falta alguma coisa. Ainda que na tevê só tenha babaca. Mas ajuda a passar o tempo. Então fui abrir a janela e me inclinei pra fora pra ver se ela estava chegando pela calçada. As ruas estavam bem engarrafadas. Ninguém andava nada. Menos na pista dos táxis, que estava vazia. Um carro tocava o para-choque do outro. E pensei, pra me tranquilizar, que de repente o pai ia deixar ela de carro. Mas eles estavam atrasados por causa do engarrafamento. Por exemplo, eles tinham ido fazer compras nas Galeries Lafayette e depois, lá pras oito e meia, ela pedira pra ele deixar ela por perto. Mas lógico que naquela hora, por causa dos engarrafamentos, era preciso bem mais que meia hora pra chegar ao quai Voltaire. Depois imaginei que um dia ia ter que ter um quai Parme em Paris. Ia ser legal. As pessoas iam passear domingo de manhã recitando de cor alguns dos meus poemas. Eu não era muito de Voltaire. A sra. Thomas tinha passado umas coisas dele pra gente ler. Era bacaninha. Mas não era de arrebentar. Na minha opinião, um livro é de arrebentar a partir do momento que a gente sente dor na garganta depois de ler. E essa dor na garganta pode ser angústia, ou tristeza, ou qualquer outra emoção que não seja uma almofada fofinha que botam nas suas costas pra você sentar melhor. Sei do que tô falando.

No Sena, diante de mim, não tinha mais barco nenhum. Certamente já tava tarde. Eu conhecia uma garota, cujo tio simplesmente vivia num barco. Não em Paris, mas nas redondezas. Uma vez ela fez uma espécie de festa no barco. Eu tava tentando me concentrar nessas lembranças todas pra não pensar muito na Mathilde. Do meu ponto de vista, esperar por alguém que não chega é o pior dos suplícios. Tentei lembrar o nome daquela garota. E também o nome das pessoas com quem eu andava naquela época. O negócio com a minha mãe é que a gente se mudou um bocado. E aí eu mudava de escola com frequência. Por isso não tenho nenhum amigo de infância de verdade. Depois tentei visualizar cada apartamento em que eu tinha morado. E depois voltei pra ideia que certamente já tava tarde pra eu ver um barco passando diante dos meus olhos. Não sei por quê, mas eu tava com vontade de ver um. Embora um barco não seja exatamente algo que a gente possa considerar excepcional. Mas eu tava com vontade. Não me perguntem por quê. Depois pensei em todas as gaivotas que se enganavam e seguiam os barcos do Havre até Paris. No começo, elas achavam que tinham tido uma grande ideia. Porque num barco com certeza tem um monte de coisa pra comer. Elas enchiam a pança. Aí lógico que elas seguiam os barcos por vários dias. Até que elas se viam em Paris. E aí não sei como elas faziam pra não ficarem tristes. Uma gaivota longe do mar deve começar a ficar deprimida. Enfim, eu fazia esse tipo de reflexão sem interesse pra não pensar na Mathilde, mas eu não conseguia, porque na verdade a única coisa que eu não parava de pensar é que ela tava atrasada à vera e que de repente ela não ia aparecer.

Eram quase dez horas. Com toda certeza, a gente ia perder a última sessão. Mas não tinha problema. O cinema não era indispensável, a gente podia deixar pra lá. Fui ver o balde de champanhe. Lá dentro agora só tinha água. Foi um golpe no meu moral. Não sei por quê. Uma hora eu tava a dois passos de ligar pro Marco pra pedir pra ele o número da Mathilde. De repente o pai dela não quis que ela saísse de novo depois da festa de ontem. Mas se ela não tinha ligado é que ela queria vir. Eu tinha certeza. Então ela viria. Mas pelo telefone ela podia me dizer quando. Pra eu não continuar a andar em círculos, me estressando à toa. Por isso pensei em ligar pro Marco. Mas eu não conseguia me ver falando com ele. Depois do que ele fez comigo. E, além disso, se eu perguntasse pra ele todo mundo ia ficar sabendo em três minutos que a gente tinha marcado de se encontrar, a Mathilde e eu. Já que o Marco era um dedo-duro. E aí ia ferrar com tudo. Porque a minha mãe era do tipo que ia ligar pra ela, pra Mathilde, e perguntar onde eu tava. Lógico, ela não ia ficar sabendo, mas mesmo assim, ia ser chato se as duas se falassem. Eu já podia imaginar a minha mãe contando pra ela o que eu tinha feito com a Bénédicte. Aquilo me deixou estressado de repente. Ela ia dizer que eu tinha mandado ela pro hospital e que eu era violento. Primeiro a Mathilde ia achar difícil acreditar. Vocês também achariam. Quem me vê não diz que eu sou do tipo que bate em mulher. Até eu, se um dia alguém me ligasse pra dizer que eu tinha batido na cara de uma mulher, eu não ia acreditar. Eu ia dizer: "Sinto muito, meu caro, impossível. Conheço ele de cor, e por bons motivos, e afirmo que isso não faz nem um pouco o estilo dele. É um poeta, o Julien Parme. Um poeta, não um brutamontes..." Mas o problema era que a Mathilde ia se lembrar da história do Yann Chevillard que eu tinha contado pra ela no táxi. Ela ia se lembrar também da minha ferida no rosto. E do sangue que ela vira. E ia começar a pensar que eu tinha contado qualquer coisa pra ela e que aquela história com a minha meia-irmã era certamente verdade. E ia pensar também que eu era um brutamontes imbecil, um sujeito perigoso capaz de dar um soco na cara de uma mulher, e a cara de uma mulher é uma coisa sagrada. Era isso que eu tava pensando de uma hora pra outra. E eu tava com muito medo de que aquilo tivesse acontecido. E que fosse por esse motivo que ela não vinha me encontrar.

Fechei a janela. Depois abri de novo. E acendi um mentol. De tanto pensar, eu tava ficando paranoico. Ela viria. Era só ter paciência. Pra passar o tempo, fui ao banheiro. Peguei papel higiênico, fiz bolinhas, que em seguida molhei pra elas ficarem mais duras e todas babadas, e voltei pra janela pra treinar atirar elas longe. Ia ser divertido mirar em alguns pedestres. Mas era muito perigoso e iam me descobrir em três minutos. Então o que eu fiz foi mandar elas o mais longe possível. Só pra ver. Às vezes, quando a gente tá esperando alguma coisa que não chega, a gente acaba fazendo coisas estúpidas desse tipo. Não me perguntem por quê.

E aí de repente parei por causa de outra ideia que eu tive. Pensei que a Mathilde talvez tivesse descoberto toda a história entre a sra. Thomas e eu. Juro que pensar nisso me deu um arrepio horrível. Como ela podia ter descoberto? O Marco não ia contar nada. Aquilo ia me dar muito cartaz. E, se tem uma coisa que ele não curte, o Marco, é dar cartaz pros outros. Especialmente pra mim. Por outro lado, imaginei aquela garota, a Alice, ligando pra amiga Émilie Fermat pra reclamar de ela não ter esperado a gente. E depois, claro que ela ia contar como tinha sido o resto da noite dela e tal. E aí com certeza ia falar de mim. Conheço as mulheres. Quando elas contam uma coisa, não conseguem evitar de ir no detalhe do detalhe. É mais forte que elas. Especialmente porque naquele caso o que ela ia contar era uma fofoca das boas. Que eu tava transando com a minha professora de francês e que, além disso, eu tinha pegado no peito dela no táxi. Aí a Émilie ia imediatamente repetir a história pra Mathilde. Aquilo ia simplesmente deixar ela com nojo de mim.

Peguei o telefone do quarto. Apertei na tecla pra falar com a recepção. E perguntei pro sujeito se por acaso alguém não tava me esperando no bar. Ele disse que ia dar uma olhada, fiquei esperando, mas ele voltou pra dizer que não. Aquilo acabou comigo. Então pedi pra ele ligar pro meu quarto caso alguém me procurasse. Ele disse positivo. E a gente desligou. O negócio é que agora eu tava com vontade de vomitar. Fui pro banheiro. Cheguei até a me agachar na privada, se vocês querem saber os detalhes. Por precaução. Mas, no fim das contas, eu não tava mesmo com vontade. A única coisa que consegui fazer foi cuspir. Aí voltei pra cama e folheei o *Super Tio Patinhas Gigante*. Como eu tinha terminado a grande aventura do meio, ataquei uma história com o Mickey. Mas não suporto aquela cara do Mickey.

Depois tive uma intuição horrível, que me fez deixar a revista de lado de tanto que eu não conseguia me concentrar naquela história porcaria: a Bénédicte talvez tivesse reconhecido a bolsa da Mathilde quando a gente tinha se encontrado no boxe do Titan. E, de qualquer forma, foi a Mathilde que montou no Titan logo antes da nossa briga. Enfim, talvez ela tivesse sacado por que eu tinha ido ao clube. Porque com certeza ela deve ter pensado horas sobre a razão pela qual eu tinha pintado ali, naquele clube. E ela deve ter pensado que era pela Mathilde. Com certeza. Até pensei que de repente aquelas duas se conheciam muito bem. A Mathilde podia não ter sacado que os nossos pais viviam juntos. Afinal de contas, a gente não tinha o mesmo sobrenome. Ela era Bénédicte de Courtois. Como é que ela podia associar ela comigo? Julien Parme. De repente elas vira e mexe se cruzavam sábado no clube. Às vezes iam passear juntas e depois cuidavam dos cavalos juntas falando da vida delas. Amigas, né? A Bénédicte era um pouco mais velha. Eu podia ver ela dando alguns conselhos, especialmente em relação às competições e tal. Eu não tava acreditando. Quanto mais eu refletia, mais aquela versão se instalava na minha cabeça. E então a Bénédicte teria ligado pra Mathilde pra explicar que tipo de brutamontes e babaquinha eu era, e ela ia ter se convencido. Ela agora ia sacar que eu tinha contado qualquer coisa pra ela. A minha história do Yann Chevillard era tudo mentira. E na hora ela ia entender que eu era um sujeito violento que só tava interessado em encontrar com ela num quarto de hotel.

Taí por que ela tinha decidido não se encontrar comigo. Ela estava com medo de mim. Ela não tinha nem pensado em me avisar. E depois continuei com aquilo na cabeça. Remoendo sem parar. Eu entrevia todas as possibilidades, e aquilo me deixava doente. Uma hora até pensei que ela podia ter contado o endereço do meu hotel. Tive medo de não estar mais em segurança no meu quarto. A polícia podia ter interrogado ela e ela podia ter dito a verdade. E ela possuía como prova o papel de carta do hotel que eu tinha dado pra ela, pra ela ter o endereço certo. Comecei a criar cenários na cabeça. De repente eles iam aparecer de uma hora pra outra. Voltei pra minha janela pra ver. Tava tomado pelo pânico. Talvez o mais prudente fosse ir embora imediatamente do hotel. Juro que pensei nisso a sério. Eu tava ficando mais nervoso que nunca. Porque eu não tinha nenhuma ideia de onde mais eu podia ir. No entanto, possibilidade era o que não faltava. Eu podia mudar de hotel. É o que não falta em Paris. Mas eu não queria. A simples ideia de que a Mathilde podia ter me traído me deixava no chão. Eu não tinha vontade de mais nada de nada. Se eu fosse pego aqui era porque ela tinha me traído, e se ela tivesse me traído então de qualquer forma eu não ia ter coragem de fugir ou o que quer que fosse. Ia deixar me pegarem docilmente. Não ia criar dificuldade. A polícia ia bater na minha porta e eu ia me deixar levar sem dizer nada. Ia ficar em silêncio ao estender as mãos pra passarem as algemas. E depois eu sabia o que esperar. Iam me levar pra delegacia, onde eu ia ter que contar tudo. Depois talvez me mandassem pra uma assistente social ou sei lá o quê, e mais uma vez iam me pedir pra eu contar tudo. Ia durar horas. E no fim iam me mandar pra algum lugar. Pra um pensionato. Ou então pra um centro especializado em sujeitos como eu, que têm dificuldades na vida e aí fazem qualquer negócio.

Levantei e vomitei no banheiro. Aquilo queimou meu corpo todo. E depois comecei a chorar. Juro. Eu não sabia por que eu tava chorando. Foi a acidez na minha boca que me derrubou. E o cansaço também. Depois passei água no rosto. Escovei os dentes, mas sem convicção. Depois fui deitar. Pensei de novo nas gaivotas, perguntando pra mim mesmo como elas podiam viver em Paris. Aquilo me fez pensar no pintinho do Jardim de aclimatação. Lembrei o que a Mathilde tinha dito. Eu não devia ter pegado ele na mão. Então me imaginei me levantando. Pegando um táxi pra lá. Em plena noite. Diante da entrada, eu ia passar por cima das grades. Com muito cuidado. Já que tem um bocado de vigia naquela área. Já do outro lado, ia começar a correr. Mas atrás de mim uma luz ia se acender na noite. Uma espécie de lanterna. A do vigia. E eu ia fugir a toda velocidade. E ia começar uma perseguição pelo parque. Felizmente, eu ia conseguir me livrar dele. Mas por pouco. E aí eu ia poder encontrar o lugar onde eu tinha visto o pintinho. No escuro ia ser difícil encontrar ele. Eu ia ter levado comigo os fósforos do hotel e ia acender dezenas deles sussurrando "pintinho, pintinho" antes de encontrar. Ia pegar ele na mão, com muita delicadeza, pensando em levar ele comigo e cuidar dele. Mas aí eu ia descobrir que ele tava todo deformado, sem se parecer com nada. Ou então com uma meia velha. Como se tivesse sido atacado por outro pato. De repente pela própria mãe. De qualquer jeito, uma coisa era certa: ele ia estar morto. Já morto.

Comecei a bocejar. Deviam ser onze horas. Mas não dava mais pra mim. Eu não tinha percebido a que ponto eu tava exausto. Tava até difícil ficar com os olhos abertos. Não tirei a roupa. Pra se a Mathilde aparecesse. Uma hora imaginei que o pai não tinha deixado ela sair. Afinal de contas, ela tinha ido dormir depois das duas da manhã na véspera. Ela ia fingir obedecer e ir dormir logo depois do jantar. Mas, na verdade, ela ia ter arrumado uma bolsa com algumas coisas indispensáveis. Eu podia ver ela levando um livro também. Era o estilo dela. Talvez um romance. Depois ia sair. Já ia ser meia-noite. Na rua ela ia pegar um táxi pra vir me encontrar. Ela ia estar com medo de que eu já tivesse dormindo. Na recepção, ela ia pedir o número do meu quarto. Ia subir. E aí eu ia ouvir os dedinhos dela batendo na porta. Tudo somado, aquela versão era mais a cara dela. Porque a Mathilde, afinal de contas, era a que tinha pegado a minha mão num brinquedo pra criança. Era a que tinha contado a história da fuga da irmã dela pra levantar meu moral. Isso, os dedinhos dela na porta do meu quarto. Eu tinha que ficar vestido. Por precaução. Mesmo se eu soubesse muito bem que ela não ia vir. E que de repente eu não ia mais ver ela nunca mais na vida. Nunca mais.

Nisso, adormeci.

6.

Acordei bem cedo. Liguei imediatamente meu celular. Eram nove e meia. Tinha mais uma mensagem da minha mãe. Dessa vez eu escutei. A voz dela tava bizarra. Ela disse que estava no hospital com a Bénédicte e que era melhor pra mim eu estar em casa quando ela voltasse. Era de ontem à noite. Por outro lado, nada da Mathilde. Logo depois fui tomar um café da manhã. Comi como nunca. Falei na recepção que eu certamente ia ficar mais uma noite. Mas era mentira. Já no meu quarto, arrumei todas as minhas coisas. Não era muito. Peguei minhas revistas. Não queria que encontrassem elas depois que eu fosse embora. Coloquei a carta pra sra. Morozvitch num envelope. Ela ia ficar contente. Antes de sair do quarto, dei uma última olhada. A visão daquela garrafa de champanhe no balde me deixou deprimido.

Fui direto pra estação de Lyon. Primeiro pensei em ir de ônibus, porque o dia estava superbonito, mas era domingo e os ônibus no domingo são que nem as mulheres que a gente ama: melhor esperar sentado. Então fui de metrô. Como eu tava um pouco adiantado, passeei pela estação. Depois fui comprar minha passagem pra Roma. O fato de segurar na minha mão aquela passagem me fez sentir uma coisa estranha. Juro. Agora, com certeza, eu ia poder me mandar. Na livraria da estação, pensei em comprar algumas revistas. Mas, no fim das contas, escolhi um romance. Eles vendiam vários. Pensei que não era necessariamente nenhuma obra-prima. Em geral, os romances que vendem na estação são meio que romances pra ler na viagem, se é que vocês me entendem. Paradas mal escritas. Mas mesmo assim. Eu tava com vontade de ler um. Depois de muita hesitação, peguei *O lobo da estepe*, de Hermann Hesse. Por causa do título. Comprei um selo e comecei a procurar uma caixa de correio. Acabei encontrando uma, mas fiquei na dúvida. No fim das contas, será que a sra. Morozvitch ainda podia ler? A leitura não é lá muito confortável pros cegos.

Mas eu já disse que, na minha opinião, aqueles óculos escuros eram suspeitos. Na pior das hipóteses, alguém ia ler em voz alta como eu fazia antes com as cartas do filho dela. De repente era o filho que ia ler. Essa ideia foi um golpe no meu moral. Eu não queria que soubessem que eu tava indo pra Itália. Especialmente aquele babaca. Fiquei parado diante da caixa por alguns minutos e acabei enviando a carta pro lixo. Depois fui me posicionar diante do painel de partidas. O trem pra Lausanne saía da plataforma 12. Em Lausanne, eu ia ter que esperar por cinco horas, e depois ia pegar um trem-leito pra Roma. Os trens-leito são bacanas. Desde pequeno, adoro eles. O fato de dormir no trem dá a impressão de que a gente tá indo bem longe. Antes de ir pra plataforma 12, me instalei na varanda de um café, bem em frente às vias. Eu queria um suco de pêssego, mas não tinha. Então mudei pra um suco de laranja. Fiquei olhando as pessoas desfilando. A maioria delas tava prestes a partir. Elas estavam carregando malas gigantescas. Também vi um sujeito com esquis. Aquilo me surpreendeu, em abril. Mas parece que algumas montanhas são tão altas que dá pra esquiar o ano todo. Foi meu pai que me contou. E depois me contaram de novo. Então deve ser verdade.

Eu tinha quase duas horas pela frente. Comecei a ler o romance. Era bom à vera. No começo, era a história de um sujeito partido ao meio: ele era ao mesmo tempo lobo e homem. Foi a metáfora que Hermann Hesse encontrou pra representar a loucura. Porque na verdade o problema do herói da história é que ele é maluco. E toda vez que ele fazia alguma coisa o lobo dentro dele mostrava os dentes. E toda vez que o lobo dentro dele forçava ele a cometer certos atos, o homem se condenava e ficava se flagelando. Enfim, era um conflito permanente dentro dele mesmo. Depois, o herói da história encontrava uma mulher num bar de jazz. Ela era animada e tal. A prova é que, além da música, ela adorava a dança. Era ela que ia reconciliar ele com a vida. Era essa a história do romance. Surpreendentemente, achei fabuloso. Especialmente o estilo. E o que ele dizia sobre a vida. Na minha opinião, o Voltaire devia ter lido aquilo antes de se meter a escrever aqueles contos ridículos.

Pensei de novo na Mathilde. Não conseguia entender por que ela não tinha dado nenhum sinal de vida. Era realmente um mistério. Eu ainda tava considerando todas as possibilidades na minha cabeça, mas com algum cansaço. No fundo, era como aquele escritório vazio aceso toda noite: a gente podia pensar em explicações e formular hipóteses, mas não encontrava nenhuma que permitisse dizer de uma vez por todas "é isso" ou "é aquilo". De qualquer jeito, uma coisa era certa, ela me dera o bolo. Mas ao mesmo tempo, pensando bem, ela não tinha dado pra ninguém o endereço do hotel. Ela podia ter dado. Outra pessoa teria dado. Aí ia ter sido horrível. Mas não. Ela tinha respeitado aquilo. De repente, naquele mesmo momento, ela tava na janela do quarto, na casa do pai dela. Olhando a vista que ela me mostrara. Diante dela, o escritório tava apagado. E ela tava pensando que eu devia estar na estação e que eu tava me preparando pra ir pra Itália. Ela tava me imaginando daquele jeito, na varanda de um café, pensando nela, e no trem que eu ia pegar a qualquer momento. Ela era a única que sabia da Itália. E, parada na janela do quarto, ela devia estar pensando nisso. Que a gente tinha esse segredo. Com esse pensamento, percebi que eu tava feliz. E leve. Não consigo explicar por quê. No fundo, pensei, ela não me traiu completamente. Ela torcia pra que eu percebesse. Alguma coisa tinha acontecido que impediria ela de me encontrar, mas ela torcia que eu entendesse que não era uma traição. Não de verdade.

Logo depois, comecei a sonhar com a Itália. Fazia dez minutos que eu tava relendo a mesma página do livro. Tava perdido nos meus pensamentos. Eu tinha grana o bastante pros próximos dias. Depois ia me virar. Ia acabar achando uma coisa. E se não achasse, ia pegar um trem pra Nice. Ia explicar tudo pro meu tio. Ele ia entender. Enfim, a vida ia continuar. De repente até era agora que ela estava começando. A vida. Eu tinha sofrido pra me livrar de todas as minhas histórias, mas agora estava feito. Ergui a cabeça do meu livro. Na direita tinha um relógio gigantesco. O trem saía em dez minutos. Mas eu preferia esperar até o último instante antes de levantar. Então voltei a ler.

A passagem que eu tava tentando terminar era demais. O herói da história encontrava um músico espanhol que dava pra ele uns cigarros superespeciais, que faziam ele partir em verdadeiros delírios no interior dele próprio. Uma vez que você tivesse fumado aquela droga, você se via numa espécie de grande corredor com várias portas. E atrás de cada porta tinha uma coisa pra reconstituir a sua personalidade. Numa hora, justamente, o herói da história encontrava Mozart, que ele venerava. Eu, por exemplo, se tivesse ido naquele corredor, com certeza atrás de uma das portas ia ter ficado cara a cara com La Fontaine. A gente ia bater um papo literário. Tranquilo, entre amigos. Eu ia dizer que, sinceramente, desde a morte dele ninguém tinha escrito nada tão bom quanto *As fábulas*, e que a gente tinha estudado elas esse ano com a sra. Thomas. Ele ia me ouvir atentamente. La Fontaine é um sujeito atencioso. Depois, ia sugerir que a gente tomasse alguma coisa. Tipo chá. Ou suco de pêssego. Porque com toda certeza era o suco preferido dele também. E, de repente, quando eu tivesse justamente falando com ele do romance que eu queria escrever, que se chamava *Suco de pêssego*, ele ia me perguntar se eu tava pensando em pegar o meu trem pra Roma.

– Por quê?

Nisso, ele ia sacar um relógio debaixo da camisa. Um de parede mesmo. Sei que, geralmente, é impossível. Mas é o La Fontaine. O maior de todos os escritores. Bom. E no relógio ia dar pra ver claramente que eu só tinha três minutos antes que o trem partisse feroz.

– Eu sei, eu sei... – eu ia responder descontraído. Era hora de ir. Mas o que o Jean não sabia era como eu corro rápido. Eu, entre a lebre e a tartaruga, não penso duas vezes: pra ir do café onde eu tava sentado sonhando até a plataforma 12, precisava de menos de um minuto. Portanto, eu ainda tinha dois pela frente. E, quando a gente passou a vida sonhando em encontrar La Fontaine, dois minutos a mais valem muito. Então ele ia me convidar pra um passeiozinho com ele. Bem rápido. E ia me pegar pelo braço. Entre escritores. A gente ia andar assim, no tal do corredor, tagarelando sobre os animais. Depois a gente ia parar na frente de uma porta. Eu ainda não tinha ideia do que tinha atrás dela. Então ele me disse pra abrir e ver. Bom. Obedeci. E de repente me vi num aposento bizarro, todo branco. A Bénédicte tava deitada numa cama com tubos saindo do corpo dela todo. Uma enfermeira veio me explicar que ela fora atacada por uma tropa de elefantes. E que ela tava em coma.

– Em coma? – reagi na hora. – Não, a gente só teve uma briguinha, só isso. Ela deve estar fingindo. Conheço a peça. É uma babaca. Ela sempre finge pra fazer você se sentir culpado.

– Não, não... Estou dizendo para o senhor que ela está em coma. Um coma leve, mas ainda assim... Uma tropa inteira passou por cima dela.

Então virei pro Jean pra saber o que ele achava, mas ele tinha desaparecido. Chamei: "Jean! Jean!" Mas ninguém respondeu. Eu tava me sentindo muito mal de ficar naquele quarto deprimente. Então voltei pro corredor, mas não consegui encontrar ele. Fui tomado pelo pânico. Comecei a correr pra tudo quanto é lado. No corredor, todas as portas estavam fechadas a chave. Menos uma. Abri. Admito pra vocês, não era um dos meus melhores dias. Dava pra ouvir um alto-falante gritando mega-alto: "Só mais um minuto! Só mais um minuto!" Eu sabia que tinha a ver com o meu trem. Mas fingia não entender. Enfim. Empurrei a porta. Era a do meu apartamento, reconheci na hora, e dei de cara com a minha mãe. Lembrei da história que a Mathilde tinha me contado, sobre a fuga da irmã dela. Quando ela voltou, o pai se jogou nos braços dela e disse chorando pra ela nunca mais fazer aquilo. Mas no meu caso não era possível, por causa da Bénédicte, que talvez estivesse em coma. Então comecei a me odiar até a morte por ter batido nela. Eu queria voltar atrás. Mas já era tarde. O que tá feito tá feito. Essa, aliás, é uma das razões pela qual a vida é uma armadilha na qual todos nós mais cedo ou mais tarde acabamos caindo.

No hall central da estação de Lyon, ergui a cabeça do meu livro. Tô maluco, pensei. Completamente maluco. Cada vez que leio, viajo num desses delírios e releio setenta vezes a mesma página. O trem ia partir a qualquer instante, mas eu não conseguia sair do meu livro. Ainda faltavam dez páginas. Voltei a ler. "Preciso terminar antes de pegar o trem, preciso", eu pensava. Era a primeira vez que eu lia um livro inteiro de uma vez só. Dez páginas não é grande coisa, só que cada página era um pretexto para sonhar. Mas eu tava fazendo um esforço de concentração pra terminar o mais rápido possível. Já tava me vendo, depois da última palavra, me levantando e saindo correndo, correndo, uma lebre, tô dizendo, e subindo no trem um segundo antes de a porta fechar. Eu ia sentar no meu lugar e ia levar pelo menos dez minutos pra respirar normalmente e pro meu coração se acalmar um pouco. Então eu ia colar meu rosto no vidro do trem e assistir à paisagem desfilando, no começo lentamente, depois cada vez mais rápido. Eu ia sentir aquele momento. *Goodbye, cruel world*, eu ia dizer na minha cabeça. Bem emocionado, no fim das contas. Diante de mim de repente ia estar uma suíça superlinda que tava indo esquiar em montanhas de neves eternas e tal. Eu ia recitar algumas fábulas do La Fontaine pra deixar ela impressionada. A do sapo que quer mostrar que é tão grande quanto uma vaca, por exemplo. Depois de quatro horas de papo, ela ia sucumbir ao meu charme e me convidar pra passar alguns dias com ela e a família nos Alpes. A gente nunca sabe, esse tipo de coisa pode rolar. Ou então eu ia continuar com o rosto no vidro, contemplando a periferia de Paris, depois o campo. Com rebanhos de ovelhas e fazendas. E eu finalmente ia sentir a vida criando raízes em mim. A vida de verdade.

Baixei meu livro. Levantei sem pressa. O trem já tinha saído há muito tempo. Deixei um pouco de dinheiro pelo suco de pêssego. Tava com a minha passagem na mão. Olhei pra ela. Também olhei pra plataforma vazia, lá longe. Fiquei um momento sem me mexer, pensativo e solene, como um alpinista que chegou ao topo do Mont Blanc, mas sabe que o seu destino vai obviamente ser a descida, mais cedo ou mais tarde.

Depois dei meia-volta. Saí da estação. Peguei um táxi. Durante o trajeto, comecei a chorar, mas quase nada. Eu tava com dor de estômago. E as minhas lágrimas, ao correr sobre a ferida, ardiam muito. Mas eu pensava que era melhor assim, que eu merecia, e até enfiava as unhas na carne do meu punho pra sentir ainda mais dor. Pensei no meu pai.

Pensei muito tempo nele.

Depois, já na frente do meu prédio, saí do táxi. Sequei minhas lágrimas. Digitei o código. Pronto. Entrei no hall, minha alma tremia. Pra me dar coragem, lembrei da história que a Mathilde tinha contado a respeito da irmã dela. Imaginei a minha mãe, da mesma forma, me abraçando aos prantos e me pedindo pra eu nunca mais fazer aquilo com ela de novo. Se aquele milagre se produzisse, com certeza eu nunca mais ia fazer aquilo. Nunca mais. Eu ia aprender a viver e a me comportar. Eu não ia mais mentir.

Inspirei profundamente pra afastar o medo. E peguei o elevador torcendo muito pra ela me perdoar. Pra ela me perdoar por eu ser quem eu sou, e não outro.

Este livro foi impresso na Editora JPA Ltda.
Av. Brasil, 10.600 – Rio de Janeiro – RJ,
para a Editora Rocco Ltda.